L'AUTRICE

Rory Power a grandi à Boston et décroché son BA à Middlebury College et son MA en création littéraire à l'université d'East Anglia. Elle vit à Rhode Island. Elle est l'autrice de *Wilder Girls*.

Retrouvez l'univers de Rory Power
sur X et Instagram : @itsrorypower
et sur les réseaux de la collection R

COLLECTION R

RORY POWER

CE FEU QUI NOUS CONSUME

Traduit de l'anglais (États-Unis) par Frédérique Le Boucher

Éditrice : Elsa Whyte

Titre original : *Burn Our Bodies Down*

First published in 2020 by Delacorte Press

ISBN : 978-2-221-24873-7
Dépôt légal : avril 2024

Loi n° 49-956 du 16 juillet 1949 sur les publications
destinées à la jeunesse et aux jeunes adultes

Éditions Robert Laffont – 92, avenue de France, 75013 Paris

J'étais si fière de ne pas sentir mon cœur.
Ouvrir les yeux, c'est être en colère.

ELIZA GRISWOLD, « RUINS »

UN

Friction du briquet, clic du clapet, le gaz qui fuse, la flamme entre mes doigts comme une fleur embrasée. Il fait trop chaud pour ça. Une fin juin avec le soleil trop près, aux aguets. Pourtant, je le fais. Le feu jaillit, s'éteint, jaillit, s'éteint. Clic, gaz. Clic, gaz.

La bougie de ce matin est sur la table basse. Parfumée : clou de girofle et pin. Maman l'a chopée au boulot l'an dernier et on a repoussé l'échéance autant qu'on pouvait en brûlant tout ce qu'on trouvait : des bougies chauffe-plats flottant dans un saladier – c'était joli, ça brillait –, au cierge qu'elle avait embarqué à l'église. Mais on est à court, là, et y avait plus que ce truc pourri de Noël dans la boîte que Maman garde sous son lit. Ça pue. Trop fort, trop sucré. Mais les règles sont les règles, et les règles avant tout. Toujours.

« Ne laisse jamais le feu s'éteindre. Le feu, c'est ce qui sauve. » La règle numéro un, la plus importante, celle dont elles découlent toutes. Elle m'a appris ça dès que j'ai été assez grande pour tenir un briquet, me l'a chuchoté dans le noir, me l'a fait entrer dans le crâne, les lèvres posées sur mon front en guise de baiser. Et je demandais tout le temps pourquoi, car ça ne veut carrément rien dire. Mais on apprend vite quand on est la fille de Jo Nielsen. C'est l'un ou l'autre : soit les explications, soit elle. Alors, t'as intérêt à faire bien attention à ce que tu choisis.

Moi, c'est elle que j'ai choisie. Et pourtant, y a plus de jours sans que de jours avec.

D'une main, je tâte la brise qui passe par la fenêtre. Tout juste un souffle d'air. Mais je veux être sûre qu'il ne va pas éteindre la bougie. Elle dit qu'elle s'en fiche maintenant, que c'est le fait de l'allumer qui compte. Et c'est vrai, c'est vrai. Elle me regarde faire tous les matins avec cette expression que je comprendrai jamais. N'empêche. Je me rappelle l'engueulade qu'on a eue, la première fois qu'elle a trouvé une mèche froide et noircie en rentrant. Je ferai tout pour que ça n'arrive plus. Surtout pas en ce moment, avec Maman toujours à cran, un vrai piège ambulant béant : il reste plus qu'à tomber dedans.

Je quitte le rebord de la fenêtre pour me laisser glisser sur le plancher, me penche. Voilà, la tête à l'ombre. Avec le bois qui me colle aux cuisses et ce goût de sel sur la langue. Au-dessus de moi, je vois la fumée s'accumuler, bleue sur le blanc du plafond craquelé. Pas la peine de paniquer : les détecteurs sont désactivés depuis un bail. Maman les a arrachés elle-même. Elle a payé les pompiers pour qu'ils ne viennent plus vérifier. C'est le mois où ils ont coupé l'électricité. Mais ça valait le coup. Pour elle, en tout cas. Moi, j'allais en cours, je rentrais, et je faisais mes devoirs une lampe torche entre les dents. Je me débrouillais, je vivais ma vie au milieu de ce chantier que ma mère se trimballe dans la tête. Pour changer.

Je crois que je donnerais n'importe quoi pour savoir ce qui s'est passé, ce qui l'a laissée dans cet état. Tant que ça ne m'arrive pas, à moi…

Le soleil est déjà tombé, plongeant la pièce dans la pénombre, quand j'entends le boucan du break qui remonte la rue : Maman qui rentre de son boulot aux pompes funèbres. Elle travaille à l'accueil. C'est elle qui prend tous les appels. Elle dit aux gens si le cercueil qu'ils ont choisi est trop petit, les aide à commander assez de whisky pour la veillée.

Des pas dans l'escalier. Mais je ne bouge pas, écrasée par la touffeur ambiante, lourde et engourdie de la tête aux pieds. Maman n'a qu'à porter les courses toute seule.

Quand elle entre, elle fait peine à voir : des cheveux collés au coin de la bouche ; une tache de café sur le revers de sa chemisette. On se ressemble tellement que les gens nous prennent toujours pour des sœurs – et c'est pas flatteur, vu comment ils le disent. Cette même bouche tombante, ces mêmes mèches grises aux tempes. Les miennes sont venues tôt, si tôt que je ne me souviens pas à quoi je ressemblais avant. Des fois, je surprends Maman qui les regarde fixement. Des fois, je la surprends au bord des larmes. Avant, je croyais que c'était peut-être parce que je lui rappelais mon père – celui dont elle ne parle jamais ; celui qui a bien dû me léguer quelque chose, pourtant. Et puis j'ai arrêté d'y penser. J'ai commencé à me demander d'où Maman venait, plutôt, à me demander qui lui a filé cette tête qui ressemble tellement à la mienne.

— Salut, elle dit, en plissant les yeux au-dessus du sac de courses pour me regarder.

Y a une trace de je sais pas quoi au coin de son œil gauche, juste au-dessus de la cicatrice qui s'étale et remonte, là, et qui est encore plus vieille que moi. Au moins une chose qu'on n'a pas en commun.

Je décolle mes jambes du plancher, serre mes genoux contre ma poitrine. On est dans un bon jour, on dirait. Jusqu'ici, en tout cas. Tant qu'on se voit pas et qu'on se parle pas… C'est les mots qui vont tout gâcher.

— Salut.

— Tu m'donnerais un coup de main ?

Elle pose les courses sur la table branlante près de la porte. Je la vois qui reluque l'appart : elle vérifie. Tout est bien comme elle aime, avec la bougie qui brûle haut et fort au milieu de la pièce. Mais elle change de tête quand même.

— T'aurais pas pu fermer la fenêtre ?

Je ne réponds pas. Elle traverse déjà la pièce pour y aller. Son genou frôle ma tempe en passant. Je bouge pas, toujours assise par terre. Je l'entends s'énerver sur la fenêtre pour la fermer. C'étaient juste deux centimètres. Deux centimètres, et, si c'était la mère de quelqu'un d'autre, elle aurait rien dit ; elle aurait même pas remarqué. Elle aurait pas toutes ces règles, déjà, pour commencer. Mais elle a raison. J'aurais dû la fermer cette fenêtre.

Et encore, ça pourrait être pire. Elle accroche ses doigts aux miens et tire pour me forcer à me lever. Mon estomac se contracte à son contact. Il peut se passer des semaines sans qu'on se touche, des fois, avec son corps qui se rétracte si j'approche à moins de deux mètres.

— Donne-moi un coup de main, répète-t-elle, avec quelque chose de presque douloureux dans son sourire forcé. T'as qu'à te mettre devant le frigo.

Il fait encore plus chaud dans la cuisine, avec ces tonnes de mouches dont on n'arrive pas à se débarrasser agglutinées aux néons sous les placards du haut. Maman se griffe pratiquement les joues pour repousser les cheveux collés sur sa figure. Elle commence à déboutonner la chemisette de son uniforme pendant que j'apporte le sac de courses. Je ne vois pas tout ce qu'il y a dedans, mais ce que j'en vois n'est pas franchement engageant. Elle n'a jamais su faire les courses. Et, quand c'est juste elle qui s'y colle, elle rentre avec des biscottes et des tomates cerises, ou de l'eau gazeuse et du fromage à effilocher. Assez pour nous deux, avec un peu de chance.

C'est pas qu'elle m'oublie. Je crois vraiment pas, non. Je crois plutôt que Maman a juste assez d'énergie pour s'occuper d'une personne, et que cette personne, c'est elle. Toujours elle.

C'est plus facile quand je vais au lycée : le déjeuner à la cafète, des gens qui se disent mes amis tant que je suis juste devant eux, et les regards un peu trop appuyés des profs qui remarquent que je porte toujours mes fringues d'été en plein mois de novembre. Je peux toujours prétendre que Maman est simplement comme tous les autres parents, prétendre qu'il y a autre chose à en tirer pour moi que cet appart, qu'attendre qu'elle veuille bien encore de moi.

Parce que ça arrive. Alors, elle me serre tout contre elle jusqu'à ce que nos corps fusionnent et chuchote : « Rien que toi et moi. » Tant mieux, parce qu'elle a décidé qu'elle m'aimait. Et tant pis, parce qu'on aura beau tirer, les crampons qui nous retiennent l'une à l'autre sont bien trop profondément ancrés pour jamais se décrocher. Mais ça m'est égal. Maman et moi, et le monde nous appartient.

Aujourd'hui, elle a rapporté un pack de Perrier et un paquet de mini-poivrons. Je sais ce qu'elle me dirait, si j'achetais des trucs comme ça : on a de l'eau au robinet et les légumes frais, c'est trop cher. Mais je l'ai observée à l'épicerie. J'ai vu comment elle se fige brusquement, comment le vide se fait dans ses yeux, comme si le regard s'en retirait. Alors je dis rien et range tout dans le frigo avec les hotdogs et le paquet de fromage fondu de ses dernières courses.

— Qu'est-ce qu'on se fait ?

Je nous imagine déjà, toutes les deux attablées au comptoir, devant un dîner bien dégueu, à la composition bizarre, mais rien qu'à nous.

Erreur fatale. Peut-être qu'un autre jour, ce serait passé. Mais je vois le truc arriver rien qu'à sa tête : ses mâchoires qui se crispent, ses yeux qui se plissent.

— Qu'*on* se *fait* ?

Je peux rattraper le coup. Je peux rembobiner.

— Ben oui.

Je tire les hotdogs du frigo, en faisant celle qui remarque pas le glissement horrible du liquide dans le paquet. Faut que je lui montre que ce que je voulais, c'était cuisiner pour nous deux. Que j'attends rien de plus d'elle que ce qu'elle a déjà donné.

— Je pourrais faire revenir les poivrons, ou…

— Si ce que j'ai rapporté est pas assez bien pour toi, me coupe Maman d'un ton cassant, t'as qu'à y retourner toi-même.

Elle tire les clefs de voiture de sa poche et les balance sur le comptoir. Je me contrôle. Surtout ne pas bouger. Si jamais je prends les clefs, c'est parti. Et je ne vais pas pouvoir mettre fin au conflit sans me retrouver derrière le volant à me faufiler jusqu'à la station-service la plus proche pour un sachet de bretzels. Maman est comme ça. Moi aussi – je tiens ça d'elle. Toujours aller jusqu'au bout, quoi qu'il en coûte.

— Non, je tente prudemment, ça va.

Mais elle monte en régime.

— Prends de l'argent dans mon porte-monnaie, aussi, et va donc te chercher ce que tu veux. (Elle se penche vers moi, me plaque les clefs contre la poitrine. Le froid du métal me brûle.) Vas-y. Si tu veux pas conduire, t'as qu'à y aller à pied.

Je croise les mains, noue mes doigts pour ne pas mordre à l'hameçon : ne pas prendre les clefs. Elle se sent coupable. C'est pour ça qu'elle me provoque. Elle veut aller au clash. Mais c'est pas parce qu'on comprend ça que c'est plus facile à avaler.

— Non, franchement. C'est pas ce que je voulais dire.

Et c'est pas ce qu'elle attend de moi, je le sais bien. Mais, si je peux m'en sortir sans lui donner ce qu'elle veut…

J'essaie plutôt :

— Tu veux que je te prépare une assiette ? (Je peux y arriver. Je peux arrêter cette dispute. Je l'ai déjà fait.) Moi, j'ai pas faim.

— Et depuis quand ça compte, ce que je veux ? lance Maman, en se détournant pour aller à l'évier ouvrir le robinet jusqu'à ce que l'eau coule à fond sur ses poignets.

Elle a le sang chaud : ça va le refroidir.

— Depuis toujours. (OK, OK, si ça peut nous sortir de là, je veux bien céder du terrain. Je veux bien prendre encore une part de responsabilité – ces parts-là, c'est bien les seules choses que je peux m'approprier.) Je suis désolée. C'est ma faute.

Sur le moment, elle fait celle qui n'a pas entendu. Et puis elle lève les yeux avec, dans le regard, ce vide, comme si j'étais un des cadavres qu'elle voit au boulot. Et l'eau qui coule toujours sur sa peau, quasi transparente à force d'être fine, jusqu'à ce que je tende la main devant elle pour la couper.

Elle cligne des yeux, lève la main vers mon visage, frôle l'endroit sur ma joue où se trouve sa cicatrice. Sa paume est froide et mouillée. N'empêche, je sens le sang me monter au visage, mes paupières qui papillotent, se ferment.

Elle fait alors un geste et je sens un truc qui tire tout en haut de mon front. Quand elle enlève sa main, elle tient un long cheveu gris entre ses doigts. Elle a eu ses cheveux gris pile à l'âge que j'ai aujourd'hui : plus tard que moi. Mais je me rappelle pas qui m'a dit ça. J'ai comme l'impression, subitement, que ça peut pas être elle.

— Oh !

Je cligne des yeux pour chasser une sensation de vertige et la regarde enrouler le cheveu autour de son doigt, si serré que sa peau rougit.

— Quel dommage !

C'est presque comme si elle parlait toute seule.

Elle me laisse me débrouiller avec mon dîner et disparaît dans sa chambre. Elle fait couler l'eau du bain toute la soirée, et, au début, je crois qu'elle cherche à se rafraîchir les idées, à se calmer. Mais, quand j'y vais, plus tard, pour me laver les dents, la glace est embuée et les robinets sont brûlants.

Comment ne jamais laisser le feu s'éteindre. Comment refermer la plaie après une engueulade, pour qu'elle ne soit plus qu'une cicatrice. Voilà le genre de trucs qu'on apprend avec une mère comme la mienne. Mais, surtout, on apprend comment se faire aimer sans jamais en avoir la preuve. Dix-sept ans, et j'y arrive toujours pas.

DEUX

Maman me réveille toujours avant d'aller bosser. Ma chambre est accolée à la sienne, même pas vraiment séparée, en fait. Une cloison beige moucheté – achetée dans un magasin de fournitures de bureau et trop courte d'une tête – coupe la pièce en deux avec, juste de l'autre côté, son lit. Ce matin, dans la lumière grisâtre du petit jour, elle vient se percher au bout du mien, la bougie d'hier entre les mains comme le saint sacrement.

Je me redresse, me frotte les yeux pour chasser le sommeil, et attrape le briquet à tâtons sur ma table de nuit. Il fait déjà trop chaud, avec les draps qui me collent aux jambes.

— Allez ! me presse Maman. Je suis déjà en retard.

Ses cheveux, encore mouillés de la douche, dégouttent sur le chemisier mauve de son uniforme. Elle va baisser la vitre de la voiture et ils seront secs le temps qu'elle arrive à l'entreprise de pompes funèbres.

— D'accord. Pardon.

La flamme jaillit, se dresse droite et hardie. Ma main tremblait avant, quand je faisais ça, mais plus maintenant. Plus de panique quand j'approche le feu de la mèche jusqu'à ce qu'elle s'allume. Plus de peur quand je laisse le briquet s'éteindre et me penche pour sentir la chaleur sur ma peau.

C'est ce moment-là qui compte pour Maman. Me regarder. Dans les bons jours, ça me vaut un baiser sur la tempe, et sa règle préférée chuchotée à l'oreille. La plupart du temps, ça me vaut rien du tout. Juste l'impression que c'est un genre de test et que je l'ai réussi de justesse.

— Bien. (Elle se lève. La lumière de la flamme se concentre sous son menton.) Rendors-toi.

Elle laisse la bougie sur ma table de nuit. Je me rallonge et lui tourne le dos – à la bougie, je veux dire. Un de ces jours, elle fichera le feu et on brûlera toutes les deux. Je sais même pas si ça me dérangera tant que ça.

Il est tard, la matinée déjà bien entamée quand je me réveille. Pas la peine de checker mon portable : j'ai plus de crédit et, de toute façon, personne cherche à me joindre. Maintenant que les cours sont finis, j'ai rien à faire et personne avec qui rien faire. Trop de jours vides qui se profilent à l'infini devant moi. Et rien pour les remplir. Avant, Maman m'emmenait au boulot avec elle. Elle me collait sous son bureau et je regardais son ventre bouger, se contracter chaque fois que le téléphone sonnait. Les espaces entre les boutons de sa chemisette, la pâleur de sa peau et les plis qui s'incrustaient dedans, tout rouges. Pendant un moment, c'était ce que je me figurais quand je pensais à elle. Cette pénombre et cette courbe. Ça et l'odeur des pompes funèbres. Comme un parfum de roses, de poudre, de poussière.

Je me lève. J'entends la bouilloire siffler. Pas fort, mais quand même, et, en me penchant par la porte de ma chambre, je peux voir la cuisine de l'autre côté du salon. Le gaz est toujours allumé. Elle a dû oublier de l'éteindre. Je l'imagine d'ici en plein rush, avalant une tasse de thé genre lavasse, sans rien manger parce qu'elle a pas fait les bonnes courses. Je ferme les yeux, ignore ce pincement au cœur.

Je l'aime tellement plus quand elle n'est pas là.

C'était pas nouveau, la prise de tête d'hier. C'était pas la première. On en a déjà eu une bonne centaine des comme ça, et on en aura une bonne centaine d'autres. Mais chaque fois c'est pareil : je me sens mal après. Je me retrouve toujours à essayer de tirer quelque chose de ce bled qui pourrait passer pour une compensation, une bonne excuse, au moins – c'est pas d'elle que j'en aurai, en tout cas, c'est clair. Oh, c'est pas qu'il y ait grand-chose à attendre de Calhoun non plus. Pourquoi Maman a décidé de s'installer ici, ça, ça me dépasse. Mais je crois que je dirais pareil de n'importe quel autre endroit. Maman n'a jamais eu l'air d'être quelque part où elle avait envie d'être, de toute façon. Pas une seule seconde.

J'éteins le gaz, enfile vite fait un short et un tee-shirt, tire mes cheveux en arrière pour les natter. J'en suis à la moitié de ma tresse quand je m'arrête net. Je pense à mes tempes grises, à la façon dont ça va les faire ressortir. Maman ne m'aime pas coiffée comme ça. Mais j'en fais bien assez pour elle, déjà.

J'enfile mes baskets et descends l'escalier. Une petite brise monte par la porte ouverte sur la rue. N'empêche, cette chaleur qui cogne et qui colle. J'en ai les cheveux tout poisseux de sueur avant même d'être arrivée dehors.

On habite au-dessus d'une boutique vide, avec la devanture carrelée en turquoise trop criard et le mot « Entrée » sur la porte – tout ce qui reste des pancartes qui étaient accrochées là à la base. Quasi tout Calhoun est comme ça, maintenant, avec des trous là où il y avait de la vie avant, là où le temps s'est juste arrêté. À côté, il y a un coiffeur pour hommes, ouvert lui, comme toujours. Et avec absolument personne à l'intérieur, comme toujours. En face, un entrepôt désert, avec des fenêtres cassées et les briques de la façade couvertes de graffitis. Je retrouve mon favori quand je passe devant – qui me dit : « T'es déjà mor » tagué en rose fluo –, et je continue, les yeux quasi fermés à cause du soleil, en direction de ce qui passe pour le centre de Calhoun, à un pâté de maisons de là où la route coupe le bourg en deux.

La ville est déserte à cette heure de la matinée. Même chez Redman, le *diner* local, c'est calme entre les repas, avec un seul client accoudé au comptoir devant un café. J'y vais pour tuer le temps, des soirs, quand Maman a l'air à bout. Je regarde les gens de ma classe entrer et sortir dans des nuages de fumée, de l'ennui plein les yeux, le regard morne et absent.

La majorité vit au nord de la ville, là où les baraques prennent leurs aises, avec des pelouses qui poussent entre chaque. Quand on était plus jeunes, certains étaient mes copains et je passais des après-midi sur leurs canapés, devant leurs télés, à manger leurs glaces et leurs bonbons. Mais venait fatalement le moment où ils me demandaient où j'habitais, et je pensais à l'appart, avec son odeur rance et son frigo vide, et c'était fini. Aujourd'hui, je vois ces mêmes têtes en cours. Je vois leurs bagnoles d'occasion garées devant le ciné qui tient à peine le coup, vu les films qu'il projette avec six mois de retard.

La bonne femme à qui appartient le ciné est notre propriétaire. Mais on l'a pas vue depuis des mois et Maman a arrêté de payer le loyer – pas plus mal : plus Maman fait d'économies, moins elle risque de s'apercevoir que j'en pique une partie.

Pas pour m'amuser. Je le dépense jamais, cet argent. Je le regarde même pas. Je le fourre juste dans une enveloppe que je garde sous mon matelas et j'essaie de faire comme si je ne ressentais pas cette crampe à l'estomac chaque fois que j'imagine comment je pourrais bien m'y prendre pour la planter là, chaque fois que je me demande ce que Maman ferait, comment elle réagirait en se réveillant dans un appartement vide. Est-ce qu'elle me chercherait ? Ou est-ce qu'elle pourrait enfin vivre tranquille ? Parce que, si ça se trouve, c'est ce qu'elle attend depuis le début.

Faut pas croire que j'ai pas déjà essayé. Je suis pas passée loin, même. Des fois, je franchis la porte, et tant pis si j'ai que dix-sept ans, tant pis s'il me reste encore un an de lycée. Et puis je l'entends : « Rien que toi et moi. » C'est comme une malédiction dont on ne peut pas se défaire. Alors, je reste avec Maman, parce que je n'ai qu'elle, parce qu'elle dit que c'est ma place, ici ; et peut-être que c'est pour me faire mal ou peut-être que c'est par amour, mais je peux plus vraiment faire la différence.

C'est pas ça qui m'empêche de chercher une autre échappatoire. Si je trouve pas le courage de partir toute seule, je vais avoir besoin de quelqu'un qui veuille bien de moi. Une autre Nielsen. Une autre famille : une autre chance.

J'ai interrogé Maman là-dessus, un jour. Juste une fois. J'avais dix ans et une fille à l'école s'était ramenée avec une flopée de cupcakes pour son anniversaire en disant que c'était sa grand-mère qui les avait faits. Je savais ce que c'était que des grands-parents et je savais ce que c'était que des pères. Mais elle avait posé un cupcake devant moi et il avait fallu que je gerbe dans la corbeille à côté du bureau de la maîtresse. Après, l'infirmière scolaire avait demandé si j'étais malade. J'avais dit oui parce que c'était plus simple que d'expliquer. Plus simple que de lui raconter que je venais juste de me rendre compte qu'il y avait un gros trou dans ma vie.

En rentrant à la maison, j'avais demandé à ma mère d'où venait notre nom. J'avais commencé par mon père parce que ça paraissait plus facile : j'avais l'impression que ça comptait moins pour elle. Et j'avais raison parce qu'elle avait juste balayé le sujet d'un mot. Mais mes grands-parents… C'était la première fois que je la voyais comme ça. Je la reconnaissais pas.

Elle n'avait rien dit, au début. Mais elle s'était levée et elle avait fermé la porte de l'appartement à clef. Et puis elle s'était assise sur le canapé, bien calée contre le dossier, les bras croisés.

— On bougera pas d'ici, avait-elle dit d'une voix monocorde, les yeux braqués sur moi, jusqu'à ce que tu me promettes de ne plus jamais poser cette question.

Je me souviens que ça m'avait fait rire parce que, forcément, elle disait ça pour jouer. On allait forcément se lever pour dîner, pour aller se préparer, pour aller se coucher. Mais, comme je continuais à la regarder, mon rire m'était resté dans la gorge.

— Pas d'un pouce, avait-elle insisté. On mourra sur place s'il le faut, Margot. Ça m'est égal. Jusqu'à ce que tu jures.

Si on avait cette conversation maintenant, j'arriverais pas à la laisser gagner. On resterait assises là jusqu'en plein hiver, jusqu'à ce qu'y en ait une qui cède. Mais j'étais petite et j'avais faim et j'ai dit : « Oui. » J'ai dit : « Pardon. » J'ai dit : « Je jure. »

Alors, forcément, j'ai commencé à chercher à la première occasion. J'ai acheté un carnet au supermarché, j'ai écrit mon nom de famille sur la première page et j'ai commencé à farfouiller sur les ordinateurs à la bibli, à éplucher les vieux journaux archivés. Mais tout ce que j'ai réussi à dénicher, c'étaient des listes dans les annuaires téléphoniques : des numéros qui n'existaient plus ou d'autres familles Nielsen qui n'avaient jamais entendu parler d'une Joséphine ni d'une Margot.

J'ai laissé tomber. Y avait des trucs plus importants à noter. Sur Maman et moi, déjà. C'est ce qu'il y a dans mon carnet, maintenant, celui qui est sous mon matelas avec l'enveloppe. Les prises de tête qu'on a eues, mot pour mot. Les moments où elle m'a regardée comme si elle voulait vraiment me garder. Pour prouver que les choses se sont bien passées comme dans mes souvenirs. Il faut ça, avec quelqu'un comme Maman, quelqu'un qui t'attaque plus sur si les choses se sont vraiment passées comme ça que sur si elles font mal ou pas.

Celle d'hier ne vaut pas le coup d'être notée, par contre. Y en aura encore des dizaines du même style avant la fin des vacances. Clash, reclash et on colmate avec le sang coagulé. C'est comme ça que ça marche entre nous.

Et quand je peux aider à faire passer, je m'en prive pas. Voilà pourquoi j'ai un rouleau d'argent volé au fond de ma poche et pourquoi j'ai les yeux rivés sur la vitrine de l'autre côté de la rue. Heartland, Rachat d'or et Brocante, où Frank entasse la moitié des affaires de Maman dans ses présentoirs. Ça fonctionne par cycles avec elle : elle dépense trop en courses qu'elle ne mangera pas, et puis elle vend à Frank une boîte à bijoux remplie de fausses boucles d'oreilles en or ; elle économise sur le loyer et elle rachète la moitié des boucles d'oreilles. C'est débile. Le prix de rachat monte à chaque fois. Et c'est pas comme si elle voulait empêcher quelqu'un de mettre la main dessus : elle pourrait les laisser au clou pendant un demi-siècle que personne n'y toucherait, à ses trucs. Mais allez lui dire ça !

Je sais pas ce que je peux acheter avec les billets que j'ai dans la poche, mais je vais les lui rapporter en espérant que ça me fera gagner quelques jours de tranquillité. Quelques jours où rester me semblera pas un si mauvais choix.

Je traverse, avec l'asphalte qui brûle même à travers mes baskets, et me dépêche d'entrer dans la boutique. Les clochettes de la porte tintent tout doucement tant je la referme avec précaution. Il fait sombre, là-dedans, et frais, avec le ventilo dans l'angle qui tourne à plein régime. Sur le coup, je me dis que je resterais bien assise sur cette moquette gris sale jusqu'à la fin des temps. Et puis y a un bruit dans le fond du magasin et je reconnais la voix de Frank qui fredonne en sourdine – faux, comme d'habitude.

Il porte une de ses chemises de bûcheron, mais à manches courtes. Les auréoles de sueur sous ses bras font des taches sombres sur le tissu écossais – plutôt fait pour l'hiver, à mon avis, mais bon. C'est un brave type, Frank. Il ne vire jamais Maman quand elle lui rapporte des trucs à vendre, même si c'est que des merdes. Il lui fait jamais un prix quand elle veut les lui racheter non plus. Mais je ferais pareil à sa place.

— Margot. (Il m'interpelle en me faisant signe de venir au comptoir où il est en train de feuilleter une pile de factures.) Ta mère arrive ?

C'est pas une règle comme pour la bougie, mais je suis pas censée venir ici sans elle. Après tout, c'est sa vie dans ces boîtes, sa vie avant moi. J'hésite, je me demande si je ferais pas mieux de retourner à la maison. Non, c'est un truc plutôt cool que je fais pour elle, là. Ça lui fera plaisir. Je vais lui racheter une paire de boucles d'oreilles, ou de vieilles fringues qu'elle pourra emporter chez la couturière pour les faire retailler.

— Pas aujourd'hui, je réponds en traversant la boutique pour me diriger vers lui.

Y a une vitrine qui longe les murs et deux meubles avec des étagères qui coupent en deux l'espace, avec tout un fatras entassé dessus. Les objets sont étiquetés et, avec le ventilo qui tourne, les petits bouts de papier volettent. Le prix, inscrit à la main, est barré d'un grand trait oblique, avec un prix plus bas écrit juste en dessous.

Je m'approche de la vitrine contre le mur du fond, celle avec la caisse au bout et le tabouret de Frank juste derrière.

— Comment va votre femme ?

— Toujours morte, répond Frank – sa vanne rituelle –, et il attend que je me marre, même si je ne ris jamais. Et toi, ça va ?

Je lève les yeux au ciel.

— Ça peut pas aller mieux.

Je me demande si je le penserai vraiment un jour.

— Alors ? (Frank pose ses factures et se penche en avant, les coudes calés sur la vitrine.) Pour toi, ce sera quoi ?

J'aurais dû compter mon argent dehors. Mais j'ai oublié, et maintenant que je suis devant Frank, je vais quand même pas vider mes poches. Ça doit être deux billets de vingt – Maman ne paie plus le loyer en billets de dix. Mais je suis pas idiote au point de laisser Frank les voir.

— Pas trop sûre encore. (Je lui réponds en reculant pour me diriger vaguement vers une des vitrines où les trucs de Maman sont d'habitude.) Je fais que regarder.

— Son bazar est plus là, dit Frank, en contournant le bout du comptoir pour me rejoindre.

— Qu'est-ce que vous voulez dire ?

Je me tourne et fronce les sourcils en découvrant toute une série de cartes de joueurs de baseball de collection écornées et une paire de puces d'oreilles en faux diamant là où les trucs de Maman étaient normalement.

— Je veux dire que vous étiez les deux seules à l'acheter, s'énerve à moitié Frank. C'est pas avec ça que je vais faire de la marge, hein ?

— Vous l'avez mis où, alors ?

Je peux pas cacher ma panique tant j'ai la voix tendue. J'entends déjà l'engueulade. Si ses trucs sont plus là, s'il a tout liquidé, d'une manière ou d'une autre, ce sera encore ma faute.

Il m'adresse ce regard qu'ont la plupart des gens d'ici quand ils ont déjà rencontré ma mère : incrédule et un peu inquiet – ce que je déteste par-dessus tout, parce que de quel droit ils s'inquiètent pour moi ? C'est ma mère, et quand j'ai mal, je sais qu'elle a mal aussi.

— Juste ramassé dans la réserve, c'est tout. (Il désigne la porte derrière la caisse d'un coup de menton.) On se calme.

— Pardon. (Je me force à avaler ma salive, à me détendre.) Je peux voir ?

Il me fait signe de le suivre et se dirige vers l'arrière-boutique. Le bordel, là-dedans ! Y en a jusqu'au plafond, si haut que ça doit être ça qui soutient l'immeuble. Des fringues, des bouquins et assez de montres pour couvrir mes deux bras. Au fond, une table qui a l'air ancienne – mais, à tous les coups, c'est de l'aggloméré –, et qui disparaît sous cinq ou six boîtes en piteux état, avec les côtés éventrés. Et, sur toutes, « Nielsen » écrit à l'encre noire décolorée.

— Là, tente de me rassurer Frank, qu'est-ce que je te disais ?

— Merci. (Je me balance d'un pied sur l'autre, prise de frissons subitement.) Vous êtes pas obligé de rester avec moi non plus.

— Pour que tu te tires en douce avec la moitié des affaires de ta mère sous ton tee-shirt ? (Il a l'air de blaguer, mais il s'adosse quand même au montant de la porte, les bras croisés. Y a un truc dans le spectacle de ses genoux osseux qui pointent sous son bermuda de baroudeur qui me lève le cœur.) Choisis, décide-toi. Les prix devraient toujours être marqués.

Je me faufile vers la table d'un pas tranquille, en essayant de ne pas montrer à Frank que je stresse. C'est les affaires de Maman, des choses qu'elle a décidé de pas garder parce qu'elle en avait pas besoin. Je les ai jamais vraiment regardées avant – elle les trie elle-même et me fait attendre juste là où Frank se tient en ce moment. Et, chaque fois que je suis venue sans elle, c'était pour moi, en général pour voir si Frank était prêt à me vendre un téléphone mieux que le mien à moitié prix. Il l'a jamais été.

— C'est quand tu veux, me dit-il en attrapant une des montres étiquetées pour taper sur le cadran d'un air impatient.

— C'est pas comme si vous aviez une queue de clients qui vous attend, je lui réplique. (C'est plus vache que ce qu'il mérite, mais je suis à cran – et puis c'est vrai, en plus.) Laissez-moi une minute.

J'ouvre la première boîte et reluque dedans. Elle est pratiquement vide, à part un assortiment plutôt hétéroclite d'argenterie et une poêle tapissée d'une couche indéfinissable qui pue au-delà de l'imaginable. Je tousse et j'ai les yeux qui piquent. Pour le plus grand plaisir de Frank, qui éclate de rire derrière moi.

— Avec ce truc-là, t'es sûre d'y rester ! ricane-t-il en me voyant me détourner pour aspirer un peu d'air frais.

— Mais pourquoi vous lui avez acheté un truc pareil ? Je vous prenais pas pour Mère Teresa.

— Comme quoi, t'en sais moins que tu le crois, me rétorque Frank en bombant fièrement le torse. Je suis le gars le plus sympa de la terre.

Je retourne aux boîtes de Maman. Si elles sont toutes comme ça, Frank pourrait bien avoir raison. C'est que du bazar. Et c'est plutôt triste, en fait. La vie de ma mère. Trente-cinq ans, et c'est tout ce qu'elle en a tiré ? Elle m'a eue tôt, je sais bien. Mais c'est pas évident de s'en souvenir, vu la distance qu'elle met entre nous. Pas évident de se rendre compte que, durant les dix-huit années qui ont précédé ma naissance, elle a même pas eu la chance d'avoir une vie.

J'ai la gorge qui se serre, mais je fais comme si de rien n'était et tire la plus petite boîte vers moi. Je l'ai jamais vue, celle-là. Dedans, y a surtout du tissu, et, au début, je crois que c'est des fringues. Peut-être qu'on pourrait emporter ça chez la couturière comme je l'avais prévu. Et puis je tire dessus et c'est pas du tout ça, en fait. C'est une couverture. Toute petite et toute douce, rose pâle.

— C'est ça que tu veux ? demande Frank. Ça doit pas coûter bien cher.

Je ne réponds pas. Je peux pas. C'était à moi. Ça ne pouvait être qu'à moi. Y a pas d'initiales dans le coin, ni de nom écrit sur la petite étiquette blanche, mais cette boîte… C'est toutes mes affaires de bébé. Une boule dans la gorge, les yeux qui brûlent. Le tout début de ma vie, empaqueté et vendu. Elle a pas pu le garder, mais elle a pas pu s'en débarrasser non plus. Exactement comme avec moi, maintenant.

— Non, pas ça, je finis par dire tout bas d'une voix éraillée.

— OK. Dépêche-toi, alors.

Je pose la couverture sur la table et fouille dans le reste de la boîte. Ici, un livre cartonné, avec des images aux couleurs vives et pas de texte, tout gondolé d'humidité sur les bords. Là, un tee-shirt, retaillé et cousu à la va-vite pour faire une barboteuse à un bébé carrément minuscule. *Toi, je te rappelle. C'était pour toi.* Mieux vaut pas m'attarder : ça fait trop mal. C'était une mauvaise idée. Je devrais m'en aller.

Je jette un dernier coup d'œil avant de renoncer. Tout au fond, quelque chose accroche le peu de lumière de la pièce. Je plonge la main pour le prendre avec précaution. Une bible, les mots gravés en doré sur la couverture blanche. Elle ne ressemble pas à celles que j'ai vues, les rares fois où j'ai eu le courage de me traîner au fond d'une église pour l'office. Celle-là est plus grosse, plus jolie. Il y a un motif qui borde la couverture et les tranches des pages sont épaisses et dorées. Le dos du bouquin craque quand je l'ouvre à la première page. Là, écrit en lettres bleues d'une écriture arrondie, il y a un message :

S'il est possible, que cette coupe passe loin de moi !
Cependant, non pas comme moi, je veux, mais comme toi, tu veux.
Pour ma fille en son douzième anniversaire.
Avec tout mon amour, ta mère, 8/11/95

J'ai passé un temps fou à chercher un truc pour prouver qu'il y avait eu quelqu'un avant Maman. Que j'avais vraiment une famille, ou un semblant de famille, sous une forme ou une autre. Et ça, c'est la première preuve que je vois. Quelqu'un l'a écrit. Ma mère a été une petite fille, un jour. Je le savais, bien sûr que je le savais. Mais pas comme je le sais maintenant.

— Ça, je dis. Combien pour ça ?

— T'as qu'à regarder l'étiquette, grommelle Frank.

Il se déplace quand même et tend la main. Mais je ne lui donne pas la bible. Je tourne juste le dos du bouquin vers lui pour qu'il puisse voir de quoi il s'agit.

— Ça ? (Il hausse les sourcils, et je fais de mon mieux pour garder un visage impassible.) Drôle de choix.

— Vous voulez le vendre ou pas ?

— C'était juste pour dire. (Il soulève la couverture et fronce les sourcils en voyant le prix griffonné en haut, dans le coin de la page de titre.) Quarante.

Je devrais marchander, mais j'en ai marre d'être ici et je tiendrai pas une minute de plus. Je pioche les billets dans ma poche – deux de vingt, c'est tout ce que j'ai justement – et je les lui colle dans la main, avant de retraverser le magasin en sens inverse vers la sortie. Le cuir de la couverture est tout collant contre ma poitrine et le soleil brille trop fort.

J'aurais pas dû, je me répète en boucle. *J'aurais pas dû.*

TROIS

Je vais quand même pas rentrer. Qu'est-ce que je serais censée faire : attendre qu'elle revienne ? C'est trop. Et pas assez. Et je finis chez Redman, sur la banquette du fond, avec un verre d'eau et pas un sou pour me payer quoi que ce soit d'autre. S'il y avait un minimum de clients, ils me jetteraient. Mais, vu que c'est juste moi et la serveuse, et un type vautré sur le comptoir – qui, je suis quasi sûre, n'est pas encore mort…

Je regarde une goutte de condensation dégouliner le long de mon verre pour s'étaler sur la table. Maintenant que j'ai plus toutes les affaires de Maman déballées devant moi, ma panique a commencé à se calmer. Mais je sens encore comme un malaise au creux de mon estomac, un truc aigre sur ma langue que j'arrive pas à ravaler. Parce que j'ai compris pourquoi je fais ça.

Il faut un bon moment, des fois. Pour comprendre. Ce serait important pour moi d'avoir un cadeau de ma mère. Alors, ce sera sûrement important pour elle d'avoir un cadeau de la sienne. C'est ce que je me suis dit quand j'étais chez Frank. Mais, pendant toute ma vie, Maman a passé son temps à nous cacher son passé. Alors, c'est pas un cadeau, en fait. C'est une punition. J'essaie de lui faire mal.

D'après elle, j'essaie souvent. D'habitude, je ne fais pas exprès. Mais, cette fois, si. Même si ça m'a pris dix bonnes minutes pour m'en rendre compte. Je vais lui montrer cette bible et je vais lui dire : « Regarde ce que j'ai trouvé. Je t'ai désobéi tout ce temps. Tu pourras pas me séparer de ma famille éternellement. »

Je rouvre le bouquin, suis le tracé des lettres du bout du doigt. Son douzième anniversaire. Impossible d'imaginer Maman à cet âge-là, si jeune. Impossible de l'imaginer lisant la Bible non plus, d'ailleurs. Est-ce que sa mère l'emmenait à l'office, lui lisait les Saintes Écritures pendant qu'elle se mettait en pyjama ?

Sa mère. J'appuie mes paumes contre mes paupières et je respire à fond. Ma grand-mère. C'est ma grand-mère. Mon nom et mon sang, c'est d'elle que je les tiens. Elle a existé. Et peut-être qu'elle existe encore.

Il ne me reste plus qu'à la trouver.

Je tourne quelques pages. Ici et là, dans la marge, je repère des notes écrites à la main. Des passages soulignés, et un jeu de morpion griffonné en travers d'un des titres.

— Je peux vous apporter autre chose ? me demande la serveuse.

Je sursaute et referme trop brutalement la bible sur mes doigts.

— Non merci.

Elle regarde avec insistance l'espace vide devant moi où devrait se trouver une assiette pleine.

J'accroche un sourire à mes lèvres.

— Un nouveau verre d'eau, peut-être ?

Elle prend mon verre encore plein et le repose.

— Et voilà !

Dès qu'elle tourne les talons, je rouvre la bible. Quelque chose à l'intérieur a bougé. Juste un tout petit peu. Ça dépasse comme un marque-page. Avec précaution, je glisse un doigt à l'endroit où le truc était coincé, aplati par le poids des pages, calé contre le dos du livre.

Une photo. Pas du tout déchirée ni écornée, mais le brillant de la surface est couvert d'empreintes de doigts, comme si on avait passé du temps à suivre les contours de ce qu'elle représente. Je me penche. C'est une maison – une partie, du moins –, qui se découpe, imposante, avec sa peinture bien blanche sur le ciel bleu, et le soleil brille tellement qu'il efface presque tout : les vastes champs couverts de neige, la vague silhouette des arbres à l'horizon. Tout, sauf la fille au premier plan. Elle est jeune, le visage encore rond et plein, la peau lisse et sans cicatrice, le bras tendu vers la personne qui tient l'appareil, et son sourire est si grand que je peux voir le trou de la dent de devant qui est tombée.

Maman, j'imagine. Ça lui ressemble, en tout cas. Comme moi quand j'avais cet âge-là. Ça doit être là qu'elle a grandi.

Je tire doucement sur la photo pour la déloger. Pas question que je lui en parle. La bible, d'accord. Mais ça, je le garde pour moi. Elle a été comme moi, autrefois, mais je ne serai pas comme elle.

Je retourne la photo, prête à la plier pour la fourrer dans ma poche. Il y a quelque chose d'écrit derrière. L'écriture correspond à celle de la dédicace sur la première page de la bible. Rédigée par la même personne, sans doute. Par ma grand-mère.

« Fairhaven, 1989, Ferme Nielsen. » Suivi de : « Tu te souviens comment c'était ? J'attendrai. Viens quand tu peux. »

Et après, un coup de chance comme j'en ai jamais eu de ma vie : un numéro de téléphone.

Je souris, retenant de justesse le rire qui manque de m'échapper. Des journées entières à chercher, chercher, et c'était juste là. Un appel à rentrer chez moi.

Calhoun n'a qu'un seul téléphone public, en plein centre-ville. Je préférerais utiliser mon portable – un vieux truc sans écran tactile, ni affichage du numéro –, mais on achète des cartes prépayées et j'ai épuisé tout mon crédit en début de mois après avoir passé un après-midi entier à jouer à la bibli en oubliant de me connecter au Wi-Fi. Donc, pas le choix : c'est là, dans la cabine juste devant le centre commercial. Et c'est maintenant, tant que Maman est au boulot et que les rues sont désertes. Avec un peu de chance, personne ne me verra et j'arriverai à cacher ça à Maman un peu plus longtemps.

Quand j'arrive, la cabine est vide, comme toujours. Alors, je me glisse dedans, colle la bible sur l'étagère en plastique sous le téléphone et sors la photo de ma poche. Je la déplie soigneusement. Le numéro est toujours au dos : je n'ai pas rêvé.

C'est vraiment aussi simple que ça ? Une photo coincée dans un bouquin, une pièce piquée dans la soucoupe à pourboires, sur le comptoir du *diner*, et ma famille à l'autre bout du fil ?

Peut-être que le numéro n'est plus en service. Peut-être que ce sera une autre Nielsen qui ne connaîtra même pas mon nom. Ou peut-être que ce sera bien les parents de ma mère, qui poireautent depuis trois siècles et n'attendent que moi.

Je ferme les yeux deux secondes, carre les épaules. Je me dis : *Arrête de reculer. Fais ce que tu es venue faire. La vie avec Maman, ce sera toujours pareil, et, là, tu as une chance de connaître autre chose.*

Mais, en tendant la main vers le combiné, quand je décroche, je l'entends encore : « Rien que toi et moi. » *Rien, rien, rien...*

Le téléphone paraît soudain trop lourd et la sueur fait glisser ma main sur le plastique. Je le serre plus fort. La pièce que j'ai piquée chez Redman est toujours dans ma poche. *Maintenant, Margot. Il faut que ce soit maintenant, avant que Maman rentre, avant que la porte que tu as réussi à pousser se referme sur tes doigts.*

J'introduis la pièce dans la fente et je compose le numéro sur le clavier. Je respire un bon coup en attendant d'être mise en relation.

Sur le moment, il ne se passe rien. Juste le stress qui monte, se propage : *le numéro est trop vieux, périmé, et je retrouverai jamais ma famille, plus jamais jamais...* Et puis le stress redescend : j'entends un déclic, ça commence à sonner. Une fois. Deux fois. Encore une fois. Encore et encore, jusqu'à ce que, finalement...

Silence. Avec, en fond sonore, comme une profonde inspiration. Puis une voix de femme. Une vraie voix et, dans mon oreille :

— Vous êtes bien chez les Nielsen. Véra à l'appareil.

J'ouvre la bouche. J'attends que les mots sortent. Rien ne vient. J'aurais dû m'entraîner. J'aurais dû prévoir ce que j'allais dire. Mais comment j'aurais pu me préparer à un truc pareil ? À une autre Nielsen au bout du fil, à la réponse que j'attends depuis que j'ai dix ans ?

— Allô ?

Mais je ne peux pas répondre, et, dans le silence qui suit, la femme à l'autre bout de la ligne – Véra, elle s'appelle Véra –, dit :

— Joséphine ? Joséphine, c'est toi ?

Mon cœur se serre. Est-ce que je trouverai un jour un endroit où ma mère n'est pas d'abord allée ?

— Non. (Je me redresse, essaie de recouvrer mon sang-froid.) C'est...

— Qui êtes-vous ? Si vous êtes un de ces démarcheurs, je suis désolée, mais je vous préviens : je ne vous achèterai rien.

De l'agacement et de l'impatience dans une voix basse, éraillée par l'âge. Comme celle de ma mère, mais sous-tendue par une volonté de fer, quelque chose de sensiblement inflexible et que ma mère n'a jamais eu. La voix de la femme qui a écrit cette dédicace, qui a laissé à Maman son numéro de téléphone : ma grand-mère.

Et je devrais répondre, juste lui dire mon prénom. Mais je voudrais qu'elle le sache déjà, qu'elle reconnaisse ma voix. Je voudrais compter suffisamment pour que ma mère ait parlé de moi. Même à des gens qu'elle a passé sa vie à éviter, à tenir à distance.

— C'est moi.

C'est tout ce que je peux lui donner. *Pourvu, pourvu qu'elle sache. Pourvu qu'elle sache.*

— Oh.

J'entends un soupir saccadé. Je sais pas si c'est le sien ou le mien.

— Margot. Tu es Margot.

Quelque chose s'accroche au creux de ma poitrine. Quelque chose qui tire assez fort pour que je le ressente à travers tout mon corps. Voilà ce que ça fait quand on obtient ce qu'on veut.

— Oui. (Et j'ai honte tellement ça s'entend, après quelques mots à peine échangés entre nous, que j'ai envie de pleurer. Je ferme les yeux pour essayer d'imaginer à quoi ressemble la femme à l'autre bout du fil. Tout ce que je réussis à faire apparaître derrière mes paupières serrées, c'est le visage de ma mère.) C'est moi.

— C'est toi, répète-t-elle, et je suis prête à parier tous les billets encore sous mon matelas qu'elle a autant les larmes aux yeux que moi. C'est ma petite Margot. C'est ma petite-fille. Dieu que c'est bon d'entendre ta voix, ma chérie !

Un rire étranglé me chatouille la gorge et j'essuie du dos de la main les nouvelles larmes qui me piquent les yeux. Elle a l'air de le penser, en plus.

— Pour moi aussi.

— J'espérais que ça arriverait un jour.

Une pause. Le genre que je reconnais au plus profond de moi, le genre que tu prends quand tu mesures le risque de ce que tu vas dire après. Est-ce que c'est là que Maman l'a appris ? Est-ce que ça fait partie de notre héritage, comme nos cheveux gris ?

— Ta mère te garde pour elle toute seule, finit par ajouter Véra. Mais, moi, je pense souvent à toi.

— Moi aussi.

C'est gênant, à quel point ça se sent. Le manque. Mais plus rien de tout ça n'a d'importance. Ma grand-mère. Ma famille. Quelqu'un qui n'est pas ma mère.

— Où es-tu, ces temps-ci ? Tu vas bien ?

De quoi elle est au courant exactement ? De ce qu'on vit, Maman et moi, je veux dire.

— On va bien.

Une pointe d'agacement filtre dans ma voix. *On va bien, et même quand on ne va pas, c'est notre problème.*

— Tant mieux, répond doucement ma grand-mère. Tu m'en vois ravie.

Aucune de mes recherches n'a jamais rien donné, même pas le profil de cette femme, le vide qu'elle a laissé derrière elle. Et ça ne m'a certainement pas aidée à savoir jusqu'où aller, question familiarité.

— Est-ce que je... (Je m'éclaircis la gorge.) Je vous appelle Véra ou... ?

Un éclat de rire, franc et net. Je me dis tout de suite que j'ai tout gâché, que je me suis ridiculisée.

— C'est à moi de choisir, c'est ça ?

Oh.

— Oui.

C'est juste parce que c'est drôle. Elle rit, mais pas de moi, pas parce que j'ai dit un truc qu'il ne fallait pas. C'est juste un truc qu'elle trouve marrant.

Je crois bien que c'est la conversation la plus géniale que j'aie jamais eue.

— Je n'ai jamais aimé « mamie », dit-elle. (J'entends quelque chose en fond sonore, comme un plancher qui craque.) Et j'ai l'esprit pratique, trop pour quelque chose d'aussi long que « grand-mère ».

C'est bien vrai. C'est bien vrai puisqu'elle prononce le mot. *LA preuve.* Et j'ai envie de l'écrire dans mon carnet.

— Et que penserais-tu de « Grann » ? me propose-t-elle.

Peut-être que ce serait plus poli si je l'appelais par son prénom dans les premiers temps. Mais, si c'est elle qui ouvre la porte, je m'engouffre direct dedans.

— Ça me plaît.

— Moi aussi, ça me plaît, dit Grann.

C'est facile de commencer à penser à elle comme ça. Après tout, j'ai attendu ce moment toute ma vie.

— Tu sais, Margot, je suis très contente que tu aies appelé.

Je sens le rouge qui me monte aux joues, un sourire idiot qui étire mes lèvres.

— Vraiment ?

— Bien sûr. Ça fait si longtemps que je veux te rencontrer. Mais, bon. Tu connais ta mère.

— Et si on disait maintenant, alors ? (Je suis trop pressée, je le sais, mais jamais une chance pareille ne se représentera.) Je viendrais te voir, passer l'été…

— Même si cette idée me ravit, répond Grann, ce ne serait pas bien de t'enlever à Joséphine. Vous devriez venir toutes les deux.

J'ai failli éclater de rire. Maman et moi faisant une petite visite à Grann comme une famille normale !

— Je ne sais pas…

Mais Grann est décidée.

— Ça fait trop longtemps, dit-elle. Amène-la à Phalène, tu seras gentille.

Phalène. Ça doit être là où se trouve Fairhaven. C'est là que je dois aller.

— Je vais essayer.

Et ce n'est qu'à moitié vrai. Je m'apprête à demander autre chose, une promesse que Grann m'attendra, quand j'entends un crissement de pneus dans mon dos et une portière qui claque. Le moteur tourne toujours, une odeur de fuite d'huile me monte aux narines.

— Mais qu'est-ce que tu fabriques, bon sang ?

QUATRE

Je me fige. La voix de Maman, fendant la moiteur ambiante, pour se planter juste entre mes omoplates. Elle est censée être à son travail, au nord du lycée : pas du tout dans le quartier.

— Margot ? dit Grann à mon oreille.

Mais je ne réponds pas, la peau parcourue d'un horrible frisson, le souffle de plus en plus court.

Je garde le combiné collé à mon oreille, le cordon serré dans mon poing, et je me retourne.

Maman se tient sur le trottoir, le break toujours au ralenti garé derrière elle. Les mains dans les poches de son pantalon d'uniforme, la tête penchée sur le côté… J'en ai tout le corps qui vibre de panique. Elle est trop détendue. Elle est toujours comme ça avant le pire.

Mens, je me dis. *Mens, et excuse-toi. Maintenant, avant qu'elle ait le temps de te le demander.* Si je la dégoupille moi-même, la grenade fera moins de dégâts quand elle explosera.

— J'appelais justement ton bureau. (*Elle n'y était pas : elle peut pas savoir si c'est vrai.*) J'allais te demander si tu voulais que je t'apporte ton déjeuner, mais…

— Donne-moi ça !

Elle tend la main. Grann s'est tue à mon oreille. Il n'y a plus que le silence de sa respiration suspendue. Elle aussi, elle attend.

— Je suis tombée sur le répondeur, et…

— Tout de suite !

C'est comme une décharge qui me traverse, me projette titubante sur le côté, lui laissant la place dans la cabine avant même que j'aie conscience d'avoir bougé. Je lâche le combiné dans sa main.

Elle ne dit rien. Elle a les yeux rivés à ce que j'ai laissé sur l'étagère : la bible rachetée chez Frank. La photo de Fairhaven et le mot écrit au dos.

Elle sait. Elle ne peut que savoir qui est au téléphone, ce que j'ai fait. Pourtant, elle porte le combiné à son oreille et dit :

— Qui est à l'appareil ?

Comme si elle espérait, de toutes ses forces, s'être trompée.

Mais non. Et Grann doit répondre quelque chose, parce que je vois le truc se faire. Je vois Maman devenir moi. Cette même expression sur sa figure, nerveuse tout à coup, flippée. Et sa façon de se tenir : ses épaules qui se voûtent, son bras qui s'enroule autour de son torse. C'est à moi, tout ça. C'est ce qu'elle m'a donné : comment se protéger et se faire oublier.

Et Véra est la femme qui lui a appris à être ce genre de mère. Une lueur de pitié dans les yeux de Maman, un éclair quand elle se rappelle, parce qu'elle sait. Elle sait ce que ça fait, et elle me l'a fait quand même.

— Non, finit-elle par dire dans le téléphone. (Sa voix est une toute petite chose tremblotante.) Je peux pas.

Il y a comme un malaise, là. Je ne devrais pas assister à ça. Mais je regarde quand même, c'est plus fort que moi. Parce que j'ai déjà vu Maman en colère et je l'ai déjà vue avoir peur, et je l'ai vue avec une flamme entre les doigts et un sourire aux lèvres, mais jamais comme ça. Je ne l'ai jamais vue attachée à personne. Pas même à moi.

Un silence pendant que Grann parle. Maman me tourne le dos. Je la vois serrer le poing jusqu'à ce que ses ongles s'enfoncent dans sa paume, profondément.

— Non, répète-t-elle. Je t'ai dit que je reviendrais jamais, et je reviendrai jamais.

Au tour de Grann, maintenant. Mais c'est court, et Maman secoue la tête.

— Non. J'ai dit non, c'est non.

Le ton est plus ferme, cette fois. Elle en démordra pas. Si Maman l'emporte, je verrai jamais Grann, et cette espèce de pont qu'on vient juste de jeter entre nous sera jamais franchi. Et je peux entendre Grann, maintenant, haut et clair dans le combiné, muet pourtant. Oui, si j'écoute de toutes mes forces, si je le souhaite de tout mon cœur, je peux même reconnaître mon nom : *Reviens, Margot. Rentre chez toi. Reviens.*

Maman éloigne le téléphone de son oreille. Pendant un moment, elle ne bouge pas. Moi non plus. On retient toutes les deux notre respiration, jusqu'à ce qu'elle raccroche, si violemment que le combiné rebondit sur le crochet du socle pour se balancer au bout du fil.

— Hé ! je lui lance aussi doucement que je peux.

Mais Maman se retourne d'un bloc, si près que ses cheveux me giflent à toute volée, et que je recule, chancelante, dans le soleil toujours plus écrasant.

— Mais qu'est-ce qui t'a pris ? Qu'est-ce qui t'a pris de faire une chose pareille ? s'écrie Maman, hors d'elle.

Elle est si rouge de colère que sa cicatrice ressort, toute blanche – presque autant que la bible qui reflète le soleil sur l'étagère derrière elle.

— T'es allée chez Frank ? T'as fouillé dans mes affaires ? Je t'ai dit de jamais aller chez Frank toute seule, Margot. Je te l'ai dit et répété.

— Quoi ? *(Et encore une engueulade pour mon carnet.)* Non, tu me l'as pas dit.

— Si.

— Comme tu m'as dit pour elle ? (Je lui montre le téléphone.) Comme tu m'as dit pour Phalène ?

Elle se crispe. Bien sûr qu'elle connaît le nom de cette ville. C'est le lieu maudit dont on s'est cachées toute ma vie.

— Tu sais pas de quoi tu parles. (Y a quelque chose de bestial dans la façon dont ses lèvres se retroussent, quelque chose dont j'aurais peur si j'avais un minimum de lucidité.) T'as pas idée, Margot. Tu lui as parlé trente secondes et tu crois que ça te donne le droit de me faire la morale ?

— Pour m'avoir menti ? Ben oui. (Je sens le truc me venir à la bouche, le vrai truc que j'ai envie de lui demander depuis ce premier jour où j'ai marqué « Nielsen » en haut de la page de mon carnet.) Pourquoi tu m'as jamais parlé d'elle ? Pourquoi, Maman ?

— Pas ici. (Elle rajuste son chemisier et replace ses cheveux derrière ses oreilles.) Je vais pas me disputer avec toi en pleine rue.

Elle se referme sur elle-même, se barricade une fois de plus. Mais je la laisserai pas faire. Y a personne aux alentours, les trottoirs miroitent sous l'effet de la chaleur, déserts. Et j'ai gardé ça en moi tellement, mais tellement longtemps. Jusqu'à aujourd'hui, quand j'ai entendu Grann dire mon nom.

— Tu voulais pas que je sache que j'avais une famille ? (Y a comme un tremblement dans ma voix, une fêlure. Je déteste quand ça me prend, quand je lui laisse voir combien c'est important pour moi.) Tu voulais pas que je sache qu'il y a des gens, quelque part, qui m'aiment ?

— Cette femme, martèle Maman, ne t'aime pas.

Je pars d'un grand éclat de rire.

— Qu'est-ce que tu peux en savoir, toi ? (Et je devrais pas. Je devrais vraiment, mais alors vraiment pas m'embarquer là-dedans. Pas quand il y a tellement de trucs contre lesquels me révolter juste sous mon nez. Je suis censée me taire, je suis censée être gentille, mais je suis née enragée. Et je peux contenir ma colère, mais y a des limites.) C'est à peine si j'existe pour toi, la moitié du temps. Je m'occupe de moi toute seule, et c'est pour toi que je le fais : tu pourrais me remercier, tu sais ?

— *Moi* ? Te dire *merci* ?

Maman sourit. Impossible de retenir la moue qui tord ma bouche en réponse. C'est quand on s'engueule que je me sens le plus proche d'elle. Elle baisse la garde, alors, et me laisse approcher assez près pour la voir, parce que c'est comme ça qu'elle peut me faire le plus mal.

— Exactement. (Une décharge dans mon ventre : une alarme. C'est pour m'appâter, et je devrais pas mordre à l'hameçon. Mais ça a cassé quelque chose en moi, Grann au téléphone, et pas un soupçon de remords chez Maman de m'avoir coupée d'elle, en plus. Elle en a rien à faire, alors pourquoi je devrais ? Pourquoi je devrais prendre des gants avec elle ?) Oui, oui, me dire merci. Me remercier de réussir à me construire une vie dans ce vrai chantier que t'as fait de la tienne.

Sur le coup, à sa tête, on dirait que j'ai fait mouche. Mais c'est pas possible. Depuis quand ce que je dis a la moindre importance pour elle ? Et puis c'est déjà passé, bien étouffé sous une détermination en acier trempé. Ce n'était rien, une illusion d'optique. Je devais avoir le soleil dans les yeux, c'est tout.

— Écoute-moi bien, gronde-t-elle, les dents serrées. Je suis ta mère. Tu sais ce que ça veut dire ? Ça veut dire que ta vie m'appartient. C'est moi qui te l'ai donnée. Et c'est grâce à moi, et rien qu'à moi, que tu es toujours en vie. Que tu es en sécurité. C'est à moi que tu le dois.

Elle me tend une perche, m'offre une porte de sortie, et, à chaque fois, avant, je l'ai prise. À chaque fois, j'ai cédé, j'ai essayé de rétablir la paix entre nous parce que ça en valait la peine. Parce qu'elle était tout ce que j'avais. Mais je crois pas que ce soit encore vrai.

— Et tout ce qui vient après, hein ? Tu m'as donné la vie, OK. Mais être mère, ça se limite pas à ça.

Elle secoue la tête.

— Arrête.

Je peux pas. Pas maintenant, pas quand je crache enfin tout ce qui cognait en moi comme le sang à mes tempes.

— Parce que, tu sais quoi ? Toutes les conneries que tu fais, ça m'atteint, Maman. Ça fait mal, putain.

— Parce que tu crois que ça me fait pas mal, à moi ? (Ses yeux sont trop brillants et ses mains tremblent quand elle rejette ses cheveux en arrière.) Et ça, tu t'en fiches ? De ce que ça me fait, tu t'en fiches ? Et moi, Margot ?

Comme si on n'avait pas répondu à cette question toute ma vie. Et il n'en faut pas plus. Ma décision est prise. En un clin d'œil. Et elle ne tient qu'à ça : Maman, moi plantée devant elle, moi, toute seule avec ce vide qui m'aspire, et elle qui me demande : « Et moi, Margot ? »

— J'en sais rien. C'est pas mon problème.

« On ne parle pas comme ça à sa mère », je sais, et peut-être que ça devrait me coûter. Mais ce que je ressens, en fait, c'est plutôt du soulagement, comme un courant d'air frais dans la fournaise.

— Franchement, Maman, ça m'est égal.

Je m'attends à une réaction quelconque. De la tristesse, qu'elle accuse le coup, ou même un écho de mon soulagement. Mais elle rit, c'est tout. Avec cette même attitude dédaigneuse qu'elle prend à la fin de chacune de nos disputes. Je comprends pas comment elle peut passer de l'un à l'autre si rapidement, comment, d'une seconde à l'autre, les choses peuvent ne plus avoir aucune importance pour elle.

— Je te l'ai déjà dit, Margot. Je refuse de me disputer avec toi en pleine rue. C'est ma pause déjeuner et je vais certainement pas la gâcher avec ça. (D'un coup de menton, elle désigne la cabine téléphonique, la bible et la photo.) Va revendre ça à Frank. Je sais pas combien il t'a fait payer, mais ça les vaut pas. Et on parlera d'où tu as trouvé l'argent plus tard.

Elle comprend pas ce qui vient de se passer. J'ai besoin de me dire ça, alors qu'elle s'éloigne déjà pour remonter dans le break et quitter sa place au bord du trottoir. Elle comprend pas que ça, là, cette conversation, ce rejet…, c'est exactement ce qu'il me fallait. Je suis prête à la quitter.

Et, même si elle avait compris, je suis pas sûre qu'elle m'aurait demandé de rester.

Je passe tout l'après-midi chez Redman. Je retourne pas à l'appart avant la nuit. Elle dort déjà quand je rentre. Elle se réveille pas quand je me faufile dans la chambre pour prendre le reste des billets sous mon matelas. Elle se réveille pas quand je fais les cent pas dans le salon en attendant le jour.

« Rien que toi et moi. » Elle croit que ça changera jamais. Moi aussi, je le croyais.

Quand le soleil déchire la nuit, je sais que c'est le moment. Je laisse trois billets de vingt coincés entre les pages de la bible, et je la planque dans un des placards au-dessus de la gazinière, la photo et le reste du fric bien à l'abri dans ma poche. Elle les trouvera si elle en a besoin. Je peux au moins faire ça pour elle.

Dehors, le fond de l'air est un peu frais. Je défais ma tresse et laisse mes cheveux tomber sur mes épaules. Pas de portable, pas de papiers, mais, devant moi, la promesse des lampadaires le long de la route. Une voiture qui passe en trombe. Est ou ouest, où que ça puisse se trouver, c'est là que je vais.

À Phalène.

CINQ

Le matin me cueille à l'arrière d'un pick-up. Quand le type est passé à ma hauteur, j'étais sur le trottoir devant le supermarché de Calhoun, et, s'il avait reluqué mes jambes une demi-seconde de plus, je serais pas là. Les choses étant ce qu'elles sont, il m'a dit que je pouvais monter dans la cabine ou à l'arrière, « sur le plateau ». J'ai choisi l'arrière.

Johnny – c'est le nom qu'il m'a donné – n'avait « pas la moindre foutue idée » de quoi je voulais parler quand je lui ai annoncé que j'allais à Phalène. Mais il a tapé le nom dans son portable et a répondu que, bien sûr, il pouvait me déposer dans le centre-ville. Ça m'a sciée tellement ça paraissait près, sur la carte. À peine trois heures de trajet par les petites routes. Je m'attendais à ce que ce soit là-bas, dans l'Est, près d'Omaha, ou même dans un autre État. Mais c'est pratiquement la porte à côté, à l'échelle du Nebraska. Comme si Maman avait fui aussi loin qu'elle avait pu, et ce qu'elle avait pu, c'était pas loin du tout.

Ça nous a pris plus longtemps que prévu, pourtant. Johnny a tenu mordicus à faire une « petite sieste » – beaucoup trop longue – sur une aire de repos juste avant Crawford, et j'ai passé tout ce temps remontée à bloc, prête à sauter à bord du premier camion qui se garait sur le parking. Mais on n'est plus très loin, maintenant. Et me voilà avec l'immensité d'un ciel tout neuf au-dessus de ma tête, alors que je m'enfonce encore un peu plus profondément dans la pile de bâches et de sacs de jute en me cramponnant au tendeur que Johnny a accroché à la « ridelle ».

Juste atteindre Phalène. Juste trouver Grann. Elle se chargera du reste.

Si loin au nord-ouest, le Nebraska ne ressemble plus autant à un patchwork de champs cultivés. Le paysage qu'on a traversé en route ressemblait plutôt à une succession d'herbes hautes et de petites collines cabossées. Ici, ça commence à s'aplanir. De temps en temps, j'aperçois une maison parachutée au milieu de nulle part, à une borne ou deux de la route.

La vie continue comme si de rien n'était. Je me demande ce que Maman fait à l'appart. Si elle s'est aperçue que j'étais partie. Si elle est déjà à ma recherche.

J'agrippe le tendeur si fort qu'il me scie la paume. Mais non. Maman est sans doute aussi contente d'être débarrassée de moi que moi d'être partie. De toute façon, elle ne compte plus, maintenant. Je l'ai laissée dans le passé. J'ai choisi quelqu'un d'autre.

Grann, et peut-être plus. Peut-être un grand-père, des tantes, des oncles, des cousins, des cousines. Le genre de famille qu'on voit dans les films. Tant que Phalène est encore à l'horizon, je peux toujours me poser des questions. Et espérer.

Si je me rappelle bien la carte, on arrive par l'est, en traversant ce qui devrait être un épais tapis vert de champs cultivés. Mais ils sont complètement vides, arasés, avec, à peine visibles, de vagues traces de quelques rares sillons pour les plantations. On a fait des cultures ici autrefois, mais il n'y a plus rien à tirer de ce terrain-là. Trop aride.

Et puis, d'un coup, voilà la ville qui commence, poussant de la terre noire de chaque côté de ce qui passe pour une nationale – une seule voie dans chaque sens depuis Calhoun ! Maintenant, la route commence à se fracturer, à laisser des espaces que les baraques s'empressent d'occuper, toutes avec cet air de famille, comme si elles avaient été construites sur le même modèle. Je les laisse défiler en une traînée floue. Aucune n'est Fairhaven, la propriété que j'ai vue sur la photo. C'est peut-être bien Phalène, mais c'est pas les terres des Nielsen.

Après quelques pâtés des maisons, les bâtiments s'écartent et la ville s'ouvre sur une place. C'est là que Johnny me dépose, sur le trottoir, devant un lavomatique, avec ses gaz d'échappement qui me restent au fond de la gorge tandis qu'il disparaît.

Fin de matinée. Presque personne en vue. C'est calme, l'air immobile, alors que je plisse les yeux, éblouie par le soleil, pour regarder la ville. Là-bas, étalé comme un mouchoir dans le centre, un petit parc, verdoyant et bien entretenu, avec un cercle de briques au milieu, où deux robinets crachent un grand jet d'eau en demi-cercle, et des arcs-en-ciel ricochant sur des statues en bronze d'enfants qui jouent.

C'est mort ici, comme on le dit de Calhoun. Décrépit, usé, fané. Mais il y a, en même temps, un petit côté pittoresque qui change. Des constructions bordent le parc, des devantures basses et des auvents à rabat aux couleurs autrefois acidulées, le genre de boutiques qu'on verrait dans une boule à neige ou un livre d'images. La plupart semblent désertes, vues d'ici. Une épicerie, dont le nom sur l'enseigne bancale n'est pas le même que celui écrit en lettres peintes sur la vitrine. Une pharmacie – celle de M. ou Mme Hellman, à en croire le néon qui clignote au-dessus de la porte – qui, elle au moins, semble avoir quelques clients. Et, derrière moi, le lavomatique, avec sa porte ouverte, tout jaune, carrelage et lino qui se décolle compris. Une femme d'un âge certain est assise derrière le comptoir. Elle écoute une pub à la radio, les yeux fermés.

Et voilà, c'est ça Phalène.

C'est *ça* ?

Je m'étais dit que je n'attendais rien. Mais bien sûr que j'attendais quelque chose. Au fond de moi, une petite voix se disait qu'à peine j'aurais mis un pied à Phalène, je me sentirais pousser des racines : un sentiment d'appartenance. Au fond de moi, une petite voix se disait que, quand je débarquerais en ville, Grann serait déjà là pour m'accueillir.

Mais elle est bien là, quelque part. Et je vais la trouver.

Juste au moment où mes yeux s'arrêtent dessus, un groupe sort de la pharmacie Hellman. Une bande de jeunes, avec leurs rires qui portent jusqu'à l'autre bout du parc. Ils doivent avoir à peu près mon âge, un peu plus vieux peut-être. Je fourre mes mains dans mes poches et commence à contourner le parc en marchant lentement vers eux. Au pire, ils pourront toujours m'indiquer où je peux me trouver un petit déjeuner.

Plus je me rapproche, mieux j'arrive à les dissocier. Trois qui entourent une quatrième : une fille avec une longue queue-de-cheval, les cheveux tellement tirés en arrière et plaqués sur le crâne qu'on en a mal pour elle rien qu'à la regarder. Elle tient quelque chose dans ses mains, jette un coup d'œil par-dessus son épaule à l'intérieur de la pharmacie avec un rire éclatant.

— Salut, dit une voix, on pique dans les magasins juste pour le fun, à ce que je vois.

Elle se retourne à moitié.

— Ce n'est qu'un paquet de chewing-gums, Eli, dit-elle au garçon qui se tient quelques pas derrière elle. (Elle a une voix grave et rauque comme si elle s'était égosillée toute la nuit, ou comme si elle venait de se réveiller.) En plus, tu crois que Hellman va demander aux flics d'arrêter la fille de son proprio ?

— Il ne s'appelle pas Hellman, la reprend le garçon, pendant qu'elle distribue des chewing-gums à la ronde. Qu'est-ce que tu crois ? Que tous les employés de chez Wendy's s'appellent Wendy ?

La fille lève les yeux au ciel. Je suis assez près maintenant pour voir qu'elle est vraiment super jolie, d'une beauté étrange, presque secrète. Des yeux écartés, marron comme ses cheveux, et une bouche mince, pâle. Elle porte une déclinaison de ma tenue, un short et un tee-shirt lâche, sauf que les siens ont l'air de sortir tout droit de la boutique, son short déchiré juste là où il faut.

— Zen, dit-elle en étirant le mot, avant de se balancer un chewing-gum dans la bouche et de le mâcher avec des dents d'une blancheur indécente. C'est un dollar cinquante max. Je le paierai la prochaine fois.

Le garçon – qui semble avoir dépassé l'âge d'être encore appelé comme ça, mais pas de beaucoup – donne un coup de pied dans une fissure sur le trottoir et pousse un soupir résigné. Le genre de résignation qu'on éprouve quand c'est juste que l'autre est comme ça, un point c'est tout. Je connais ça avec Maman.

— Salut !

Je lève les yeux. Elle me regarde, toujours au centre de son cercle de copains, entre le balancement de leurs cheveux blond californien. Ils ne se sont pas encore retournés, et je crois pas qu'ils vont se donner cette peine. Ils ne me trouvent pas intéressante ? Ça me va. Parce que c'est réciproque.

— Salut !

Ça sonne faux. Avec les parents qui me demandent qui est mon père, ou avec les employées de la bibli qui me demandent si je suis sûre de rien vouloir dans le distributeur – c'est eux qu'invitent –, je gère. Mais avec les filles comme moi… Je ne sais pas interpréter. Exactement comme avec ma mère : chaque mot a un autre sens caché à l'intérieur, et je devine jamais le bon.

Mon cœur rate un battement quand la fille se libère, façon anguille, de l'emprise de ses copains pour se diriger vers moi. Y a pas une minute, j'aurais dit qu'elle était parfaite. Mais, maintenant, je peux voir la sueur sur son front, à la naissance des cheveux, la moiteur luisante sur sa gorge et son vernis rose pâle qui s'écaille. La couleur est assortie au paquet de chewing-gums qu'elle tient à la main.

— T'en veux un ?

Elle me le tend.

Tête penchée ; voix trop innocente, trop sympa. Mais y a un sourire sur son visage, comme un encouragement. Et je la cerne mentalement, parce que c'est ce que tu fais quand tu n'as personne pour remplir le vide de ta vie. Et voilà cette fille, qui attend que quelqu'un vienne vers elle, quelqu'un qui relèvera ses défis, quelqu'un qui sera sur le vélo à côté d'elle quand elle fendra la nuit pour quitter enfin Phalène.

Pas de problème, je lui réponds dans ma tête. *Je suis partante.*

Les mots ne sortent pas, pourtant. Pas avant qu'elle hausse les épaules et se retourne vers les autres. Je la regarde reprendre sa place, vois la bande se reformer, bras autour de la taille et chevilles qui se cognent quand ils traversent la rue pour monter sur la pelouse du parc, faisant passer le rire entre eux comme un joint. Le garçon suit le mouvement, lentement, en rechignant presque. Pendant une minute, je me laisse aller à m'imaginer avec eux. Une quatrième fille dans la rangée. Ma main dans la poche arrière d'un short qui n'est pas le mien.

Pas grave. Je secoue la tête, m'éclaircis les idées. Une fille avec des jambes interminables et une peau qu'elle offre à la caresse du soleil : rien de mieux pour me perturber. Ça me terrifie. Que j'ai envie d'en être une. Que j'ai envie d'être *avec* une. Que j'ai envie d'en ouvrir une pour voir comment ça marche quand on a cette vie-là.

Je me dirige vers la pharmacie, ignore les voix qui me parviennent du parc quand je passe la porte. La clim est poussée à fond et souffle si fort que mes cheveux volettent dans mes yeux. Pendant une seconde, je reste juste plantée là, à la laisser chasser l'été, me délivrer de sa torpeur.

Tout au fond se trouve un long comptoir et, derrière, un homme en appui sur un coude qui feuillette un catalogue. Je me faufile dans une des allées. Pas pour me cacher. C'est juste que je déteste ce premier contact, quand un adulte me voit, quand la gentille petite fille se glisse au-dehors pour me recouvrir intégralement comme une putain de housse de canapé.

Forcément, il a fallu que je choisisse le rayon bourré de tampons jusqu'au plafond. J'ai les joues en feu, le sang qui me monte brusquement au front, et j'accélère pour passer devant les serviettes et tous ces trucs qui ne devraient pas me mettre mal à l'aise, et ne me colleraient peut-être pas la honte si je n'avais pas eu une mère qui me faisait sentir que la simple existence de mon corps était un affront personnel.

— Je peux vous aider ? me lance le type au comptoir, juste au moment où j'allais tourner dans l'allée d'après.

Je me fige, sens mon sourire grand public me tirer sur les joues. Il est déjà bien vissé à mes lèvres quand je me retourne.

— Oui. (Je commence à me diriger vers lui, en faisant bien attention à prendre un ton assuré, genre je sais ce que je fais.) Je cherche Fairhaven. Ou Véra Nielsen ?

Je m'attends à un haussement d'épaules. Un geste vague dans une direction ou une autre. Or, voilà qu'en me voyant approcher, le type, plutôt rougeaud pourtant, devient tout blanc.

— Nielsen ? (Il se redresse.) Et qui la demande ?

— Personne, je réponds immédiatement, la prudence maternelle devenue un instinct trop bien ancré pour que je puisse m'en débarrasser.

Mais le mal est fait. Il a les yeux exorbités, la bouche comme un four.

— Seigneur ! Tu es leur portrait tout craché.

Et je pense à Maman, à ce visage que je partage avec elle. Grann doit être pareille. Ici, à Phalène, ça ne semble pas être une bonne chose, si j'en crois la tête que tire le type derrière le comptoir.

— Laissez tomber, je dis alors, pressée de partir. C'est juste que je me suis perdue.

— Non, attends. (Et il aurait presque de la gentillesse dans la voix, mais il tend déjà la main vers le téléphone fixe près de la caisse.) Je vais appeler au poste. Ils pourront te le dire, si tu patientes une minute.

Pas question. Je lui ressers mon sourire grand public et repars comme je suis venue, sous les bourrasques de la clim.

Et, dehors, dans la fournaise, quelqu'un m'attend.

SIX

C'est la fille de tout à l'heure, son portable à la main, l'éclat de son écran délavé par le soleil. Elle relève la tête, au moment où je laisse la porte vitrée de la pharmacie claquer derrière moi.

— Tu es nouvelle ici.

Derrière elle, au milieu du parc, les autres sont allongés sur la pelouse. Une des filles enlève même son tee-shirt. Elle porte un maillot de bain en dessous, et elle braille quand le garçon la pousse dans le nuage de bruine de la fontaine.

La fille devant moi s'éclaircit la gorge. Je ne lui ai pas répondu assez vite.

— Oui. (Je jette un coup d'œil par-dessus mon épaule. À travers la porte, je vois le type du comptoir au téléphone, le regard rivé sur moi pendant qu'il parle.) Margot. (Je me retourne vers elle.) Moi, c'est Margot.

— Margot quoi ? (Elle sourit quand je ne réponds pas. Ça l'amuse. Elle est contente d'elle. Si elle sait qui je suis, elle n'a pas l'air surprise – pas comme le type de la pharmacie, en tout cas. Non, elle se contente juste de pencher la tête de côté pour que son impeccable queue-de-cheval brillante passe par-dessus son épaule.) Moi, c'est Tess.

Les autres rient. Je tourne les yeux vers eux, mais Tess ne bouge pas un cil. Elle me regarde… et me regarde… et fait une bulle avec son chewing-gum piqué à la pharmacie.

— Tu es d'où ?

Faudrait pas que je sois encore plantée là, pile à l'endroit où ce type peut me voir. Je sais pas qui il a appelé. Les flics, peut-être, et, si je reste là, c'est comme si je voulais qu'ils me trouvent. Comme si je voulais qu'ils me renvoient chez Maman.

— Calhoun.

Je contourne Tess pour regagner la rue. J'ai compris la leçon : la méthode directe, j'ai vu ce que ça donnait, merci. Mais je peux encore obtenir ce que je veux. Il faut juste que je sois plus prudente.

— Tu sais où on peut trouver un truc à manger ? Ou t'as autre chose que des chewing-gums ?

— Oui, répond Tess. L'Omni est ouvert.

Elle pointe du doigt l'épicerie avec les enseignes dépareillées de l'autre côté de la place.

— Tu peux me montrer ?

C'est le genre de fille qui connaît son bled par cœur, le genre de fille qui peut mettre toute la ville dans sa poche sans avoir à lever le petit doigt. Calhoun en a une comme ça, mais elle s'est jamais approchée de moi à moins de trois mètres. N'empêche, Tess doit pas être si difficile que ça à faire parler. Je parie que si je l'encourage à continuer sur sa lancée, elle va me dire où se trouve Fairhaven.

Tess hausse les sourcils – l'Omni est quand même juste sous mon nez, je reconnais –, mais m'accorde un petit sourire indulgent, j'ai l'impression d'avoir cinq ans.

— D'accord.

Je la suis jusqu'au milieu de la rue, en jetant un regard derrière moi afin de m'assurer que personne ne s'est manifesté pour répondre à l'appel du type de la pharmacie. Mais y a rien à voir. Absolument rien. Juste le cri des criquets et le soleil écrasant. Tess et ses copains, et le type de la pharmacie pourraient être les seuls êtres vivants, les seuls cœurs qui battent dans toute la ville.

Le garçon nous regarde tourner au coin du parc et passer devant. Il est trop loin pour que je sois sûre, mais je crois qu'il fronce les sourcils. Tess est censée être là-bas, étalée sur la pelouse à entretenir son bronzage. Alors qu'elle est ici, avec moi.

L'Omni ressemble quasi exactement à la pharmacie. Même devanture en brique. Même porte mal posée qui proteste énergiquement quand on la pousse pour se faufiler à l'intérieur. Même l'éclairage, dedans, est identique : du néon jaune qui grésille. L'air conditionné marche pas et la caissière s'évente avec un magazine people.

— Salut, Leah, lui lance Tess.

La caissière l'ignore, mais ça ne semble pas déranger Tess. Elle continue à avancer pour m'entraîner dans la première allée – les rayons sont à moitié vides, comme si on avait dévalisé la boutique, ou, plus probable, comme s'ils ne renouvelaient jamais leurs stocks. Elle se dirige vers le mur du fond qui disparaît derrière une rangée d'armoires réfrigérées.

Elle se cale contre l'une d'elles, les bras croisés, avec le froid qui lui file la chair de poule et lui hérisse la peau.

Je détourne les yeux, fais celle qui lit les étiquettes des prix dans le rayon des produits bradés.

— Margot. (À sa façon de le prononcer, on dirait qu'elle s'entraîne à dire mon prénom.) Alors, tu es là pour quoi ?

Je fronce les sourcils.

— C'est ce qu'on demande en prison, ça, non ?

Ça la fait juste marrer.

— Pourquoi ? Tu crois que tu es où, là ?

Y a un truc qui me tord l'estomac. Je la connais pas, cette fille. Je connais rien d'elle, en fait, mais je sais à quoi ressemblent les gens friqués, et je connais le ton de quelqu'un qui se rend pas compte de la chance qu'il a.

Putain ! je donnerais cher pour être dans ton genre de cellule, moi.

— Qu'est-ce qu'il y a de si terrible ici ? je lui demande en faisant tourner dans ma main une banane particulièrement abîmée.

Elle est trop molle, comme si la peau allait se fendre à la moindre pression. Je m'empresse de la remettre en rayon.

— Oh, tu sais. (Tess se redresse, avec des mèches de sa queue-de-cheval encore collées à la porte du congélo. Elle sourit quand elle remarque que je la regarde.) Un bled paumé au milieu de nulle part. D'un ennui mortel. Mais je suppose que ce n'est pas si ennuyeux, si tu viens pour Fairhaven.

Je me fige.

— Pour quoi ?

— Oh, allez ! Sérieux ?

Ça se voit tant que ça ? Notre différence d'âge mise à part, on pourrait nous prendre pour des sœurs, Maman et moi, des sœurs jumelles qui plus est. Peut-être que c'est pareil avec Grann ? Mais je m'attendais pas à ce que tout le monde me reconnaisse comme ça.

Je pourrais lui dire. J'étais à deux doigts, quand je suis arrivée ici. J'avais aucune raison de me cacher. Mais cette panique qui m'est tombée dessus quand le type de la pharmacie a attrapé son téléphone… Je la sens encore. Ça se répète en boucle dans ma tête : *danger, danger…*

— Comme tu veux, dit Tess, quand il est clair que je ne répondrai pas, et je peux voir le peu d'intérêt que j'avais suscité chez elle fondre comme neige au soleil, voir son sourire à mille dollars regagner ses lèvres.

Donc elle s'en fiche. Si je ne suis pas là pour la distraire, je ne vaux pas la peine qu'elle perde son temps. Mais j'ai toujours besoin de trouver Grann. Et je sais que Tess peut me dire comment. Reste à trouver une façon de lui demander qui ne m'engage pas à lui donner quelque chose en échange…

Je devrais la faire parler d'elle. Elle s'ouvrira plus facilement. J'attrape un paquet de chips dans le rayon, l'air de rien.

— C'est aussi ta famille qui possède ce magasin ?

Elle arque un sourcil méfiant.

Je balaie ses doutes aussitôt :

— Je vous ai entendus tout à l'heure. La fille du proprio.

— C'est moi ! (Elle adresse un large sourire étincelant à la ronde, qui s'évanouit dans la seconde.) Eh oui, soupire-t-elle en levant les yeux au ciel, ils ont fait une razzia sur la moitié de la ville.

Sur les commerces, peut-être. Ou sur les terres que j'ai vues en arrivant : plates, arides, avec les sillons effacés de cultures oubliées.

— Les champs sont à vous aussi ? Ils avaient plutôt l'air dans un sale état.

Tess me prend le paquet de chips des mains, l'ouvre et plonge la main dedans pour en sortir une poignée.

— Là-bas, à l'est ? S'ils sont dans un sale état, ce ne sont pas les nôtres. Tout le reste, en revanche, si. C'est un sacré gâchis, si tu veux mon avis. Phalène était un gros bourg rural, quand les Nielsen possédaient la ville, une commune importante. Mais après la sécheresse, la terre était devenue stérile : plus personne ne parvenait à faire pousser quoi que ce soit.

Je ravale mes questions. *Pas encore. Pas encore.*

Tess mord dans une chips, semant des miettes sur le lino.

— Tu n'as pas vu en arrivant ?

Je hoche la tête. De quoi ruiner une petite ville. Des hectares et des hectares de perdus, devenus arides d'un coup. Trop de gens. Pas assez de travail. Je me demande si Grann en a fait les frais.

— On cultive toujours, j'entends, poursuit Tess, et j'imagine que Véra aussi – si tant est qu'on puisse encore parler de cultures à ce niveau-là. Il suffit de regarder son exploitation : c'est ce qui s'appelle « se fatiguer pour rien ». Mais va donc lui dire ça ! (Elle secoue la tête.) Seigneur, comment peut-on rester dans ce bled ? Ça me dépasse.

— Va-t'en alors.

Maman a quitté Phalène. Et j'ai quitté Maman. On peut toujours réussir à partir, quand on le veut vraiment.

— Oui, finit par dire Tess, avec un temps de retard. (Y a un truc là-dessous, un truc qui bouge sous ce parfait sourire rivé à ses lèvres, mais elle ne tombera certainement pas le masque devant une inconnue.) Bref.

Elle se dirige vers la caisse, salue d'une main la fille au passage, tout en sortant, de l'autre, une nouvelle poignée de chips du paquet. J'accélère pour la suivre.

— Un dollar cinquante, annonce la caissière, sans lever les yeux de son magazine – carrément ouvert sur le tapis roulant, maintenant.

— Merci, Leah, répond Tess.

Elle est déjà dehors, toujours avec les chips. Je soupire, tends à Leah mon argent et attends ma monnaie avant de suivre le mouvement.

— Je peux en avoir un peu ? (Je lui prends le paquet des mains sans attendre de réponse.) Écoute, au sujet de Véra…

— Tess !

On sursaute toutes les deux, et je suis le regard que Tess braque sur le parc, là où se trouvaient ses copains tout à l'heure. Il ne reste plus que le garçon, debout à côté des arceaux à vélos, la main en visière pour se protéger les yeux du soleil.

— Une minute ! lui lance-t-elle. (Elle se tourne vers moi.) C'est Eli.

Tout juste si elle ne s'excuse pas, à voir sa tête.

Pas la peine de le reluquer encore une fois. J'ai vu assez de mecs pour savoir qu'il a ce que certaines filles appellent « une belle gueule », le genre censée me faire craquer, j'imagine. Mais qu'est-ce que ça peut bien me faire quand il y a des filles comme Tess sur la terre ?

Je m'éclaircis la voix.

— Vous êtes… ?

Elle se marre, hausse une épaule.

— Ça dépend à qui tu poses la question.

« À toi, j'ai envie de lui dire. C'est à toi que je la pose, la question. » Elle est déjà partie avant que j'en aie le temps, traversant la rue pour regagner la pelouse centrale et m'invitant d'un geste à la suivre.

Quand on s'approche de lui, Eli hoche la tête dans ma direction – apparemment, c'est comme ça que les garçons disent bonjour à Phalène –, et, sans dire un mot, tend son portable à Tess. Elle le prend, se mord la lèvre en regardant l'écran, puis elle éclate de rire.

— *Oh my God !* s'exclame-t-elle. Sérieux ?

— Ouep. Will dit qu'il est passé devant en allant bosser.

Je me sens ridicule, plantée là, à les regarder avoir leur petite conversation privée. Alors, je fourre la main dans le paquet de chips et la ressors avec une pleine poignée. Ça croustille si fort qu'Eli se tourne vers moi, juste au moment où je vais l'enfourner dans ma bouche. Ben quoi ? J'ai faim.

— On devrait aller voir, dit Tess. (Tout juste si elle trépigne pas, en souriant de toutes ses dents – un sourire radieux et sincère, pour changer.) Si c'est comme la dernière fois.

Qu'est-ce qui est « comme la dernière fois » ?

Eli reprend son téléphone, le met dans sa poche et se dirige vers un des deux vélos appuyés contre les arceaux.

— Tu sais combien je déteste quand tu te remets à parler de ça.

J'ai envie de lui demander ce qu'il veut dire, mais il fait déjà signe à Tess pour l'entraîner à l'écart.

— Allez, viens. On va aller se balader.

Je tente une incursion :

— Qu'est-ce qui se passe ?

— Oh, tu ne voudras pas rater ça, m'assure Tess, alors même qu'Eli émet un grognement de protestation. On a encore mis le feu à la ferme des Nielsen.

Ça me submerge. Une panique si violente, si soudaine que je comprends pas ce qui m'arrive. *Grann. C'est les terres de Grann. Et elles brûlent !*

— « Mis le feu » ? je répète, hébétée. (Et puis, quand le reste des mots de Tess percutent enfin :) « Encore » ?

— Oui, répond-elle. Exactement comme la dernière fois. Un nouvel incendie pour une nouvelle Nielsen.

Elle dit ça comme si c'était une histoire captivante qu'elle racontait, tout excitée et impatiente de révéler la suite. Mais c'est réel, et c'est grave. C'est grave, pour moi, qu'elle connaisse mon nom. C'est grave, pour moi, que quelque part, pas loin, les champs de ma grand-mère soient en feu. Et si Fairhaven était en train de brûler ? Et s'il arrivait quelque chose à Grann ?

J'ai du mal à parler, mais je réussis à articuler :

— Y a des blessés ?

Elle hausse les épaules.

— Will n'a pas dit.

Je suis trop près, maintenant, pour que tout parte en fumée. Je vais tout de même pas laisser faire.

— On devrait y aller. Maintenant. Faut qu'on y aille maintenant.

SEPT

Le soleil est déjà haut quand on file sur la route principale pour quitter la ville. Tess roule devant, en danseuse. Assis en position standard, Eli gère son équilibre avec moi juchée sur le guidon, ses bras de chaque côté. Pas très confortable. Il préférerait que je ne sois pas là, c'est clair, mais, passé le premier pâté de maisons, j'arrête de me tenir si raide, de me concentrer si fort pour que ma peau ne touche pas la sienne, et j'arrive à jeter un coup d'œil alentour.

Dès qu'on sort du centre-ville, on retombe sur ces baraques que j'ai vues en arrivant : toutes pareilles et en état de décomposition avancée. La peinture part en lambeaux comme si elles muaient ; les poutres sont de travers ; le bâtiment tout entier croule sous la fournaise estivale. Certaines sont fermées, sombres, avec le courrier qui s'empile sur le pas de la porte. Dans d'autres, je peux voir à l'intérieur de la cuisine, regarder une femme qui retire des croûtes indéterminées sur son tablier pendant que le micro-ondes chauffe, regarder un tout-petit qui hurle à s'en péter les cordes vocales, les joues écarlates, seul dans sa chaise haute.

C'est là que Maman vivait. Je vois ça d'ici. Je peux l'imaginer sur n'importe lequel de ces porches, derrière n'importe laquelle de ces fenêtres. Je me demande si cette envie de se tirer d'ici était innée, ou si c'est ce bled qui l'a fait naître en elle. S'il y avait déjà des histoires sur son nom, sa famille, ou si c'est d'elle qu'elles parlent, ces histoires.

Encore trois pâtés de maisons avant que la ville s'arrête net. D'un coup, comme ça. Tu as des maisons et des rues qui ont peut-être été bordées d'arbres un jour, des poubelles à roues un peu partout qui ont peut-être été des voitures, et puis plus rien. Juste des champs cultivés à l'infini et l'étendue d'un ciel si vide que ça fait presque peine à voir.

— Oh !

Ça m'a échappé avant que je puisse me retenir, et je sens la poitrine d'Elie tressauter derrière moi comme s'il riait.

Tess a dit que, chez elle, on plantait encore. Elle a dit que ma grand-mère plantait aussi. Enfin, qu'elle essayait. Ça doit être ses terres alors, ou les miennes. Tout ce noir du sol friable et sec quand on passe, et tout ce jaune omniprésent du maïs qui se dresse. À cette période de l'année, il devrait pourtant être d'un vert clair et frais, et t'arriver à la poitrine. J'en ai assez vu autour de Calhoun pour le savoir. Mais, là, non. Et je comprends ce que Tess a voulu dire quand elle a décrit la ferme de Grann. Parce que rien de tout ça n'est normal.

Le maïs est trop haut, près de deux mètres cinquante, et de ce jaune bizarre, terne, comme s'il mourait à mesure qu'il poussait. Je l'attends. J'attends ce moment où on se trouve pile dans le bon angle pour voir jusqu'au bout de ces passages bien nets entre les rangées de plantes cultivées. Mais il vient jamais. Les rangées ont disparu depuis longtemps, et il reste plus qu'un fouillis inextricable de tiges nouées entre elles, avec cette drôle d'odeur acide et presque chimique. Je voudrais fermer les yeux, prétendre que Phalène a autre chose à m'offrir. Je peux pas. Parce que, là, ces gros panaches noirs et épais à l'horizon… De la fumée !

— Allez, c'est bon, crie Eli au-dessus de ma tête. On est assez près.

— Certainement pas, répond Tess. On continue.

— Ça devient dangereux, Tess.

— Ça devient cool, tu veux dire.

— C'est pas vrai ! marmonne Eli. C'est un putain d'incendie, merde !

Je crois pas que j'étais censée entendre, mais je suis bien contente de l'avoir entendu. Et, quand il nous propulse à la poursuite de Tess, je me sens un peu mieux – toujours plus à l'aise quand je sens que ça chauffe, au sens propre comme au figuré.

Il a raison, de toute façon. Tess se comporte comme si ça se passait à des milliers de kilomètres, comme si c'était dans un film ou un rêve. Ça me dérangerait, si je ne ressentais pas quasiment la même chose. Cette impression d'être hors de mon corps, juste dans ma tête. Un concentré de désir et de stress.

On continue. Avec ce ciel de plus en plus bas, âcre rideau gris qui tombe pour nous envelopper, jusqu'à ce que je sente vraiment le feu sur ma peau, cette pulsation de chaleur ; que j'entende la course effrénée et vorace du feu dans mes oreilles et le vent qui le porte vers nous, tandis qu'Eli pédale après Tess qui fonce, sa queue-de-cheval flottant dans son sillage.

Un peu plus loin devant, la route s'élargit en un bas-côté de graviers qui rogne sur le maïs. Tess fait une embardée pour s'y arrêter, et Eli l'imite, braquant si brutalement que je bascule du guidon.

— Désolé, maugrée-t-il.

Mais je ne fais pas attention, parce que, d'ici, je peux voir le feu. À environ huit cents mètres, peut-être moins. Poussé par le vent, qui se propage à travers champ, vif comme l'éclair.

J'ai eu beau passer tout ce temps avec un briquet au creux de la main, un feu pareil, j'ai jamais vu ça. Sauvage, flamboyant, et rouge, rouge, rouge. Et il monte à l'assaut des épis comme les vagues d'un océan déchaîné qui se dressent pour les dévorer avant de retomber, s'écrasant dans un fracas d'étincelles et de cendres.

— Merde ! jure Eli. On devrait rentrer, les filles.

Tess nous plante là pour s'avancer jusqu'au bord des graviers. Les champs plongent de chaque côté de la route, formant un fossé avant de s'étendre sur des kilomètres d'une platitude absolue. D'ici, on peut voir par-dessus les épis, voir le feu gagner toujours plus de terrain de minute en minute.

— Où sont les pompiers ? je demande. Ils devraient pas être là ?

Son pouce entre les dents, Tess ronge le dessous de son ongle jusqu'à ce qu'elle finisse par avaler, et j'oublie de détourner les yeux.

— Ça va leur prendre un moment, répond-elle finalement. S'ils se donnent la peine de se déplacer : les terres des Nielsen, ce n'est pas vraiment leur priorité.

Sourire radieux à mon intention, mais pas l'ombre d'une trace de compassion, ni rien qui puisse y ressembler.

— Parce que tout ça, c'est à Véra ?

Tess hoche la tête.

— La maison se trouve par là. (Elle pointe l'index vers le feu, mais il y a beaucoup trop de fumée, désormais, pour que je puisse voir quoi que ce soit.) Là-bas, à côté de la mienne.

— Et ta maison, elle risque rien ?

Je m'attendais à ce qu'elle s'intéresse au moins à la sienne. Mais elle hausse les épaules.

— Sans doute pas, dit-elle, comme si elle y avait pas vraiment pensé avant. Le vent le pousse vers la ville de toute façon.

Eli la rejoint. Mon cœur se décroche quand il lui passe le bras autour des épaules, l'attirant à lui jusqu'à ce qu'elle se laisse aller contre son torse. Ils sortent ensemble, alors ? Ou est-ce que c'est juste des trucs que les gens font normalement ?

Je détourne les yeux, regarde au loin, derrière le feu. C'est de là que ma mère vient. Et quelque part, après tout ça, se trouve une femme qui n'attend que moi.

C'est à ce moment-là que je le vois. Un mouvement vif dans les épis, une onde, et un éclat, une touche trop claire dans tout ce jaune. Je plisse les yeux pour scruter l'endroit où je l'ai repéré, essaye de distinguer une forme quelconque à travers la fumée. Pendant un long moment, y a rien que ma respiration qui s'accélère et les palpitations de mon cœur. Et puis… là !

— Vous avez vu ? Je crois qu'il y a quelqu'un là-bas.

— Quoi ?

À peine si j'entends Eli. C'est bien ça. Y a quelqu'un, là-bas, dans les épis, avec le feu qui déboule droit sur lui. Trop lent. Il avance trop lentement – s'il avance, d'ailleurs. Il ne va pas y arriver. Il ne s'en tirera jamais.

Je fonce avant même de m'en être rendu compte. Dévalant le fossé, accompagnée le long de la pente par une avalanche de graviers. Les épis se balancent, bruissent, m'invitant à les rejoindre, et j'entends bien Eli qui m'appelle, mais quelqu'un est en danger.

Je plonge tête baissée, avec les feuilles qui fouettent mes bras levés, les tiges qui s'inclinent, se courbent, cachant le ciel au-dessus de ma tête. L'air, épais, de plus en plus chargé de cendres. Impossible de me rappeler où je l'ai vu, ce flash, cette apparition. Déjà, ça fait mal si je respire trop fort, avec la fumée comme une coulée de mélasse dans ma trachée.

— Y a quelqu'un ?

Je crie avant de plus avoir de voix. Pas de réponse. Rien que je puisse entendre, en tout cas. Alors, je continue. La chaleur, qui me frappe de plein fouet, déferle sur ma peau, la ronge ; le feu qui roule comme un épais brouillard. J'ai déjà les bras rouges, la bouche sèche. Et cette soif ! Il vaudrait mieux faire demi-tour. Il vaudrait mieux jamais être venue.

Au lieu de ça, je m'accroupis, scrute à travers la fumée de plus en plus dense. Je suis plus loin que je le pensais, plus près du brasier, et le sol est chaud là où je pose les mains, m'appuie pour mieux voir. Parce que ça y est ! Là, exactement ce que je croyais : quelqu'un, couché sur le côté. Merde ! c'est une fille, une fille avec de longs cheveux sombres, et qui bouge pas.

Je braille « Hé ! » en rampant vers elle. À trente mètres peut-être. Je ne peux plus me relever, pas si je veux continuer à respirer. Le ciel complètement bouché au-dessus de ma tête, mes poumons qui se bloquent, se ferment. Plus près maintenant. La peau de la fille est trop pâle, et son corps trop immobile.

— Tu m'entends ?

Elle porte une robe aux couleurs passées, trop petite pour elle : ça tire sur les coutures, plisse au niveau des côtes. Enfin, je suis assez près pour la toucher. Je tends les mains, les paumes noircies par la cendre, lui secoue le bras. Elle réagit pas.

— Hé ! Ça va ? Hello ?

Le feu crépite, siffle, crache, et je lève les bras pour me protéger les yeux d'une gerbe d'étincelles. Le vent le pousse. Il avance trop vite. Si je bouge pas, ma retraite sera rapidement coupée et je serai prise au piège. Mais je peux pas la laisser là. Je sais pas qui elle est, ni comment elle s'est retrouvée ici. Je sais juste que je-peux-pas la laisser là.

Je me lève, pliée en deux pour rester sous la nappe de fumée, mais c'est même pas la peine. J'ai la langue toute râpeuse, un goût âcre dans la bouche ; les yeux qui pleurent. Je lui attrape la main, me couvre les lèvres avec mon tee-shirt, et tire de toutes mes forces. Une secousse : son corps se rapproche de moi. Ses cheveux lui tombent dans la figure. Elle est comme enveloppée d'un impalpable voile gris. J'essaie encore. À peine si je réussis à la faire avancer de quelques centimètres, avant d'être obligée de la lâcher pour reprendre mon souffle.

Trop lourde, trop de fumée : j'ai besoin d'aide. J'y arriverai jamais. La plupart du temps, je gère, mais là, c'est trop dur. Le feu est trop près. Je peux pas faire ça toute seule.

— Hé ! (Je braille par-dessus mon épaule.) Eli ! Quelqu'un !

Un cri et, quand je me retourne, je vois la haute silhouette d'Eli qui fend le brouillard gris, le bras plié devant la figure pour se protéger.

Il me lance :

— Tu es là-dedans depuis trop longtemps.

J'en pleurerais. Quelqu'un est venu me chercher !

— Y a une fille.

Il finit par me rejoindre, les yeux rouges, la joue balafrée de suie.

— Je crois qu'elle est blessée. (Ou pire, mais ça change rien.) Faut que tu m'aides à la porter.

— Je vais m'en charger, dit-il en me contournant. Pars devant, toi.

Mais je peux pas la laisser, pas comme ça. Alors, je regarde quand il se baisse pour la balancer sur son épaule comme si elle ne pesait rien, la tête pendant dans son dos, les doigts délicatement refermés.

Une rafale. On a le même mouvement de recul quand on se fait doubler par une langue de feu zébrant l'espace comme un fouet embrasé.

Eli hurle, sa voix se brise dans la panique.

— Vas-y, Margot, vas-y !

Alors, je me mets à courir. Je cours si vite que je peux sentir la vibration de chaque pas remonter le long de mes os, si vite que j'oublie de respirer, et, quand j'y pense, l'air me brûle de l'intérieur. C'est pas comme ça, le feu, pas celui que je connais, en tout cas, dévorant les champs, me desséchant la peau jusqu'à aspirer la vie par mes pores. Je ne tiens pas longtemps avant de commencer à m'asphyxier, pompant plus de poussière que d'air dans mes poumons. Eli est quelque part derrière moi, mais, si je me retourne, je vais voir les flammes gagner du terrain, et il faut que je continue.

Devant moi, le rideau de fumée se déchire. Là, le fossé, le talus d'éclats de verre et de gravier. Tess attend, le portable collé à l'oreille, éclairée en rouge et bleu par le clignotement des gyrophares. Une voiture de police est garée en travers de la route. Le hurlement des sirènes étouffe le rugissement de l'incendie.

Encore un pas. Un autre. Ça va aller. Tu vas t'en tirer.

— Hé ! braille Tess, dès qu'elle m'aperçoit. Les voilà !

Un homme en uniforme est agenouillé au sommet du talus, la main tendue.

— Attrape, ma grande, dit-il, en gardant les yeux fixés sur Eli derrière moi.

Je le laisse me hisser sur la chaussée, en sécurité.

Il me lâche dès que je suis en haut du talus, et je bascule mains et genoux à terre. L'air est si frais qu'il en est presque froid. J'avais oublié ce que ça faisait de respirer.

Quelqu'un s'accroupit à côté de moi.

— Tout va bien, tout va bien.

Tess, le visage crispé d'anxiété.

— À l'aide !

J'entends Eli crier, et j'essaie de me relever, mais Tess me retient.

— Ils sont juste derrière toi, dit-elle, en lissant mon front d'une main caressante.

Je ferme les yeux, aspire une autre bouffée d'air frais.

— Merde ! jure un des flics.

J'ouvre les yeux juste au moment où il prend sa casquette pour étouffer le feu sur la robe de la fille qu'une étincelle vient d'enflammer, noircissant le tissu et laissant sur sa peau son stigmate écarlate. Les dents serrées, les yeux affolés, Eli se décharge aussitôt de son fardeau dans les bras de l'autre policier.

Tess m'aide à me relever. Y a quelque chose de changé chez elle, dans son expression, comme si, dans le feu de l'action, elle avait oublié de remettre ce masque d'ennui profond qu'elle portait tout à l'heure.

Un camion de pompiers nous dépasse en trombe. C'est sans doute plus la peine. L'incendie se propage trop vite. Il va ravager ces terres, et bien plus encore. Et, quand il mourra, ce sera parce qu'il en aura fini, pas parce que quelqu'un l'aura décidé.

— Je vais la poser par terre, annonce le policier qui porte la fille. Juste le temps que l'ambulance arrive.

Eli s'écroule sur le gravier.

— Je ne crois pas qu'elle en aura besoin.

Je m'approche quand ils l'allongent sur le sol. Elle a une robe à fleurs, avec une encolure montante et des manches bouffantes trop courtes qui lui coupent le bras, resserrées par un ruban aux poignets. On dirait qu'elle débarque du passé, qu'elle a vingt ans de retard. Un siècle. Je m'agenouille à côté d'elle, ignore l'avertissement du policier.

Elle a la tête tournée sur le côté, les cheveux dans la figure. Tout ce que je peux voir, c'est sa bouche, à peine entrouverte. Je lui redresse la tête. Elle est encore chaude, sa chaleur s'infiltrant sous ma peau, dans mes mains. Un des flics m'attrape le bras, me dit d'arrêter.

Trop tard. Déjà, ses cheveux glissent. Ces mèches grises aux tempes…

— Putain !

Je recule brusquement dans les jambes du flic, le souffle court.

Ce teint blême parsemé de taches de rousseur. Ce long nez et ce menton plus affirmé encore. Ces yeux ouverts, sombres, fixes, et vides, vides, vides… Je connais ce visage. C'est le mien. C'est celui de ma mère.

Les terres des Nielsen. Ça me traverse l'esprit dans le premier moment de panique. *Le cadavre d'une Nielsen sur les terres des Nielsen.* J'entends bien les flics qui discutent, Tess qui dit mon nom, sens une main sur mon bras, mais rien de tout ça ne m'atteint.

Parce que, là, devant moi, il y a une inconnue avec mon visage. Et elle est morte.

HUIT

Une seconde, à peine le temps de basculer pour me retrouver à quatre pattes, avant que mon estomac se contracte et que les chips que je viens d'ingurgiter éclaboussent le bitume dans une giclée de bile.

— Seigneur ! dit un des flics.

Ce seul mot, ce simple son produit par quelqu'un d'autre, suffit à me projeter le réel en pleine face.

D'abord, les mains d'un flic sur mes bras, qui serrent et me forcent à me relever. Et puis Tess à côté de moi, bouche bée, les yeux écarquillés.

— C'est qui, celle-là ? demande-t-elle. Je ne comprends pas.

Moi non plus. Parce que je suis bel et bien là, je respire, et je suis allongée sur la route dans une robe trop petite, et, pendant trois secondes, pendant une éternité, je sais plus qui est qui. Si je suis vivante ou si je suis morte. *Ma sœur, ma sœur,* les mots courent dans mes veines. Mais c'est pas possible. Il peut pas y avoir eu une autre moi. Je serais au courant quand même. Non ?

Non, murmure une petite voix dans ma tête. Jamais. Ta mère a passé toute ta vie à dresser des remparts autour de vous deux. Eh bien, la voilà peut-être, la raison.

— Reculez, s'il vous plaît, mademoiselle Miller, dit à Tess le flic qui me tient par le bras.

L'agent Connors, d'après la plaque sur sa poitrine. Je me concentre sur les lettres, sur leur côté terni, éraflé, parce que ça, au moins, c'est réel. Son autre main est posée sur son pistolet, nonchalamment, comme s'il l'avait mise là par hasard. J'y crois pas deux secondes.

— Immédiatement, mademoiselle Miller.

— Et pourquoi ? lui réplique Tess, alors même qu'Eli la tire déjà en arrière. Margot. Margot, es-tu... ?

— J'ai dit : reculez, répète l'agent Connors d'un ton plus ferme.

Il ne m'a toujours pas lâchée et je ne pense pas qu'il compte le faire de sitôt. Je sais pas trop ce que ça sent, cette histoire. Juste que ça sent pas bon. Et j'aimerais bien, ah ça oui, j'aimerais vraiment pouvoir leur expliquer. Mais comment faire tout coïncider, dans un sens ou dans l'autre, pour que ça ressemble à un truc cohérent ? Elle est toujours là. À regarder le ciel. Une autre fille que Maman aurait abandonnée ? Ou autre chose... Mon cerveau qui me donne ce que je voulais, mais tourne le rêve en cauchemar ?

Le premier flic, l'agent Anderson, vient se planter devant moi, me cachant la vue du corps. Je m'accorde un moment de répit, soulagée. Jusqu'à ce que je surprenne cette expression sur son visage. Soupçonneuse, accusatrice. J'aime pas ça, mais, au moins, je connais. On dirait ma mère.

Il est grand, la peau tannée par le soleil, son uniforme sombre trempé de sueur.

— Je te demanderais bien ton nom, mais je crois que je devine, il me balance.

— C'est Margot, je lui réponds, avant de me rendre compte que ce n'est pas ce qu'il voulait dire.

Nielsen. Qu'est-ce que je pourrais être sinon une Nielsen, avec la tête que j'ai ?

— On devrait ramener tout ce petit monde au poste, dit l'agent Connors à côté de moi. Laisser faire les techs.

Anderson bouge pas.

— Pas encore, tranche-t-il, les yeux rivés sur moi. Margot ? OK, Margot. Peux-tu me raconter ce qui s'est passé ? Ce que vous faisiez là, toutes les deux ?

Un camion de pompiers passe, toutes sirènes hurlantes – un truc à secouer la terre entière tellement c'est fort. Je sens que mon corps essaie de revenir à la normale, essaie de se stabiliser malgré l'adrénaline qui court dans mes veines.

— « Toutes les deux » ?

Il doit vouloir dire Tess et moi. À moins que…

— Toi et ta sœur, là, répond Anderson.

L'entendre dans sa bouche, ça me fait un choc.

— Non. (Et je réussis à faire un pas vers lui avant que l'agent Connors me tire en arrière, l'étau de ses doigts se resserrant sur mon bras.) Non, c'est pas… Elle est pas… Je l'ai jamais vue. Jamais de ma vie.

Je veux continuer à parler. Il faut que je lui fasse comprendre, que je comprenne moi-même… Cette fille est pas du même sang que moi. C'est pas la fille de ma mère. C'est impossible.

— Jamais ? (Anderson arque les sourcils.) Pas une seule fois ? Je suis sûr que tu comprends pourquoi j'ai un peu de mal à croire ça.

— Margot a passé toute la matinée avec moi, affirme Tess derrière lui.

À peine si ça le fait sourciller.

— Et je suis sûr que tu comprends pourquoi j'ai un peu de mal à croire Mlle Miller.

— Elle ne ment pas, lance Eli. (Sous l'effet du choc, il est tout pâle, le visage complètement inexpressif. Il ouvre et referme les poings comme s'il voulait chasser la sensation de ce corps dans ses bras.) C'est nous qui avons amené Margot ici. Elle n'a rien à voir avec cet incendie.

Ses yeux se posent sur moi une fraction de seconde de trop. Je l'entends presque me demander : « N'est-ce pas ? »

— Je viens d'arriver à Phalène. Je vous jure. (Ma voix tremble.) Je suis arrivée ce matin.

C'est complètement ridicule de rester plantés là à discuter détails horaires, alors qu'il y a un cadavre qui me ressemble sur le bitume à nos pieds. Mais il est pas irréel pour eux comme il l'est pour moi. C'est juste une fille qu'ils ont jamais vue avant, comme moi. L'histoire est toute simple, pour eux : deux filles qui entrent ; une seule qui ressort.

— D'accord. (Anderson prend un ton indulgent, qui sonne faux.) Tu viens d'arriver et t'as jamais vu cette fille. Admettons. Alors, qu'est-ce qui s'est passé ?

— Tess et Eli ont entendu dire qu'il y avait le feu. (J'ai envie de regarder Tess. Je voudrais qu'elle confirme. Mais je sais que, si je détourne les yeux, même une fois, pour Anderson, ce sera comme des aveux.) Ils voulaient… On voulait voir. Alors on est venus ici.

— Et vous êtes sûrs que l'incendie avait déjà commencé ? demande Anderson.

— Oui. (J'essaie de revoir la scène quand on était en ville, si c'est Tess ou Eli qui a reçu le message.) Quelqu'un l'a vu et nous l'a dit.

— Parce qu'on est sur les terres des Nielsen, ici. (Anderson désigne les champs du menton, le feu qui se propage, de plus en plus près.) Et tu peux me raconter toutes les salades que tu veux, Margot, mais, elle et toi, vous êtes deux filles Nielsen. Ça veut dire quelque chose dans cette ville.

— Et ça veut dire quoi ?

C'est de la provoc, d'accord, mais plus encore, c'est quelque chose que j'ai besoin de savoir.

— Des ennuis en perspective, maugrée Anderson avec un sourire mauvais.

Le rush de l'adrénaline commence à se dissiper et la douleur prend le relais, diffuse, lancinante, comme des épines sur ma peau.

— Je mens pas. On regardait et j'ai aperçu quelqu'un là-bas. (Je chancelle tout à coup : la fièvre me saisit, violente et me lâche aussi brusquement. Il faut que je boive. Il faut que je m'assoie. Une grande inspiration. Les yeux de nouveau braqués sur lui.) Alors, je suis allée voir.

— Tu as juste foncé tête baissée dans un incendie ? (Anderson se penche en avant.) T'as pas eu peur ?

J'ai intérêt à faire gaffe. Je suis toute seule, là, et c'est pas pour rien qu'ils parlent pas à Eli, alors que c'est lui qui a sorti le corps du champ. Je me dis : *Joue-la comme avec Maman. Juste ce que tu lui répondrais dans un de ses plus mauvais jours.*

— Évidemment que j'ai eu peur. Mais j'ai pensé que quelqu'un avait besoin d'aide.

— Bien sûr. (Anderson hoche la tête comme s'il me croyait, mais la tension dans son attitude se relâche pas une seconde.) Alors, tu es allée là-bas pour l'aider. Et après ?

— Leland et Pork arrivent, annonce Connors. (Il penche la tête vers le troisième agent, celui qui est en train de poser des cônes en travers de la route derrière Tess et Eli.) Mather peut sécuriser la scène jusque-là. On y va, hein ? Il faut les réhydrater et qu'ils voient un toubib.

Un toubib. Je jette un coup d'œil à mes mains trop rouges, sens une brûlure sur mon front, comme si mon corps venait seulement de se réveiller et la douleur de se rappeler à son bon souvenir.

— Et après, t'as fait quoi ? insiste Anderson, en se baissant pour planter ses yeux dans les miens. Moi aussi, je veux qu'on s'occupe de toi, tout comme l'agent Connors. Mais faut qu'on finisse ça d'abord. Et qu'on le fasse maintenant, Margot.

C'est rien, je me dis. *Ta peau qui te cuit, c'est rien. Ni le rugissement du feu toujours dans tes oreilles, toujours là dans tes veines. Réponds-lui, tu seras débarrassée.*

— J'ai essayé de la soulever. Mais j'y arrivais pas. Alors Eli est venu. Il l'a portée jusqu'ici. Et c'est là que vous êtes arrivés.

Pendant un temps, personne bouge. Je me dis que je m'en suis peut-être sortie, en fin de compte. Peut-être qu'on est tous dans la même merde et qu'il n'y a pas de culpabilité à chercher là-dedans, nulle part.

Et puis Anderson soupire.

— Ce serait tellement mieux si tu disais la vérité. Ce serait tellement plus simple.

— Mais je mens pas !

C'est tout ce que j'ai la force d'exprimer. Je suis tellement crevée, et je comprends rien à rien. Ces types qui m'interrogent sur l'incendie, alors que la vraie question est là, par terre, les yeux ouverts, le cœur à l'arrêt. Une partie de moi a envie de s'agenouiller au-dessus d'elle encore une fois et de poser mon front contre le sien, de vérifier que j'ai bien vu ce que je crois avoir vu. L'autre partie..., ça la rend malade rien que d'y penser.

— Bon d'accord, dit Anderson. Alors faut qu'on aille au poste.

Connors déplace sa prise sur mon bras pour me soutenir sous le coude sans serrer.

— Et il faut qu'on appelle Véra, dit-il.

— Bien sûr, bien sûr, répond Anderson, en se balançant sur les talons. Mais pas maintenant. Margot a encore des choses à nous raconter.

J'entends alors un « Eh ! » et je vois Tess se détacher d'Eli pour venir vers nous. Elle fait un large détour pour contourner le cadavre, mais, à part ça, c'est comme si elle l'avait même pas remarqué. Rien en elle de cette peur que je trouve toujours en moi, quoi que je fasse.

— Vous ne pouvez pas l'emmener comme ça, d'accord ? Chacun de nous ici est mineur. (Son épaule m'effleure à peine quand elle me dépasse pour se camper devant moi.) Comme je l'ai déjà dit, Margot a passé toute la matinée avec moi. Alors, je ne sais pas quel scénario vous avez imaginé sur ce qui s'est passé, mais vous pouvez l'oublier.

Anderson ferme les yeux le temps d'un soupir – qu'il retient.

— Garde ta salive pour le poste, tu veux ?

— Parce qu'elle doit venir aussi ?

Je m'y attendais pas.

— Évidemment. Vous venez tous les trois. (Anderson fait un signe de tête à Connors, qui se détourne pour parler dans le talkie-walkie sanglé à son épaule.) Vous pourrez appeler vos familles une fois là-bas.

Nos familles. Maman. J'y avais même pas pensé. Mais j'aurais dû. J'aurais dû m'inquiéter de ça depuis le début. Parce qu'ils vont lui dire où je suis, la merde dans laquelle je suis, et ça va la mettre dans une de ces colères !

— Ça va aller, me dit Tess.

Et, quand je la regarde, je suis surprise par cette sincérité qu'elle dégage. J'arrive pas vraiment à faire coïncider ça avec la fille de tout à l'heure, la fille de la ville au petit sourire en coin qui pique des chewing-gums « juste pour le fun ».

— Mon père va s'en occuper, affirme-t-elle. Je vais lui parler.

— C'est ça, dit Anderson.

Et la raillerie évidente dans sa voix me rend nerveuse. Ça l'amuse, en fait. Une histoire qui rime à rien, un cauchemar, une fille sortie de nulle part, et ça l'amuse.

Ils m'entraînent vers la voiture de police la plus proche. J'ai encore de la chance qu'ils me mettent pas les menottes, j'imagine. Mais j'ai rien fait. *J'ai rien fait !*

N'empêche, je peux pas prétendre qu'il existe pas, ce visage au regard fixe. Et je peux même le voir quand ils me font monter à l'arrière, le Skaï de la banquette qui me colle aux cuisses, la ceinture qui me brûle en frottant sur mon bras. Je peux encore la voir qui regarde dans le vide, et je peux la voir qui me regarde. Moi.

Le poste de police de Phalène se trouve en ville. Il fait l'angle en face de la pharmacie et partage un parking avec l'église et la mairie – un bâtiment en brique d'un étage aux fenêtres sales, avec un panneau aux lettres à moitié effacées sur la façade.

Le poste semble pas vraiment en meilleur état. Mais j'ai à peine le temps d'y jeter un coup d'œil avant qu'Anderson me débarque de sa voiture de patrouille pour me faire traverser le hall d'entrée. On arrive dans une grande salle remplie de bureaux, dans le genre qu'on surnomme la « cage » dans les séries policières.

Il me plante là, sur une chaise en plastique inconfortable tirée à côté de son bureau, et disparaît dans une salle de réunion voisine, mais pas avant de m'avoir dit que « j'avais pas intérêt à bouger de là ».

Il fait froid ici. La clim marche à fond, si fort que, sous celle de la fenêtre, y a carrément une flaque qui fait une tache sombre sur la moquette. Je referme les bras sur ma poitrine en regrettant mes fringues restées à Calhoun. Il caillait comme ça, pendant l'hiver. On était trop fauchées pour mettre le chauffage et on veillait tard, assises sur le canapé, le corps de Maman collé contre le mien : elle me réchauffait qu'elle le veuille ou non. Elle s'est jamais mieux occupée de moi que dans ces moments-là. Le summum de l'amour maternel : celui qu'elle me donnait malgré elle.

Qu'est-ce qu'elle avait fait quand elle s'était rendu compte que j'étais partie ? Est-ce qu'elle avait essayé de m'appeler, avant de constater que j'avais laissé mon portable ? Est-ce qu'elle me cherche, au moins ? Ou est-ce que c'est ce qu'elle a attendu toute ma vie ? Que je décide toute seule de m'en aller pour qu'elle ait pas à m'y pousser ?

Je sais pas ce qui me ferait le plus de mal. Je suis partie pour m'éloigner d'elle, et je suis partie pour me rapprocher d'elle. Il m'arrive d'imaginer comment je pourrais bien expliquer ça aux autres. Que, oui, c'est exactement ce qu'ils croient, et, en même temps, non, carrément pas, et des milliers d'autres choses encore tout à la fois. Je rêverai toujours d'être sa fille adorée, et je voudrai toujours avoir besoin de personne. J'ai toujours pas trouvé comment concilier les deux.

Les événements d'aujourd'hui vont faire que compliquer les choses. Les flics vont l'appeler. Ils vont l'appeler pour lui dire ce qui s'est passé, et, pour elle, ce sera comme un don du ciel. Le prétexte idéal : une excellente raison pour rester aussi loin de moi que possible. Je sais quelque chose que je devrais pas savoir. J'ai vu quelque chose qu'elle voulait pas que je voie : ma sœur.

Parce que je sais pas comment expliquer le truc autrement. Peut-être que je l'ai imaginée, cette ressemblance entre nos deux visages. Mais tout le monde l'a vue comme moi. Anderson l'a dit lui-même. Moi et ma sœur. Une fille que j'ai jamais rencontrée. Et que je connaîtrai jamais.

Mais on me fera pas avaler ça. Ça marche pas. Maman, à la maternité, avec deux bébés sur les bras ? Maman qui m'aurait choisie ? Qui m'aurait gardée, moi ? C'est là que ça coince. C'est impossible.

Pourquoi est-ce qu'elle nous aurait pas abandonnées toutes les deux ?

Et, si elle a eu le choix, pourquoi c'est moi qu'elle a choisie ?

Peut-être que c'est de là que ça vient. Le mauvais choix, la mauvaise fille. Et Maman avec cette rancœur qui rancit au fond d'elle. Je m'avachis d'un coup, la tête dans les mains. Je suis venue ici à la recherche de ma grand-mère, pour trouver une famille. Et voilà ce que j'y gagne. Forcément.

La porte s'ouvre à la volée. Je me redresse au moment où Tess et Eli passent le seuil ; derrière eux, l'agent Connors qui tire une tête, genre s'il pouvait, il préférerait encore se pendre, là, tout de suite.

— ... seulement que je l'appelle, jubile Tess en entrant, un sourire triomphant aux lèvres, quand elle se retourne pour faire face à Connors, marchant à reculons et manquant de peu de rentrer dans un des bureaux. Parce que vous devez vraiment appeler nos parents immédiatement. Je n'ai que dix-sept ans.

— Je sais, soupire Connors d'un ton las.

— Mon père va vouloir parler à votre supérieur, et je suis persuadée qu'ils vont régler cette affaire. Parce qu'il faudrait probablement annuler la soirée des donateurs que nous organisons au profit de la police, si cette histoire s'éternisait trop longtemps...

Elle bat des cils et me balance un sourire satisfait. Ah ! la fille que j'ai rencontrée ce matin est de retour : mordante, blasée, avec cette attitude « parce que je vaux mieux que toi ». Je me dis que c'est la fille que j'aurais pu être, si j'avais grandi ici. Mais c'est pas vrai, en fait, hein ? Quand on est une Nielsen, ça marche pas comme ça. J'aurais été la fille dans les champs. Le corps dans le brasier.

— Pour l'amour du ciel ! (Connors pointe du doigt le bureau à côté de celui d'Anderson.) Assieds-toi là et, par pitié, arrête de parler une minute, rien qu'une minute.

Il contourne Eli qui a les mains enfoncées dans les poches et le regard vide. Je me demande si le souvenir de ce cadavre le démolit autant que moi.

— Mais où allez-vous ? lance Tess à Connors, en le voyant se diriger vers la salle de réunion. Vous ne voulez pas nous séparer ? Vous assurer que nous n'allons pas nous concerter ?

La porte claque derrière lui. À travers la baie vitrée, je le vois jeter sa casquette sur la table et dire quelque chose à Anderson, qui lève les yeux au ciel.

— Un jour, tu vas pousser quelqu'un au meurtre à force d'énerver les gens comme ça, dit Eli, en se laissant choir sur l'autre chaise placée devant le bureau de Connors – la même que la mienne : dure et moche.

— C'est ce qui s'appellerait finir en beauté, lui rétorque Tess avec un sourire radieux, qui perd de son éclat quand elle se tourne vers moi, découvrant ce qui doit être une vision d'horreur : mes cheveux poisseux de cendres ; ma peau rougie ; les cloques qui vont pas tarder à pointer le bout de leur nez...

Je suis restée trop près, trop longtemps.

Elle lâche un juron :

— Merde ! Ça va ?

— Ouais. (Je me racle la gorge, nerveuse.) Merci à vous deux. De m'avoir défendue, je veux dire.

— Nous n'avons fait que dire la vérité, proteste Eli. (Il me regarde de la même façon qu'Anderson, tout à l'heure. Méfiant. Soupçonneux.) C'était bien la vérité ?

— Oui. (Je réponds sans hésiter, pressée de le rassurer.) Je sais de quoi ça a l'air, mais...

— Lâche-la, Eli, m'interrompt Tess. Elle vient tout juste d'échapper à un incendie.

Eli abat son poing sur le bureau de Connors.

— Oui, eh bien, moi aussi. Je sais que tu vois ça comme un super scoop, mais il faut que tu prennes un peu les choses au sérieux, là, Tess, d'accord ? On pourrait avoir de gros ennuis.

— Et pour quelle raison, déjà ?

Je me tais pendant que Tess s'interpose entre Eli et moi. Elle me soutient. Je sais pas pourquoi, mais elle prend mon parti. Et c'est pas moi qui vais l'en empêcher.

Et elle en rajoute, en plus :

— Je crois Margot, moi. Elle a dit qu'elle était venue ici toute seule, donc elle est venue ici toute seule.

Eli secoue la tête, se lève.

— Tu es bien naïve.

— Je suis une putain de fille bien, là, en fait.

On dirait que c'est pas la première fois qu'ils se prennent la tête pour ça. Je les vois se mesurer du regard, tendus, sur la défensive, et je m'attends à ce que ça s'embrase comme ça le ferait avec Maman et moi. Au lieu de ça, Eli se défile.

— Oui, dit-il, ça aussi.

Tess rayonne, triomphante. Tout son visage irradie quand elle tourne la tête pour me sourire par-dessus son épaule.

— Il est pas mal, par moments, elle me murmure en aparté – trop fort, comme au théâtre. C'est rare, je veux dire, mais ça arrive. Si, si.

Eli, d'une patience à toute épreuve, soupire quand elle se retourne vers lui.

— Pourrais-tu demander une trousse de premiers secours ? Là, tout de suite, maintenant ?

— Autre chose pour vous servir, Majesté ? lui réplique-t-il, impassible.

— Un café glacé. Une nouvelle voiture. La paix dans le monde.

— Pour quelle raison nous sommes amis, déjà ?

— Phalène a un catalogue très limité.

— Oh ! sympa !

Il lui adresse alors un doigt d'honneur, accompagné d'un large sourire, avant de se diriger vers la porte de la salle de réunion. Tess se fait un plaisir de lui rendre la politesse.

— Pardon pour cet intermède, me dit-elle alors, en prenant place derrière le bureau, dans le fauteuil d'Anderson. Ça nous arrive de temps en temps.

Elle semble pas inquiète. On dirait qu'elle en a rien à faire d'être retenue au poste pour un interrogatoire. Ça doit être facile de balayer tout d'un revers de main quand le monde t'appartient. Quand tu sais que, quoi qu'il arrive, ce genre de trucs peut pas t'atteindre. Tess risque rien. Elle a jamais été en danger de sa vie. Mais elle l'est encore moins maintenant, pas quand c'est moi qui me suis retrouvée coincée entre deux flics. Moi, avec un sosie couché sur le bitume.

— Tu me crois vraiment, alors ?

— Tu as vu cette fille et tu as gerbé ton petit déjeuner. Ça me paraît difficile à simuler. (Tess devient sérieuse, tout à coup, baissant la voix, alors même que les flics sont derrière une porte fermée.) Mais tu vois bien ce que ça donne, vu de l'extérieur, non ? Elle a forcément un lien de parenté avec toi, c'est évident. Que tu la connaisses ou pas.

Je comprends. Non, vraiment. Je poserais la même question à sa place. Et j'aimerais avoir une meilleure réponse à lui donner, quelque chose de plus solide à lui mettre sous la dent.

Quelqu'un doit la connaître, cette fille. Quelqu'un doit avoir la réponse. Elle était là-bas, dans ce champ. Elle devait bien venir de quelque part.

— Tu as dit que tu habitais à côté de chez Véra, non ? Puisque tu ne l'as jamais vue avant, tu crois qu'elle aurait pu cacher cette fille chez elle ?

Tess se laisse aller contre le dossier du fauteuil, en jetant un coup d'œil à la salle de réunion - devant laquelle Eli attend toujours qu'un des flics veuille bien venir lui ouvrir.

— C'est un très gros secret à garder. Et elle avait l'air à peu près de notre âge. Tu crois vraiment qu'on pourrait cacher quelqu'un pendant, genre, dix-huit ans ?

J'aimerais bien demander la même chose à ma mère. Mais je garde ça pour moi.

Tess hausse les épaules.

— En même temps, ce n'est pas comme si Véra recevait du monde chez elle. Je n'y suis même jamais allée.

— Vraiment ? Pas une seule fois ?

J'ai du mal à le croire. C'est une petite ville, Phalène. Ça devrait être convivial, non ?

— Elle est déjà venue chez nous, mais nous n'allons jamais chez elle. (Tess fait celle qui frissonne de la tête aux pieds.) Véra, c'est Méduse, si Méduse savait ce qu'est un ragoût. Tu verras quand tu la rencontreras.

Ce n'est pas l'impression que Grann m'a donnée au téléphone. Elle avait l'air bien mieux que ce que j'ai laissé à Calhoun. J'ignore cette peur glaçante qui se réveille au creux de mon ventre. Elle me fera jamais de mal, je le sais. Jamais.

Je regarde Tess jouer avec un paquet de Post-it sur le bureau d'Anderson. Il y en a déjà de collés sur les tiroirs de son classeur, dont un avec un nom de famille dessus qui ressemble presque au mien. Je me penche pour voir ça de plus près, mais, avant que j'en aie le temps, Tess me colle du plat de la main un Post-it sur le front.

— Superbe ! commente-t-elle. Est-ce que c'est elle qu'ils vont appeler pour toi ? Véra ? Ou est-ce que tes parents sont là ? Dis donc, c'est dingue ce qu'ils sont puissants, les gènes chez les Nielsen. Avec vous, les filles, c'est comme ce jeu des sept erreurs. (Elle me considère avec une moue concentrée.) Mais un super dur, alors. Pas comme ceux des magazines que tu trouves dans la salle d'attente chez le dentiste.

— OK. (J'arrache le Post-it de mon front.) T'arrêtes ça quand tu veux.

Elle fait une grimace, et je me sens tout de suite hyper mal. Eli peut l'envoyer bouler. Parce qu'il la connaît. Mais moi, je suis qui pour lui parler comme ça ?

— Quoi ? lance Connors, en ouvrant enfin la porte de la salle de réunion.

Eli lui demande la trousse de secours, ignore les regards que les deux flics me balancent. Même si l'incendie m'a changée en momie, c'est le cadet de mes soucis. J'ai d'autres priorités que ma peau cramée.

— Alors ? reprend Tess. Tes parents ?

Sur le coup, je sais pas du tout de quoi elle parle. Et puis je me rappelle. Qui vont-ils contacter pour moi ?

— Ma mère, j'imagine. Mais elle compte pas vraiment.

Ce qui a un sens pour moi, mais, à en croire la tête de Tess, pas trop pour elle.

— Pourquoi ?

S'il existe un bon moyen d'expliquer comment on fonctionne, Maman et moi, je l'ai encore jamais trouvé.

— C'est juste pas comme ça que ça marche entre nous. Ils peuvent toujours l'appeler, ça changera rien. Déjà que Maman a pas été fichue de me dire que Phalène existait ! Même avec les flics pour la rappeler à ses devoirs, elle risque pas de rappliquer.

Et j'ai le malheur d'ajouter :

— Je suis venue ici pour ma grand-mère, de toute façon.

Tess s'illumine. Elle attendait que ça. Un aveu de ma part, une preuve irréfutable. Oui, je suis bien une Nielsen. Oui, je suis bien de la même famille, descendante en ligne directe de Véra Nielsen.

Je me rattrape en essayant de lui soutirer toute l'histoire, quitte à dévider l'écheveau centimètre par centimètre.

— Ma mère m'a jamais parlé de tout ça...

Mais c'est même pas la peine de prendre des gants.

— Il n'y a pas grand-chose à dire, en fait. Après la sécheresse, Véra a entraîné Phalène dans sa chute, déballe aussitôt Tess. Tout le monde travaillait pour elle ou presque. Alors, tu peux imaginer ce que ça a donné. (Elle commence à recouvrir l'écran du vieux PC d'Anderson de Post-it.) Et puis tout ce truc avec l'incendie. (Elle s'interrompt, penche la tête de côté.) On va devoir l'appeler le « premier » incendie, maintenant, j'imagine...

— Qu'est-ce qui s'est pas... ?

— ... Celui-ci, poursuit-elle au même moment, en me désignant avec un de ses bouts de papier collé au bout du doigt, étant le second. Ou le deuxième, va savoir...

— Oui, j'avais compris. Mais qu'est-ce qui s'est passé avec le premier incendie ?

Si c'est ce qui fait que tout le monde me regarde comme si j'en savais plus que j'en sais, il me faut tout ce qu'elle peut me raconter là-dessus.

Elle se contente de hausser les épaules.

— C'est du style… (Elle prend une voix qui est censée imiter celles de ses parents, je suppose.) « C'est là un sujet dont nous ne parlons pas. » Mais le fond de l'histoire, de ce que j'en sais, c'est qu'il y a eu le feu à Fairhaven et que Véra a perdu sa fille.

Sa fille ? Qu'elle a perdu ma mère. Alors c'est pour ça que Maman a quitté Phalène ? Pour un incendie ? Ça peut pas se limiter à ça. Elle m'a caché l'existence de cette ville toute ma vie : il doit y avoir une autre raison, un truc plus important, c'est pas possible autrement. Pour tout ce mystère, et pour la manière dont les flics traitent mon nom de famille : comme si c'était un avertissement.

— Et c'est pour ça qu'Anderson pense que Nielsen veut dire « ennuis en perspective » ?

— Pour ça, et parce que c'est un connard fini. (Elle fait une grimace.) Et peut-être que ce cadavre n'y est pas pour rien non plus.

D'accord. Je me demande ce que les flics en pensent. Pour eux, une chose est claire, déjà : cette fille et moi, là-bas, ensemble, allumant cet incendie. Mais il y a ma grand-mère aussi, rôdant autour de chaque mot comme un écho. Elle doit bien savoir quelque chose. Ce secret peut être que le sien. Celui de Fairhaven. C'est juste que je le connais pas. Pas encore.

— Enfin bref, reprend Tess, je suis sûre que Véra sera là dans deux minutes pour régler cette affaire, et, en attendant, tu peux compter sur moi. Anderson et Connors peuvent toujours dire tout ce qu'ils veulent, j'étais avec toi ce matin. Je le leur ai dit et je le leur répéterai autant qu'il le faudra. Ils pourront rien contre toi, OK ?

Elle en a l'air tellement persuadée. Tout a toujours été « OK » pour elle. Mais je n'arrête pas de penser à la tête que tirait Anderson en m'embarquant dans la bagnole de flics, et je crois pas que ce sera « OK » du tout.

— OK, je dis, pourtant.

Tess se penche vers moi en travers du bureau.

— Parfait. Bon, donne-moi ta main.

— Quoi ?

Elle hoche la tête vers l'écran d'ordinateur, maintenant intégralement recouvert de Post-it.

— Il faut bien que je me trouve une autre occupation, non ?

Sans comprendre, je tends ma main gauche paume ouverte. Le petit sourire de Tess s'élargit et elle glousse en me prenant le poignet pour retourner ma main de l'autre côté. Je la vois alors déchirer méthodiquement un Post-it en petites bandes et commencer à en coller une sur chacun de mes ongles.

— Je suis géniale, déclare-t-elle royalement, quand elle a terminé. Je suis promise à une si belle carrière dans le stylisme ongulaire.

— Je serai ton modèle. (Je rentre dans son jeu et Tess se marre.) Emmène-moi en tournée mondiale.

Un bruit nous interrompt : quelqu'un qui se racle la gorge. Je relève la tête, sursaute et cache instinctivement mes mains sous mes cuisses, les bouts de papier tombant par terre dans le mouvement. J'avais oublié où on était pendant un moment. Oublié ce qui m'attendait.

L'agent Connors me fait signe de le rejoindre dans la salle de réunion, une trousse de secours rouge vif à la main, tandis qu'Eli revient vers moi d'un pas nonchalant.

— Viens donc par ici, me dit Connors. Tu pourras t'arranger ça pendant qu'on discute.

NEUF

Au début, on se regarde juste en chiens de faïence, Anderson et Connors d'un côté de la longue table de réunion, moi de l'autre. La trousse de secours est ouverte devant moi. J'y ai pas touché, même avec cette douleur qui me boursoufle la peau. J'avais rien à voir avec ça : ni avec l'incendie, ni avec la fille. Pas même assez pour avoir été brûlée.

— Quel âge as-tu, Margot ? finit par demander Connors.

Il se penche en avant, les mains croisées sur la table.

Pas trop risqué jusque-là. Et puis ça leur rappellera qu'il y a des lois à respecter.

— Dix-sept ans.

— Tu as des papiers ? demande à son tour Anderson.

Je secoue la tête.

— Je les ai laissés à la maison.

— Et c'est où, ça ? lâche distraitement Connors, comme si on faisait que bavarder gentiment.

— Calhoun. Au sud-est.

Connors hoche la tête.

— Je connais. J'y suis allé une ou deux fois.

Il ment : personne ne va à Calhoun.

— Tu viens d'arriver dans la région, alors ?

Comme s'il tenait l'office de tourisme de Phalène. J'essaie de garder un visage détendu. Il faut pas qu'il voie que je suis stressée : il prendrait ça pour de la culpabilité.

J'ai vu quelqu'un là-bas, dans le feu. J'y suis allée. C'est tout. Mais pas pour eux, c'est clair. Cet incendie et le corps d'une fille qu'ils n'ont jamais vue. Une fille avec ma tête. Ils croient que c'est moi. Ou que c'est nous.

Mais comment elle pourrait être une inconnue ? Surtout dans une si petite ville ? C'est carrément impossible. Elle peut qu'être de la famille de Grann, que venir de Fairhaven. C'est juste que je comprends pas comment. Pas encore.

— Pardon mais… C'est juste que… C'est qui, à votre avis ? Vous devez bien l'avoir vue avant, ou…

Anderson fronce les sourcils, m'arrête d'un geste.

— C'est nous qui posons les questions, ici. Pas toi. Et on te demande quand tu es arrivée.

Pas moyen de le convaincre que j'ai rien à voir avec cet incendie. Pas tant que j'aurai pas répondu à toutes ses questions, prouvé que j'ai rien à cacher.

— Ce matin. Je vous l'ai déjà dit.

— Quelle heure ?

Mon regard se perd entre les deux agents, surprend celui de Connors qui me dévisage avec une sorte de méfiance. Comme si j'étais le fantôme de la fille qui est morte là-bas, dans le feu. Et peut-être bien que c'est vrai…

— Je… (J'en sais rien. Mais je peux pas dire ça, hein ? Et je sais pas d'où le feu est parti, et je sais pas qui est cette fille, ni comment elle est arrivée là, et il y a trop de pièges dans lesquels je pourrais tomber. Je respire un bon coup. Ça, je peux essayer d'y répondre. On parle de la petite partie que je comprends, du moins – si mince, à côté de tout ce que je comprends pas.) En milieu de matinée, je dirais. Vers onze heures ?

— Et tu étais toute seule ?

Techniquement non. Maman m'a appris que même le plus petit détail oublié peut être taxé de mensonge.

— J'ai été prise en stop par...

— Oui ou non, ça suffira, m'interrompt Anderson.

— Bon, alors, oui, je suis arrivée toute seule.

— Quelqu'un t'a vue ?

Je tourne les yeux vers la vitre, de l'autre côté, là où Eli est assis au bureau d'Anderson, avec, derrière lui, Tess, à genoux sur une chaise à roulettes, qui se propulse à l'autre bout de l'allée centrale. Ils en ont rien à faire, en réalité. Ça n'a aucune importance pour eux, même si Tess m'a dit, tout à l'heure, qu'elle était de mon côté.

— Eux. (Je hoche la tête vers la vitre.) Ils étaient sur la place quand je suis arrivée.

Anderson ricane.

— C'est pas bon signe quand on prend Thérésa Miller pour alibi.

— Et comment j'le saurais ? (J'aboie presque. Je peux tenir un bon bout de temps, mais, quand la corde lâche, tout le rouleau y passe.) Pourquoi vous me demandez pas ce que vous voulez me demander en vrai ?

— C'est-à-dire ?

— Si j'ai mis le feu. Si j'ai tué cette fille, tiens ! (Je me cale contre le dossier de ma chaise, les bras croisés.) Quand je suis arrivée, l'incendie avait déjà commencé, et, quand j'en suis sortie, elle était déjà morte. Je sais pas qui elle est et je sais pas ce qui s'est passé, mais ça n'a rien à voir avec moi.

La main d'Anderson s'abat sur la table. Sa paume claque si fort que je sursaute.

— Arrête de me prendre pour un imbécile !

Je serre les dents, soutiens le regard d'Anderson fixement. Si ça concerne les Nielsen, alors c'est mon affaire, pas la sienne. Il peut toujours me mettre la pression, tout ce qu'il veut, je ne lâcherai rien. Pas avant d'avoir pu retrouver la famille que je suis venue chercher.

Connors se pince l'arête du nez.

— Seigneur ! Les chiens ne font pas des chats, hein ?

Je sais pas ce qu'il veut dire, mais je souris quand même.

— Non, vraiment pas.

Anderson se lève brusquement, cachant la fenêtre. La lumière disparaît d'un coup et j'ai un mouvement de recul, avant qu'une voix s'élève dans le hall d'entrée, étouffée mais encore assez tranchante pour nous parvenir, fendant l'espace comme une lame.

— Excusez-moi, où exactement ?

Je vois les deux agents tirer la même tête, avec cet air dégoûté, accablé, et encore autre chose que j'arrive pas à décrypter. Quelque chose en rapport avec la personne qu'ils ont manifestement reconnue.

— Quand on parle du loup, marmonne Connors entre ses dents.

— Merde. (Anderson s'écarte de la table en rebroussant de la main les cheveux ras de sa coupe en brosse réglementaire.) Je voulais pas d'elle si tôt.

Je me retourne sur ma chaise. Par la vitre, je vois Tess et Eli se lever d'un bond, au moment où une femme fait une entrée fracassante dans la pièce. Elle est grande, aussi grande que Maman, en jean délavé, avec un chemisier à fleurs aux manches retroussées. Les cheveux gris argent, longs, qui se balancent au rythme de ses pas, et une peau basanée striée de rides, tannée par le soleil.

— Thérésa.

Enfin, c'est ce qu'elle dit, je crois. Et Tess lui rend son hochement de tête, pointant du doigt la salle de réunion, mais incapable d'articuler le moindre mot – ce qui ne doit pas arriver souvent, à mon avis.

C'est là que la femme se tourne. Qu'elle me regarde par la vitre et sourit, sourit, sourit… un sourire si large que je touche quasi plus terre.

Je te reconnais. Et tu me reconnais.

Quand elle franchit la porte, elle sent la fumée et laisse une traînée de terre derrière elle, collée à ses bottes, tachant l'ourlet de son jean. Je peux pas m'empêcher de la regarder, tout juste retenir le léger mouvement de ma main qui se tend instinctivement vers elle alors qu'elle s'avance dans la pièce.

— Messieurs. (La voix au téléphone : c'est elle.) Dites-moi un peu ce que vous fabriquez avec ma petite-fille.

Voir ce corps, là-bas, sur la route, c'était une chose. Mon visage, figé, vide et sans vie. Voir ma grand-mère en est une autre.

On se ressemble. Exactement, genre copies conformes. Ça devrait pas m'étonner : on est pratiquement des sosies, Maman et moi. Mais, après ce matin, si. De voir de la vie, dans ces yeux-là, de voir les muscles bouger sous sa peau… Une Nielsen pur jus. Comme dirait le type de la pharmacie : « Tu es leur portrait tout craché. » Il a raison. C'est vrai. C'est comme ça que tout le monde sait qui je suis.

— Grann.

À peine plus qu'un murmure. Ses yeux se rivent aux miens, avec juste une esquisse de ce sourire qu'elle m'a adressé à travers la vitre.

Ça me suffit pas. Je sais pas ce qu'il me faudrait : un soupir de soulagement ? Des larmes ? Qu'elle me serre dans ses bras ? J'ai droit à rien de tout ça. Mais il y a chez elle une assurance que j'ai jamais vue chez ma mère. Elle va régler cette affaire. Je la connais pas, mais, là-dessus du moins, j'ai absolument aucun doute.

De l'autre côté de la table, les deux flics se tiennent côte à côte, Connors pâle et tendu ; Anderson bombant le torse, tout frémissant d'indignation.

— Vous pouvez pas juste débouler ici, comme ça, Véra, s'insurge-t-il, les pouces accrochés aux passants de son ceinturon, les coudes pointant à angle droit.

— Et vous ne pouvez pas juste retenir ma petite-fille ici sans raison, lui rétorque-t-elle du tac au tac, détournant finalement les yeux des miens.

J'espère qu'elle m'appellera jamais autrement. Sa petite-fille. *Sa* petite-fille.

— C'est une mineure non accompagnée. Vous avez encore de la chance que je sois arrivée avant que vous passiez les bornes, l'un comme l'autre, renchérit-elle.

— C'est grave, dit Anderson. Il y a encore eu un incendie sur vos terres et...

— Oui, merci, le coupe Grann. Je suis au courant.

— Et on a deux filles sur les bras dont personne ne peut répondre.

— Je n'en vois qu'une, lui réplique Grann. Et je peux parfaitement répondre d'elle.

Je sens que je commence à sourire. Avant de me rappeler où je suis. Pourquoi faut-il que je la rencontre comme ça, aussi ?

— C'est parce que l'autre est morte, lui rétorque à son tour Anderson. C'est une Nielsen. Impossible de dire le contraire. Vous pensiez vraiment qu'on la reconnaîtrait pas ?

Je l'observe pour pas le rater. Le signe qu'il s'est pas trompé. Que la fille dans le champ est bien de sa famille. C'est l'explication la plus simple : moi avec Maman, et ma sœur avec Grann. Rien pourtant. Aucune trace de culpabilité qu'elle aurait à cacher, aucune surprise qu'elle doit masquer. Juste un froncement de sourcils.

— C'est malheureux qu'il y ait eu une victime, naturellement. Mais je ne vois pas pourquoi elle viendrait de chez moi.

— On l'a trouvée sur vos terres, Véra. Vous la gardiez pour vous toute seule ?

C'est une perche. Mais Grann ne mord pas à l'hameçon.

— On entend toutes sortes de choses sur les jeunes filles, de nos jours, dit-elle sans s'émouvoir. Vagabondages, fugues…

Anderson ricane et, pour une fois, je suis d'accord avec lui. Elle ment, c'est pas possible autrement. Pas moyen que cette fille ait pu venir d'ailleurs que de chez elle, de *sa* maison, sur *ses* terres.

— Et, pour ce qui est des fugues, vous êtes plutôt bien placée pour en parler, hein ? insinue-t-il. Comme pour toute cette histoire, d'ailleurs. Heureusement que j'ai encore les notes de mon père sur ses affaires de l'époque en archive.

Il doit parler de Maman, Maman et le premier incendie. Le père d'Anderson devait être chargé de l'enquête. Et, maintenant, on prend les mêmes et on recommence, à quelques années près. Toutes les pièces sont en place et s'emboîtent, Anderson a raison à ce niveau-là. Seulement, j'aimerais bien voir le puzzle qu'elles sont censées former.

— Si ça t'amuse de te replonger dans ces vieux dossiers, ne te prive surtout pas, lui balance Grann, stoïque. Mais ton père n'y a pas gagné grand-chose, si je me souviens bien. Et je doute que tu y trouves davantage ton compte.

— Vraiment ? lui rétorque Anderson. C'est comme ça que vous voulez la jouer ?

— Je ne « joue » à rien du tout, lui répond Grann, comme s'il la décevait d'oser suggérer une chose pareille. J'aimerais t'aider, mais, si tu persistes à vouloir le prendre sur ce ton, je ne vois vraiment pas comment je le pourrais.

Ça me sidère, ce ton catégorique qu'elle prend. Ce côté inébranlable, comme si elle n'était même pas concernée. Si seulement je pouvais être comme ça ! Si seulement je pouvais prendre tout ce que j'ai vu, prendre les questions que je me pose, les enfermer dans un grand sac et le jeter au loin ! Mais Grann sait ce qui se passe, là, forcément. Bon d'accord, elle ment à la police, mais, quand on sera toutes les deux, elle me dira la vérité, à moi, non ?

— Écoutez, ce n'est pas la peine de monter cette affaire en épingle, intervient Connors, en essayant sans grande conviction de prendre un ton conciliant – c'est un peu tard pour ça, maintenant. Si l'une d'entre vous voulait bien juste nous dire ce qui s'est passé, on pourrait clore le dossier. Mais votre petite-fille ne se montre pas très coopérative.

Ah, parce qu'ils me demandaient ma « coopération », là ? C'est pas vraiment l'impression que ça donnait, en tout cas. Mais pas besoin de me prendre la tête avec ça. Grann se laisse pas avoir.

— Ce que vous cherchez, lui réplique-t-elle, c'est un bouc émissaire. Et vous irez en chercher un ailleurs.

Je sens un truc enfler dans ma poitrine, un truc chaud et lumineux. Enfin quelqu'un qui se bat pour moi ! Quelqu'un qui se charge du fardeau que j'ai sur les épaules pour le porter à ma place. Est-ce que c'est censé se passer comme ça, chez les gens normaux ?

— Pas besoin d'un bouc émissaire : c'est signé, lui rétorque Anderson, échauffé. Qu'est-ce que vous cherchez à cacher, Véra ? Qu'est-ce que vous manigancez encore, cette fois ?

Je me tourne vers Grann, impatiente d'entendre sa réponse. Anderson lui pose les questions que j'ai sur le bout de la langue.

— Franchement, Thomas, c'est un peu fort, tu ne crois pas ? lui réplique Grann, et je le vois devenir écarlate. (Elle me sourit.) Margot va passer les vacances d'été chez moi, et elle vient d'arriver, voilà tout.

Pour le moment, en tout cas. Jusqu'à ce qu'on soit juste toutes les deux.

— Alors, comme ça, elle a passé son premier jour sur une scène de crime ? raille Anderson. Sacrées vacances !

— De quel crime veux-tu parler exactement ? demande Grann en haussant les sourcils, et elle n'attend pas la réponse avant d'enchaîner : Mes champs ont pris feu, et, à moins que vous ne qualifiiez ça d'incendie criminel...

— C'est pas impossible.

— Eh bien, allez-y. Accusez Margot. Accusez ma petite-fille d'avoir mis le feu à la ferme de sa grand-mère.

— C'est pas après elle qu'on en a, là, fulmine Anderson, en la fusillant du regard.

— Ravie de te l'entendre dire, se réjouit Grann d'un ton détaché. Alors, c'est réglé. Quant à cette autre gamine, c'est une tragédie, bien sûr, mais, si l'on s'en tient aux faits, c'est tout ce que l'on peut dire avec certitude.

Impressionnant. Cette parfaite politesse, cette façon de pas concéder un pouce de terrain. Si j'avais pas vu mon propre visage sur ce corps, je la croirais sur parole.

— On peut dire autre chose aussi : c'est une Nielsen pure souche. (Anderson relève le menton et, pendant deux secondes, Grann et lui se mesurent du regard en silence.) On manque peut-être d'éléments, pour le moment. Mais c'est qu'une question de temps.

C'est une menace. Mais Grann a pas l'air de s'inquiéter.

— J'ai hâte de voir ça, dit-elle, tout sourire, avant de me tendre la main. Viens, Margot.

— Vous ne pouvez pas l'emmener comme ça, proteste Anderson. Elle a pas de papiers d'identité. Vous n'avez aucune preuve de tutelle. Jusqu'à ce qu'on contacte sa famille...

— Tu l'as dit toi-même : c'est une Nielsen. Sa famille, c'est moi.

C'est la plus belle chose que j'aie jamais entendue, et ça suffit à anéantir toutes mes questions, à me faire lever de ma chaise et à me pousser vers elle. J'irais n'importe où pour ça. Je ferais n'importe quoi.

Elle me regarde alors, lève la main pour repousser mes cheveux sur mes tempes, découvrant mes mèches grises. Un léger sourire étire ses lèvres sèches.

— Exactement pareille, souffle-t-elle.

Pareille qu'elle ? Pareille que Maman ? Pareille que la fille dans l'incendie ?

Je me dis que c'est une question qui devrait me préoccuper plus que ça. Que ça devrait m'alarmer même. Que, si quelqu'un y comprend quoi que ce soit, c'est elle. Qu'elle détient toutes les réponses, elle et seulement elle. Mais rien pourrait me retenir.

— Margot rentre avec moi, dit Grann aux policiers, sa main toujours sur ma joue.

Anderson et Connors me laissent partir. Je crois pas qu'on puisse faire autrement face à une force comme Grann.

Tess et Eli attendent toujours de l'autre côté. Eli se tient juste derrière Tess et me regarde avec une sorte de curiosité polie. Par contre, Tess a l'air ravie. Je me rappelle ce ton qu'elle avait en parlant de Phalène, quand elle disait qu'on s'y ennuyait à mourir. Enfin un peu d'animation ! Ça me fait quand même bien mal au cœur, en un sens.

Grann s'arrête devant eux, saluant à peine Eli pour concentrer son attention sur Tess.

— Je te dirais bien que je suis enchantée de te voir, Thérésa, mais, vu les circonstances, tu te doutes que ce n'est vraiment pas le cas.

Tess la joue cool, haussant les épaules, mais je vois bien que le regard insistant de Grann la rend nerveuse.

— Avec un peu de chance, vous me verrez dans de meilleures circonstances bientôt.

— Oh mon Dieu ! lui répond calmement Grann. Voilà qui n'est guère rassurant. Allons-y, Margot. Presse-toi, je te prie.

Sur le moment, j'essaie d'imaginer Maman disant un truc pareil. Rien que d'y penser, je manque m'étrangler de rire. On se ressemble peut-être toutes, mais, si Maman a hérité quoi que ce soit de Grann, jusqu'ici, à part ça, je vois pas.

Je me tourne vers Tess.

— Je crois que je vais devoir y aller. Mais…

Elle balaie mes excuses de la main, me pousse d'un geste vers la porte.

— On se reverra. On est voisines, maintenant.

— Oui. Quelle chance, n'est-ce pas ? commente Grann, en m'entraînant dans le couloir, l'ironie clairement perceptible dans sa voix.

Grann prononce plus un mot jusqu'à ce qu'on soit sorties du poste, moi courant derrière elle à travers le parking vers un pick-up qui, vu son état, a déjà du vécu. Je risque un œil par-dessus mon épaule. Anderson est campé sur le seuil à nous regarder.

— Ignore-le, me dit Grann, et je sursaute au son de sa voix.

Presque celle de Maman. Presque familière, mais pas tout à fait.

— Tous pareils, poursuit-elle. S'ils entrevoient une chance de me démolir, ils feront tout pour y parvenir. Et ça fait des années que ça dure.

J'aimerais bien que ce soit aussi simple. Une vieille rancune tenace et injustifiée. Mais c'est pas ça. Cette fille était bel et bien réelle, et elle devait venir de chez Grann. Y a pas d'autre explication.

Je monte dans le pick-up. Je peux sentir chaque centimètre carré de ma peau, chaque point de contact avec la ceinture, là où elle appuie. Et ça fait mal. Tout me fait mal. Les brûlures du feu, les regards soupçonneux des flics. Et Grann que je rencontre enfin, et qui n'est rien de ce que je pensais vouloir : simple, douce et facile à vivre.

— Ta mère n'est pas avec toi ? demande brusquement Grann en démarrant à fond en marche arrière, tout en baissant les vitres.

À croire que je viens vraiment passer les vacances chez elle. Je sais pas comment elle peut faire comme si tout était normal.

— Non. (J'ai aucune envie de parler de Maman maintenant.) Elle voulait pas que je vienne ici, déjà.

On sort si vite du parking que je me paie la portière, laissant échapper un sifflement entre mes dents quand plusieurs de mes cloques éclatent sous la violence du choc. Grann tourne dans la rue qui longe la place et j'aperçois quelques-uns des copains de Tess de ce matin, de retour à la fontaine, qui peaufinent leur bronzage, allongés sur la pelouse. Mais Grann enfonce l'accélérateur et j'ai à peine le temps de cligner des yeux qu'on a déjà quitté la ville. C'est comme si tout ce qui s'était passé au poste était jamais arrivé.

— Pourquoi ? demande Grann.

Je l'entends à peine avec le vent qui s'engouffre par les vitres ouvertes, et il me faut une petite minute pour me rappeler de quoi elle parle. Est-ce que je veux être honnête et lui dire jusqu'où Maman est allée pour garder son secret – sur elle et sur cette fille dans les champs ? Je doute que ce soit une surprise. Pas après ce que j'ai vu aujourd'hui.

Je décide de rester neutre, hausse les épaules.

— Elle est comme ça, c'est tout.

Grann se marre, un brusque éclat de rire, sec et sans retenue.

— C'est peu de le dire, Mini.

— Mini ?

Mon premier réflexe, c'est de penser qu'elle cherche à m'insulter d'une façon ou d'une autre, sachant que je ne comprendrai pas. Mais c'est plutôt injuste de l'accuser d'emblée. Elle m'a encore donné aucune raison de croire qu'elle était du genre à faire ça.

Les champs défilent de chaque côté tandis qu'on se dirige vers l'incendie. Je commence à avoir la bouche sèche, la tête qui tourne. Ça n'a pas l'air de la perturber que ses terres soient parties en fumée. Ça devrait pourtant, non ? Mais ça lui fait ni chaud ni froid. Je me demande bien pourquoi…

Elle tourne les yeux vers moi, une main sur le volant, l'autre pendant par la vitre ouverte de sa portière.

— Pardon, dit-elle. C'était comme ça que j'appelais ta mère.

Pas une insulte, donc. Mais ça me reste quand même sur l'estomac. Je veux pas être comme ma mère pour elle. Je veux être moi. Sa petite-fille.

— Elle me l'a jamais dit.

— Bien sûr que non. (Le ton semble amer – je comprends : c'est un sentiment que je connais.) Elle ne sait pas que tu es ici, n'est-ce pas ?

Je la regarde, scrute son visage à la recherche du moindre signe de déception. De désapprobation. De ce truc qui me renverra à Calhoun. Mais elle a juste l'air franc, curieux : elle fait que poser la question.

— Non. Je lui ai pas dit. Je suis juste partie.

— Bon, eh bien, nous lui passerons un coup de fil en arrivant à la maison.

À la maison. Ça suffit pour empêcher le reste de percuter. Mais, quand je comprends enfin ce qu'elle a dit, je me penche brusquement par-dessus la console centrale, en me retenant de pas lui agripper le bras.

— S'il te plaît, non. (Je déteste ce ton que j'ai : plaintif et bourré d'anxiété.) Elle le comprendra toute seule. Et, en attendant, ce qu'elle sait pas peut pas lui faire de mal.

Grann secoue la tête, sans quitter la route des yeux.

— Il y a un temps et un lieu pour ce genre de raisonnement, Mini, mais je crois pas que nous en soyons là.

Le temps et le lieu en question, c'était au poste. Elle a eu aucun scrupule à leur cacher des trucs, à ce moment-là. Mais je devrais être contente, j'imagine, considérer que c'est un bon signe. Parce que ça veut dire qu'une fois arrivée à Fairhaven, elle me racontera tout.

Et tout ça… tout ça devrait me mettre plutôt mal à l'aise, en fait. Même sans l'incendie et le cadavre, Grann devrait être une inconnue, pour moi. Mais c'est pas l'effet qu'elle me fait. En même temps, c'en est pas une. Pas vraiment. Parce qu'elle est Maman, et elle est moi, et elle est ma famille, et ce n'est pas elle qui n'a jamais voulu de moi, c'était Maman qui n'a jamais voulu d'elle. Il n'y a jamais eu que Maman entre nous, et, maintenant, cet obstacle a disparu.

L'incendie s'avance vers nous, sur notre droite. C'est le même chemin que j'ai pris avec Tess et Eli. Nos vingt minutes de vélo se réduisent à cinq avec le pick-up. Au loin, au-dessus des épis de maïs – ou ce qu'il en reste –, j'aperçois un camion de pompiers garé sur une bretelle d'accès, repoussant le brasier pour le renvoyer d'où il vient.

Mais c'est plus loin encore que je regarde, droit devant nous, là où deux bagnoles de flics barrent une des voies de la route. Quand on a quitté les lieux pour aller au poste, y en avait qu'une, et un seul agent pour monter la garde. Sur le moment, c'était comme un rêve éveillé. Comme si ça pouvait pas être vrai.

C'est différent, maintenant. Avec ce ruban fluo de scène de crime, et cette civière qui attend le corps. Je distingue deux silhouettes là-haut aussi, sur le bas-côté, avec le cadavre entre eux, à leurs pieds, recouvert d'un drap blanc.

— N'y pense plus, dit Grann, en ralentissant pour se déporter sur la voie d'à côté. Les choses se régleront d'elles-mêmes.

— Comment ? (Et elle, comment elle peut être aussi calme ?) Cette fille, c'est quand même ma…

— Ta quoi ?

Il y a un défi dans le ton de sa voix qui m'arrête net.

— Rien.

Notre relation est encore trop fragile. C'est trop risqué.

— Si, si, vas-y, insiste Grann, exactement comme Maman quand elle veut rien lâcher, quand elle me pousse à la pousser à bout. Dis ce que tu as à dire, Margot.

OK. Elle l'aura voulu.

— Ma sœur. C'est pas possible autrement. C'est mon sosie et elle était sur tes terres. Et, je sais ce que tu as dit à la police, que tu savais pas de quoi ils voulaient parler, je sais ça. Mais on est plus avec eux et tu peux être franche avec moi. Tu peux bien me dire que tu la gardais chez toi.

Grann pile dans un crissement de pneus et je retiens une exclamation de surprise.

— Pardon ? dit-elle en se tournant vers moi, avec la poussière qui entre par la fenêtre ouverte et la fournaise qui nous rattrape.

— Pourquoi tu t'es arrêtée ?

Le cœur à cent à l'heure, la bouche sèche. Je savais bien que j'aurais pas dû. Je le savais, et je l'ai fait quand même.

— Je dois avoir mal entendu, dit-elle.

Je sais pas encore comment la décrypter. Je lis juste l'attente sur son visage et dans ses yeux noirs, et c'est Maman et, en même temps, c'est pas elle du tout.

— Insinuerais-tu que je mens ?

— Non, non. Non, j'ai pas dit…

— Je préfère ça. (Son expression se radoucit.) Jamais je ne te mentirais, Margot. Ça ne se fait pas, en famille. Et nous sommes en famille, ici. Je comprends : je sais que tu es restée très longtemps avec ces policiers, seule et livrée à toi-même. Je suis sûre qu'ils t'ont raconté des tas de choses.

— Pas vraiment. Enfin, certains trucs, je veux dire, mais…

— Des choses comme quoi, dès que les Nielsen arrivent quelque part, les ennuis commencent, je n'en doute pas.

Elle lève les yeux au ciel, et ça me fait flipper sans trop savoir pourquoi. Elle la joue fine, Grann, trop fine pour moi, tellement que je pourrais bien y laisser des plumes, si je me méfie pas. Mais elle sait être chaleureuse aussi. De quoi m'amadouer, m'inciter à me rapprocher… jusqu'à me brûler les ailes ?

— Oui, des trucs dans ce genre-là.

Grann semble se détendre. Elle réenclenche les vitesses et le pick-up reprend gentiment la route. Au loin, l'incendie fait toujours rage. Je me demande s'il sera éteint d'ici la fin de la matinée. Si tout ça se sera vraiment passé ou si ce sera plus qu'un mauvais rêve…

— N'écoute pas Thomas Anderson, dit-elle. (Tranquille, comme si c'était juste l'affaire d'un PV de stationnement injustifié.) Je connais ce garçon depuis qu'il a sept ans. C'est juste un empoisonneur. Tel père, tel fils.

Terrain glissant. Je perçois déjà cette trépidation, mon pouls qui s'accélère. Sensation familière, si familière que, sur le coup, je pourrais me croire revenue à Calhoun. Maman dans sa chambre et moi avec un briquet à la main.

Mais non. Je suis ici, maintenant. Avec Grann qui me cache la vérité et me dit que je suis sa petite-fille, que je fais partie de la famille. Et je dois décider ce qui est le plus important. Si je force maintenant, je perds tout pour toujours. Si j'attends, je gagne Grann, je gagne Fairhaven. Je gagne une autre chance de découvrir ce qui s'est passé.

— OK. Je suis désolée.

Et voilà qu'elle tend la main vers moi, la referme sur la mienne, l'étreint et dit :

— Moi aussi. Je ne voulais pas te contrarier.

Une excuse qu'on me renvoie. Ça m'est encore jamais arrivé. Certainement pas avec Maman, en tout cas. Ça veut dire : « Je suis là. » Ça veut dire : « Je serai toujours là pour toi. »

Pas les réponses que j'attendais, d'accord, mais bien mieux.

On continue à rouler. Les épis qui défilent de mon côté sont noircis, brisés, tout suintants de fumée. Par-delà le champ de cendres, j'aperçois le rougeoiement persistant du feu, le jet et le brouillard humide des lances à incendie, l'éclat écarlate des camions. Ils sont garés sur une autre de ces bretelles d'accès qui semblent s'étirer de la route principale comme des pattes d'araignée pour traverser les champs.

— C'est ici que ça a commencé ? je demande.

Grann hoche la tête.

— De ce que j'en ai vu. Mais avec un temps comme ça, c'est difficile à dire. Nous en saurons davantage quand il sera éteint.

Ça n'a pas l'air de la contrarier. Pourtant, tous ces champs, c'est ce qui la fait vivre, non ? Je lui poserais bien la question, mais je crois pas qu'elle apprécierait.

On dépasse ce qui reste de l'incendie sans que Grann ait ajouté un seul mot. Je me retourne sur mon siège pour le regarder le plus longtemps possible. À l'entendre, c'était un accident. Mais, pour les flics, je sais qu'une chose est sûre : moi, et cette fille, on s'est fait un beau feu de camp rien qu'à nous.

DIX

Fairhaven n'est plus très loin. J'ai toujours la photo pliée dans ma poche et le nom écrit de la main de Grann gravé dans ma mémoire. Et, quand on s'arrête devant la longue allée bien droite, avec l'imposante propriété tout au bout, en retrait, à bonne distance de la route, c'est exactement ça.

— Nous y voilà, dit Grann, en empruntant le large chemin de terre – les pneus font un tel boucan que je l'entends à peine.

C'est une grande maison blanche – enfin, elle devait l'être à l'origine. Maintenant, elle est plutôt couleur lait tourné, et la peinture s'écaille. Le bâtiment lui-même s'élève sur deux étages. Il est un peu penché, comme si on lui était rentré dedans et qu'on avait oublié de le redresser. Une girouette rouillée trône sur le toit, et un porche bancal s'étire tout le long de la façade. Je le suis des yeux pour essayer de voir où il tourne pour faire l'angle, mais on dirait que c'est tout l'ensemble qui s'enroule sur lui-même.

Le maïs monte jusqu'au bord de l'allée, jaune d'or et s'inclinant dans le vent avec des craquements de feuilles mortes. Il l'est aussi, d'ailleurs. Mort, je veux dire. Enfin, je crois – vu la couleur, c'est pas possible autrement. Et, pourtant, on dirait qu'il pousse encore.

Je regarde par la vitre ouverte pendant que Grann se gare. Tess a dit que Grann cultivait toujours. Vu ce que je vois, j'en suis pas persuadée. Le maïs pousse, d'accord. Mais cette étendue déserte, cette absence totale de machines agricoles… Je doute que Grann y soit pour grand-chose, en réalité.

— Bon, dit-elle. Activons-nous un peu, veux-tu ?

Elle est déjà descendue du pick-up, le regard rivé sur moi par la vitre ouverte de la portière côté conducteur. Je sors du véhicule en titubant sur des jambes flageolantes. C'est le milieu de l'après-midi et le soleil est encore haut. J'arrive pas à le croire. J'ai l'impression que ça fait un an que j'ai quitté Calhoun.

Je contourne le pick-up dans la poussière soulevée par mes chaussures, avec les cheveux qui me collent au front. Je pourrais m'écrouler là, tout de suite, pour ne plus jamais me relever. Le rush et la tension de la journée m'ont abandonnée d'un coup, en une fraction de seconde. Mais l'ombre du porche est une véritable invitation, tout comme ce geste de Grann, qui patiente maintenant sur les marches, la main tendue vers moi.

C'était quand la dernière fois que quelqu'un m'a tendu la main ? Quelqu'un avec le visage de ma mère, avec le nom de ma mère ? Je la suis comme dans un rêve. Me voilà déjà dans l'escalier, avec le plancher qui grince sous mes pieds et toute la maison qui paraît tanguer. Je sens même plus la douleur de mes brûlures. Juste la main de Grann qui se referme sur la mienne.

Elle ouvre la porte-moustiquaire, la cale, pousse l'épais battant de bois qui se trouve derrière. Rien n'est fermé à clef. Rien à cacher : tout, dans cette maison, m'accueille à bras ouverts.

— Entre, dit justement Grann.

Alors, j'obéis. L'entrée est sombre et confinée, tout en lambris et rideaux épais. Tout de suite en face de moi, un escalier qui monte au premier. À côté, une ouverture en forme d'arche qui mène à une vaste cuisine, avec le mur du fond percé de fenêtres qui donnent sur la terrasse couverte à l'arrière de la maison et, au-delà, sur les champs. Plus loin, de l'autre côté, une énorme porte à double battant légèrement entrouverte qui m'offre un petit aperçu d'une pièce plongée dans l'obscurité et dominée par une table de salle à manger massive avec des chaises.

Fairhaven. La maison où ma mère a grandi.

Elle semblait bien réelle, vue de l'extérieur. Mais, une fois ici, j'arrive plus à la faire tenir tout entière dans ma tête. Juste une pièce, un mur, juste la silhouette de ma mère qui s'évanouit à chaque détour. *Elle est pas là,* je me répète pourtant. *Personne ici, rien que toi.*

Et Grann. Elle m'a devancée et attend sur le seuil de la cuisine.

— Allons, Mini, viens, dit-elle.

La cuisine est grande, baignée d'une lumière blonde rasante. À travers la porte-moustiquaire qui donne sur la terrasse couverte, je découvre des hectares d'or. Au-delà, à l'horizon, un drôle de petit bois. Certains des arbres semblent biscornus. Leurs troncs penchés font des angles bizarres, tandis que d'autres se fondent dans une profusion verte.

Tout ici est vieux, plus vieux même que ce qu'on a là-bas, à Calhoun. Mais, alors que notre appartement tombe en ruine, Fairhaven est en parfait état. D'autant mieux entretenu qu'il s'éloigne du temps de sa splendeur, on dirait. Une petite table est calée contre le mur avec un vase vide au milieu et une chaise poussée contre le rebord. Une seule chaise, pour Grann. Rien pour m'indiquer qu'une autre fille ait jamais habité ici.

Le doute s'infiltre en moi goutte à goutte. Mais je l'ai vue ! On l'a tous vue. *Elle pouvait venir que d'ici – sinon d'où, putain ?*

En face de la table, un gros frigo ronronne, rutilant, comme si on venait de l'astiquer. Grann se dirige justement vers lui, rectifiant soigneusement la position d'un torchon pendu à la poignée du four au passage, avant d'ouvrir la porte blanche pour prendre deux bouteilles d'eau. J'ai la bouche sèche rien qu'à les voir.

— Finis celle-ci, me dit-elle en me tendant une bouteille entamée et en désignant la chaise. Jusqu'à la dernière goutte. Tu as l'air à deux doigts de t'évanouir. Et d'une souillon, qui plus est.

Mes mains tremblent tellement que je manque de la faire tomber. La première gorgée me fait l'effet d'un shoot : du néon coulant dans mes veines, allumant chaque centilitre de sang, me projetant dans une autre dimension. C'est si froid : un vrai électrochoc. Je n'ai jamais rien ressenti d'aussi bon.

J'ai descendu la moitié de la bouteille avant même de m'asseoir, la chaise bancale chancelant sous mon poids. Grann est occupée à mouiller un linge propre qu'elle a pris sous l'évier, l'essore, et je la regarde faire, prends sa mesure à l'échelle de la maison. Fairhaven est beaucoup trop grand pour une seule personne. Y a qu'elle, pourtant. Une chaise à la table. Une tasse et une assiette dans le placard vitré à côté du frigo.

— C'est juste toi ? je lui demande.

Et ça veut dire tellement de choses. La fille. Mon grand-père ou mes tantes, ou mes oncles ou... quelqu'un. N'importe qui.

— Juste moi, répond Grann en hochant la tête. Et ça fait bien longtemps que ça dure.

Combien de temps ? Depuis ce matin ?

— Et maintenant, y a moi, je dis plutôt.

Je devrais pas me montrer si impatiente – on dirait pratiquement une toxico en manque. Je devrais pas montrer à Grann à quel point j'ai besoin qu'elle m'accepte. Je peux pas m'en empêcher, pourtant, pas empêcher mon instinct de me pousser en avant à la moindre occasion.

— Maintenant, toi, répète Grann.

Elle vient vers moi, à ce moment-là, suis ma mâchoire du bout des doigts avant que j'aie le temps de reculer et se met à me tamponner le front avec son linge mouillé. Il en revient tout noir des cendres collées sur ma peau. Elle est un peu trop brutale, et ça fait mal. Mais je me raidis sans bouger, aussi immobile que possible, la regarde me regarder avec des yeux noirs sévères.

— Voilà, dit Grann en reculant. Ça suffira pour l'instant. Même si tu fais toujours peur à voir, je le crains. (Elle balance le linge dans l'évier, s'essuie les mains sur le devant de son jean.) Bon. Il s'agit de te nourrir, à présent.

Je manque m'évanouir de soulagement. En dehors des chips de chez Omni, ça fait presque une journée entière que j'ai rien avalé et mon corps semble passé en mode alternatif : un coup ça marche, un coup ça marche pas.

— S'il te plaît.

— Et, ensuite, j'appellerai ta mère.

Ah. J'espérais vraiment qu'on pourrait sauter cette étape-là.

— Je… (Je baisse les yeux pour regarder mes chaussures, mes semelles qui se décollent.) C'est-à-dire que…

— Un peu de conviction, Margaret.

Je sursaute en entendant mon prénom en entier. Même Maman m'appelle jamais comme ça.

— Elle répondra pas. Elle viendra pas.

Grann a presque l'air fière quand elle me rétorque, en rejetant ses cheveux en arrière :

— C'est vrai que les Nielsen ont la tête dure. Mais, crois-moi, ta mère n'a aucune leçon à me donner en la matière.

Et, à ces mots, elle pivote sur ses talons pour se diriger vers l'entrée.

— Attends-moi ici, me lance-t-elle sans se retourner. Je vais préparer ta chambre et te trouver des vêtements à ta taille.

Elle disparaît à l'angle, ses pas bientôt étouffés quand elle monte l'escalier. Et voilà, j'y suis. Fairhaven. Toute seule à Fairhaven.

Je tourne lentement sur moi-même pour examiner la pièce, cherchant le moindre indice de la présence de Maman. Pas de photo d'école encadrée, pas de carte postale de vacances. Maintenant que j'ai rencontré Grann, ça me paraît évident. S'il y a jamais eu la moindre sentimentalité dans la famille – et ça me file toujours le frisson rien que d'y penser : *ma famille* –, ça fait un bail qu'elle a été éliminée : sélection génétique.

Elle est forcément venue ici, cette fille. Elle doit s'être assise à cette table, avoir vécu dans cette maison. Mais où sont passées toutes les traces qui le prouvent ? Elles ont brûlé avec elle ?

Mais pourquoi le cacher ? Pourquoi *me* le cacher ? J'ai jamais rien voulu d'autre, moi. Qu'avoir quelqu'un à mes côtés. Et je l'aurais jamais laissé tomber.

Je finis ma bouteille d'eau et me dirige vers l'évier pour la remplir. Le robinet goutte, martelant l'inox avec un bruit mat. Quand je m'approche, je sens comme un truc qui se tord dans mon estomac. Une odeur sucrée monte des canalisations, un fort relent acide qui s'en dégage. Je repense à ce que j'ai aperçu dans le frigo : les packs d'eau stockés à l'intérieur. Peut-être que celle du robinet n'est pas potable.

Je passe quand même le doigt dessous et, quand la prochaine goutte s'écrase sur mon index, je le retire pour l'examiner à la lumière qui pénètre par les fenêtres. Au début, tout semble normal. Et puis, plus je la regarde, plus ça me paraît évident : elle est rose, cette flotte. C'est si léger que ça pourrait passer complètement inaperçu, à moins de l'examiner de tout près. Mais la coloration est bel et bien là, avec, en plus, une texture un peu rugueuse que je remarque en frottant mon pouce contre mon index.

Je m'essuie la main sur le torchon pendu à la poignée du four. Grann a pas l'air de revenir. Par les fenêtres qui donnent sur l'arrière de la maison, j'aperçois les arbres à l'horizon. Ils semblent noircis ; leurs branches, cassées, et leurs troncs se découpent comme des colonnes de cendres sur le ciel. Les effets du premier incendie sans doute. Celui dont Tess parlait, celui qui a poussé Maman à partir en courant.

Quand Grann reviendra, je lui poserai la question.

Je traverse la cuisine pour regagner l'entrée. Le couloir qui mène au reste de la maison me semble trop compliqué : trop de coins et de recoins, trop de portes fermées. J'opte pour l'autre direction : la salle à manger et sa porte à double battant.

Le tapis est drôlement classe, ici, épais, propre. Je fais la grimace en pensant à mes fringues pleines de cendres et de terre – ce qui m'empêche pas d'entrer pour autant. Quatre chaises sont alignées de chaque côté de la table, plus une à chaque bout. Elles ont toutes un dossier finement sculpté, élégant, le bois bien lisse et bien brillant. Il y a eu de l'argent, ici, à une époque.

La table est assortie. Une fine couche de poussière la recouvre, interrompue, çà et là, par des traces, une succession de petites marques qui sont le fait de souris, à mon avis. Je m'approche, effleure la table de la main au passage, laissant des traînées dans mon sillage. C'est irrégulier au toucher. Une drôle de sensation. Je me penche, plisse les yeux pour examiner la surface.

Des entailles, longues et fines. Près du bord et juste devant moi, des cicatrices mordant le bois, profondes au début, puis de moins et moins à mesure qu'elles s'étirent, de simples éraflures pour finir.

— Margot ?

Je sursaute. Quand je me retourne, Grann m'observe sur le seuil. Elle semble pas en colère. Mais ça veut rien dire. Peut-être que l'orage couve et que le pire reste à venir.

Je recule, m'excuse aussitôt :

— Pardon.

Je m'apprête à retourner dans la cuisine, quand quelque chose attire mon attention. L'éclat terne du verre poussiéreux : des photos accrochées tout le long du mur derrière moi. Sur pratiquement chacune, les visages ont quelque chose de familier. Pas cette ressemblance frappante qu'on retrouve entre Maman, Grann et moi, mais je peux reconnaître nos yeux qui me regardent dans au moins une dizaine d'entre elles.

— C'est… ?

Grann hoche la tête.

— C'est nous, répond-elle, avant même que j'achève ma question.

Ma gorge se noue et mon cœur se serre. Nous. Tous ces gens, là. Tout ce passé. Et Maman qui l'a juste coupé de nos vies, lui a claqué la porte au nez, nous laissant orphelines et abandonnées ; seules au monde. Qu'est-ce qui a bien pu lui arriver ici ? Qu'est-ce qui a bien pu se produire de si grave qu'elle ait préféré laisser tout ça derrière elle ?

J'étudie les clichés de plus près. Je suis pas trop sûre, mais je crois qu'ils sont rangés chronologiquement, du plus ancien au plus récent. Avec les plus vieux et les plus passés accrochés à côté de la porte, et de plus en plus de gens dessus à mesure qu'on s'en éloigne, tous alignés sur ce qui devait être le perron, regardant fixement l'appareil et affichant, à eux tous, une maigre poignée de sourires.

— Est-ce qu'il y en a une de toi avec mon grand-père ?

Le nom Nielsen vient forcément de lui, et j'aimerais bien le voir, voir à quoi on ressemblait, dans la famille, avant que Grann mette son grain de sel. Mais elle secoue la tête et pointe du doigt la toute fin de la rangée.

Je scrute la dernière photo en fronçant les sourcils : un homme et une femme, en noir et blanc, encadrant une petite fille avec des tresses qui tient à la main un animal en peluche quelconque. On reconnaît immédiatement le visage de la gamine. C'est Grann. Grann et ses parents.

— Alors, l'origine des Nielsen, c'est toi ?

Mais, j'ai à peine fini ma phrase que c'est déjà évident. Bien sûr que c'est elle. J'ai du mal à l'imaginer arrivant dans la voiture de son mari, débarquant et découvrant un Fairhaven qui était pas déjà le sien.

Grann émit un petit reniflement dédaigneux.

— Comme si j'allais renoncer à mon nom pour qui que ce soit !

Je reporte mon attention sur les photos. Il semble qu'il y en a une par génération. Donc, il doit y en avoir une de celle de ma mère. Mais non, pourtant. À bien y regarder, toute la rangée est décalée, comme s'il manquait quelque chose, et il y a un rectangle légèrement délavé sur le mur, à côté de la dernière photo, et un trou laissé par un clou.

Il y en a eu une ici. Mais, maintenant, elle n'est plus là.

— Elle l'a prise en partant, commente Grann. Je suppose qu'elle ne te l'a jamais montrée, n'est-ce pas ?

C'est plus fort que moi, j'éclate de rire.

— Bien sûr que non !

Je sais pas comment expliquer à Grann que ça, *tout* ça, c'est plus que je pourrais jamais soutirer à sa chère fille, même si je devais passer ma vie entière à la harceler.

— Que t'a-t-elle dit alors, exactement ? À notre sujet.

À sa façon de poser la question, il semblerait que Grann prenne des précautions. Mais j'en prends aucune pour lui répondre :

— Elle m'a jamais rien dit.

Grann hausse les sourcils, comme si j'en rajoutais.

— J'exagère pas ! C'est carrément par hasard que j'ai trouvé ton numéro. Tout ce que je sais, ça vient d'ici. De toi. De…

Je m'interromps brusquement. Grann a déjà rejeté en bloc tout ce que les flics ont raconté. Alors, le genre de rumeurs que Tess m'a rapportées, elle détesterait. Mais ça doit se voir sur ma figure parce qu'elle dit :

— Tu as parlé avec Thérésa, n'est-ce pas ?

— Possible.

— Cette fille adore les mélodrames. (Elle me tend la main pour me faire franchir la large porte et me ramener dans la cuisine.) Tout vient du départ de ta mère et de toutes ces mouches du coche dont cette ville bourdonne littéralement. Dit-on encore ça de nos jours ? Mouches du coche ?

— Non.

Je peux pas retenir un sourire, que Grann me rend aussitôt.

— Toi aussi, tu te trouveras dépassée un jour, tu verras, dit-elle en me tapotant la pommette du poing d'une façon qui est sans doute censée être affectueuse. Elle n'avait que dix-huit ans quand elle est tombée enceinte de toi. Et comme il n'y avait pas de père dans le paysage… Mais, tu dois savoir tout ça.

Le truc, c'est que non, justement. Enfin, je sais à quel âge elle m'a eue, je veux dire, mais seulement parce que j'ai fait le calcul. Quant à mon père, je me suis jamais posé la question. J'ai jamais imaginé que cette seule réponse pourrait suffire à remplir l'espace que Maman a laissé entre nous. Non, toutes ces années dans la vie de Maman avant mon arrivée, c'est perso, ça lui appartient. Et c'est pour ça qu'elle les garde, rangées dans des cartons, dans l'arrière-boutique d'un prêteur sur gages.

— Mais pourquoi elle est partie ? je demande quand on rentre dans la cuisine. Enfin, je me doute que ça a dû faire parler les gens, mais…

— Il en faut peu à Phalène. Mais ça, plus l'accident… (Elle pointe du doigt le bosquet noirci à travers la porte-moustiquaire.) Il y a eu un incendie là-bas, cet automne-là. Dans le verger – on cultive des abricotiers. Elle s'est retrouvée embarquée dans tout ça.

— Comment ça, « embarquée » ?

Grann ne répond pas. Elle soupire, et, pour la première fois depuis que je l'ai rencontrée, c'est la voix d'une mère que j'entends quand elle me répond :

— C'était un bien lourd fardeau pour ses frêles épaules. Il y a des limites à ce qu'une fille de cet âge peut supporter.

Je sais. Crois-moi, je sais.

Grann me fait rasseoir à la table et réchauffe un plat de gratin déjà à moitié entamé. Rien qu'à l'odeur mon estomac gargouille. Mais c'est trop lourd, trop riche, et j'ai presque envie de vomir quand je vois l'assiette que Grann dépose devant moi, avec le fromage qui bout encore, la vapeur comme une caresse sur ma peau à vif.

J'aurais dû prendre la trousse de secours du poste. En même temps, je ne sais pas trop ce que j'en ferais. Je sens l'adrénaline refluer de mes bras et de mes jambes, mais ça me tire toujours de partout, genre si je bouge trop vite, ma peau va craquer et je vais me répandre sur le carrelage comme une grosse flaque. Grann pose une autre bouteille d'eau près de mon coude et, quand elle regarde pas – trop occupée à nettoyer le plan de travail déjà immaculé –, je la fais rouler sur mon front pour calmer cette fièvre que je sens bouillonner dans mes veines.

Il est encore super tôt, mais j'ai à peine la force de me tenir assise à table. Plus de vingt-quatre heures que j'ai pas dormi, pas depuis la dernière vraie nuit que j'ai passée à Calhoun et, chaque fois que je ferme les yeux, je la vois, la fille, couchée sur le côté dans le maïs, attendant que je vienne la sauver.

Je regrette qu'on se soit pas arrêtées en venant ici. J'aurais rejeté le drap qui la recouvre et j'aurais demandé : « Regarde. Dis-moi qui c'est. » Comme ça, au moins, Grann pourrait pas rester si calme. Si… normale. J'aurais la preuve qui me manque, la preuve que je croyais trouver ici. Mais aucun signe de la présence de quelqu'un d'autre dans toute cette baraque, et j'arrive pas à tout faire coïncider. Ma sœur, ma jumelle, et… rien. Que du vide.

Je repousse discrètement mon assiette, inspire lentement, profondément. Si je dois recommencer à vomir, je préfère que ce soit pas devant Grann.

— Terminé ? demande-t-elle.

Je hoche la tête.

— J'aimerais mieux que tu finisses ton assiette, me dit Grann, mais elle la prend quand même pour l'emporter jusqu'au plan de travail et commencer à racler les restes pour les remettre dans le plat. Soit, je veux bien faire une exception pour cette fois.

Je me lève, les jambes en coton. Je rêve que d'une chose : disparaître dans les couloirs hantés de cette maison. Trouver un endroit où ma mère a jamais mis les pieds et y rester un siècle, jusqu'à ce que tout ait disparu, jusqu'à ce que ma vie entière soit plus que l'ombre d'un souvenir. Je serais en sécurité, alors. Je serais la fille de personne et je serais tellement en sécurité.

Mais c'est pas prévu. Un endroit où ma mère a jamais mis les pieds : bonne chance !

Grann se retourne et fronce les sourcils en me voyant.

— Attends-moi dans l'escalier, elle me dit, avec, dans la voix, une surprenante douceur.

Je dois faire peur à voir, encore pire que ce que j'imagine.

— Je vais appeler ta mère.

J'ai envie de lui répliquer : « Ne fais pas ça, je t'en prie. » Mais ça sert à rien. Je vais pas y couper. En même temps, je suis pas obligée de regarder. Quand elle tend la main vers le combiné du téléphone fixe, je la laisse pour retourner dans l'entrée et m'effondre sur les marches. Le tapis est doux sous mes cuisses, si usé qu'il en est presque lisse. Rien que cette sensation, ça me rassure. Déjà, la pièce arrête de tanguer. Rien que de savoir que du temps a passé ici, que des Nielsen sont venus, ont disparu. Qu'y a pas que moi. Que je suis pas seule.

Un long silence dans la cuisine, et puis j'entends un juron étouffé, et un bruit de pas : Grann qui marche de long en large. Quelques minutes encore. Le silence qui se prolonge. Ça fait combien de fois qu'elle a appelé, maintenant ?

Et puis…

— Enfin ! Tu es d'une impolitesse sans nom, Joséphine !

Maman ne va pas aimer. Si c'était moi qui disais ça, elle aimerait pas, en tout cas.

— C'est bien gentil tout ça, reprend Grann au bout d'un moment. Mais j'ai besoin de savoir ce que tu lui as dit sur…

Elle s'interrompt. Je peux pas entendre Maman à l'autre bout du fil – je suis trop loin –, mais, pour interrompre Grann, Maman a pas dû y aller de main morte.

Ce qu'elle m'a dit sur quoi ? Sur la fille ? Sur cette sœur qui me tombe du ciel, apparemment ?

— Rien ? (Grann semble presque incrédule.) Non, non, c'est parfait. C'est même préférable, à dire vrai. (Une pause, et puis elle ajoute, plus doucement :) Bien joué, Jo.

Là-dessus, Maman a dû raccrocher parce que j'entends Grann marmonner quelque chose et le bruit du combiné qui retombe sur sa base, avant qu'elle émerge dans l'entrée, le soleil qui filtre par la contre-porte auréolant sa silhouette de feu.

— Jo dans toute sa splendeur, commente-t-elle.

Je retiens un éclat de rire. On peut dire ça comme ça.

— Mais il n'y a aucune inquiétude à avoir, poursuit Grann. Tu es chez toi, à présent. En famille.

Ma famille. Et dire que tout ça m'attendait ici, m'attendait vraiment, et que Maman voulait pas que je l'aie ! Pour elle, il fallait choisir : ou ma famille ou elle. Elle refusait que j'aie les deux en même temps. Ça devait être la fille qu'elle avait pas reconnue qui la retenait. Cette fille, ici, et moi, à Calhoun, et rien de plus important pour Maman que maintenir cette distance entre nous. D'accord, mais pourquoi ?

— Aucune inquiétude à avoir, répète Grann.

Elle vient vers moi et me tend la main. Quand je la prends, j'en reviens pas tellement elle est chaude. *Elle est bien réelle,* je me dis, et je la laisse m'aider à me relever.

— Viens. Allons t'installer dans ta chambre. Nous réglerons tout ça demain.

ONZE

Je la suis jusqu'à un palier qui se ramifie en deux. Au milieu, entre chacun des couloirs, un renfoncement avec une banquette encastrée en dessous d'une fenêtre qui domine les hectares de terre à l'arrière de la ferme. Grann m'entraîne dans le couloir de gauche, me fait passer devant plusieurs portes fermées pour finalement s'arrêter devant la dernière qui est entrebâillée. À l'intérieur, des murs bleu nuit avec des moulures blanches, un couvre-lit blanc, de délicates volutes au-dessus des barreaux de la tête de lit. Le tout vient d'être dépoussiéré. Ça se voit aux traces encore fraîches laissées sur la table de nuit.

— C'est joli. (Et puis, comme je me sens bête, j'ajoute :) Vraiment joli. Merci. C'était la chambre de qui ?

C'est pas vraiment ce que je veux demander et Grann le sait aussi bien que moi, vu cet imperceptible froncement de sourcils qu'elle réprime aussitôt.

— De personne. (Elle traverse la pièce pour aller rabattre le dessus-de-lit.) La plupart du temps. Voici la commode, poursuit-elle, avant que je puisse lui demander ce qu'elle veut dire par là.

Elle pointe le menton vers un coin de la pièce. Près de la commode, une porte bancale fermée.

— Et, par là, c'est la salle de bains.

Je m'avance à pas lents, pendant que Grann s'active derrière moi avec les draps ou je sais trop quoi. Je pose la main sur le loquet et le soulève doucement avant de me faufiler à l'intérieur en laissant la porte ouverte. Carrelage noir par terre. Dans le coin, le long du mur de gauche, une baignoire à pattes de lion, porcelaine noire et robinets en laiton. La lumière est pas allumée et y a pas de fenêtre, mais je surprends mon reflet dans le miroir au-dessus d'un lavabo sur pied, à droite. Le mur en face de moi est occupé par des tonnes et des tonnes de tiroirs et d'étagères encastrés, le genre de rangement dont on a besoin quand on a une famille bien trop nombreuse pour réussir encore à tenir dans un vieil appart pourri de Calhoun.

— Il n'y a pas de problème avec l'eau, ici, me lance Grann haussant la voix. Nous la tirons de deux puits différents. Et j'ai mis un pyjama dans la commode et quelques affaires qui suffiront bien jusqu'à ce que nous puissions t'acheter les tiennes.

Je reviens dans la chambre, ouvre le premier tiroir de la commode et en tire un ensemble de soie crème : un short et une chemisette assortie avec un volant au col. Toujours aussi affairée, Grann passe à côté de moi pour aller récupérer des serviettes de toilette dans un des tiroirs de la salle de bains, sans se rendre compte de ce qu'elle a fait. Parce que, là, bien repassée dans l'encolure du haut de pyjama, il y a une étiquette en tissu avec un nom dessus, écrit à la main. L'encre avait dû légèrement baver et s'est décolorée au lavage, mais les lettres sont encore bien lisibles : « Joséphine Nielsen ». Ce truc appartenait à ma mère.

— Désolée, je dis, la gorge nouée, je sais qu'il est tôt, mais j'aimerais juste me reposer. Et me laver les cheveux.

Silence.

— Bien sûr, répond finalement Grann. Nous nous verrons demain matin.

Et elle m'effleure le dos en se glissant derrière moi pour rejoindre la porte, J'entends ses pas résonner dans le couloir et les marches grincer quand elle descend l'escalier. Dehors, par l'étroite fenêtre, je vois la fumée qui commence tout juste à se dissiper. Je m'assois sur le lit, sens chaque ressort qui s'écrase sous mon poids.

C'était pas sa chambre. Non, je ne crois pas. Pas celle dans laquelle elle a grandi, en tout cas. Mais c'est ses fringues, et c'est sa maison, et qu'est-ce que j'aimerais qu'elle soit là ! Elle devrait être là. À me raconter ses histoires, à partager tout ça avec moi. À me montrer tous ces endroits où elle a gravé son nom, à me dévoiler tous ces secrets qu'elle et Fairhaven ont cachés à Grann. Mais c'est juste moi. C'est toujours juste moi, même quand c'étaient nous deux à l'appart. Mais, là, je sens cette absence à côté de moi plus douloureusement que jamais avant.

Je tire la photo de la bible de ma poche, celle de Maman qui me serre tellement le cœur, et la fourre dans le tiroir de la table de nuit, avant de retourner dans la salle de bains. J'enlève mon short et mon tee-shirt, laisse mes baskets dans le lavabo pour pas mettre des cendres et de la terre partout.

Y a pas de douche, alors je me fais couler un bain. La flotte est pas rose comme en bas. Pas la même sensation non plus, ce côté rugueux presque. Quand la baignoire est pleine, je me glisse dedans, avec mes fringues jetées en vrac sur le carrelage noir comme un tas de cendres et de terre.

Cette chaleur qui me lèche la peau tout du long... Pourtant, c'est comme si je recommençais à respirer. Mais je me souviens du feu. De l'air qui devient gris, de la terre desséchée, des flammes qui se rapprochent, et aucune issue. Pas pour cette fille, en tout cas. J'ai une dette envers elle : j'ai pas pu la sauver. Alors, je devrais au moins voir ce que ça lui a fait de mourir.

J'inspire un grand coup et je plonge sous la surface. Je serre les paupières et les poings de toutes mes forces, la porcelaine lisse contre mon dos. L'eau pique la peau à vif sur mon front, fait flotter mes cheveux. *Reste au fond, reste au fond.* Même quand l'air commence à manquer, même quand ma poitrine va exploser.

Elle pouvait plus respirer. Elle pouvait pas s'échapper. Elle a rampé, rampé, et elle est morte, là-dehors, elle est morte, et je l'ai pas sauvée, et je sais pas qui elle est, mais on a le même sang. Elle est de ma famille, non ?

Je jaillis hors de l'eau, haletante. Assez. Quoi qu'il ait dû ou pu arriver, voilà où je suis, moi, maintenant. Et on pourra plus rien y changer.

L'eau est toute poisseuse de terre. J'ai même le goût dans la bouche, la sens incrustée sous mes ongles. Je cherche le shampooing à tâtons, me lave les cheveux aussi vite que je peux et me dépêche de sortir de la baignoire. Quand je me frotte pour me sécher, je suis tellement à vif que je pèle : ma peau part en lambeaux, fine comme du papier de soie, laissant des traces de sang sur la serviette.

J'enfile sans mal le pyjama de Maman. Il est juste un peu trop grand. Je me demande quel âge elle avait quand elle le portait, si elle savait déjà, peut-être, que j'étais en route.

J'évite la glace en retournant dans la chambre : pas besoin de me voir en copie conforme de Maman, ni de la fille que j'ai vue dans les champs. J'ai juste besoin de me coucher, et de dor-mir.

Mais ça n'en finit pas. Des heures à chercher le sommeil, jusqu'à ce que la lune soit haute et le ciel plus noir que noir. Je suis sur le dos, allongée par-dessus les couvertures, en sueur malgré la fenêtre ouverte. Je peux entendre le vent, même si pas un souffle n'arrive jusqu'à moi pour rafraîchir ma peau. Les camions de pompiers sont tous partis depuis longtemps. Soit le feu est éteint, soit ils ont laissé tomber.

Les sirènes hurlent toujours, pourtant. À peine, au loin, comme un écho. Juste un gémissement, aigu et plaintif.

Je me redresse. *Mais c'est pas des sirènes du tout, ça. C'est quelqu'un. C'est quelqu'un, je rigole pas.* Pendant une fraction de seconde, le feu traverse mon champ de vision, et elle est là, mon propre corps recroquevillé sur le côté. Mais je cligne des yeux et elle disparaît. Non, c'est pas ça. Ça peut pas être ça.

N'empêche. Je me lève. Le sol est froid sous mes pieds nus. Quand je jette un œil dans le couloir, la seule lumière que je vois provient du rez-de-chaussée où les fenêtres laissent entrer le clair de lune. Le couloir opposé, là où doit se trouver la chambre de Grann, est dans l'obscurité, la porte fermée.

Je rejoins le palier sur la pointe des pieds. J'entends toujours les hurlements. Parce que c'est bien ça : des hurlements. Comme un animal. Comme une fille toute seule là-dehors.

Une des fenêtres donne sur l'arrière de la ferme, les hectares de champs que je pouvais voir de la cuisine. Je crois que ça vient de là. Je jette un coup d'œil par-dessus mon épaule pour vérifier que Grann me tient pas compagnie et puis je m'agenouille sur la banquette encastrée pour scruter les champs au-dehors.

Le maïs est presque bleu dans la nuit et la brise dessine des arabesques dans son sillage à travers les épis. Le verger planté d'abricotiers que j'ai aperçu, en arrivant, est là-bas sur la ligne d'horizon, à environ quinze cents mètres. Et voilà, c'est tout. Rien d'extraordinaire, juste le vent sur ma peau et la lune, solitaire et magnétique.

J'attends quelques minutes, compte les cris, alors qu'ils s'élèvent, déchirants et plaintifs, flottant dans les airs comme la fumée dans l'incendie. Je peux encore sentir son goût âcre dans ma bouche, alors qu'elle s'attarde, si épaisse que, par moments, elle forme un nuage qui emprisonne le clair de lune, suspendue dans les airs comme le souffle en hiver.

Les cris se taisent d'un coup, si brutalement que je m'écarte de la fenêtre dans un mouvement de recul. Mon cœur s'est arrêté et j'ai le souffle court. Je sais pas ce qui faisait ce bruit, mais je crois pas que ce soit encore vivant.

Je tente un « Grann ? » jeté dans tout ce vide qui m'entoure.

— Grann ? T'es réveillée ? T'as entendu ?

Elle doit pas m'entendre : elle répond pas. Et l'obscurité s'étire, remplissant les blancs laissés dans le silence jusqu'à ce que je sois sûre que j'ai rêvé.

Je retourne dans ma chambre et m'assois sur le bord de mon lit en attendant que mes nerfs, en vrille, se dénouent. Mais j'arrive pas à me remettre de mes émotions.

Loin de là. J'ouvre le tiroir de la table de nuit et farfouille à l'intérieur à la recherche d'un briquet. D'allumettes. D'une bougie. N'importe quoi. J'ai besoin du calme de l'appart à Calhoun : le ventilo au ralenti et la fenêtre ouverte, la flamme bien droite alors que je m'absorbe tout entière dedans.

Un vieux briquet tout cabossé et une fine bougie du genre de celles qu'on tient à l'église pendant les veillées. J'ai de la chance. Ma main tremble quand je l'allume et l'éclat orange vacille, projetant de drôles d'ombres qui se tordent sur les murs.

Enfin, je respire.

Voilà. Avec ça, je me sens comme à la maison.

DOUZE

Je jurerais que le matin est plus matinal à Fairhaven. Non, sérieux. Il dégringole par la fenêtre, du bout de ma chambre, et rampe jusque sur mon lit pour venir m'ouvrir les yeux. J'ai mal partout, le corps plombé par une fatigue si profonde que je suis pas sûre qu'elle partira un jour. Et puis j'ai rêvé de ces hurlements que j'ai entendus, de ce moment où ils se sont arrêtés net. À côté de moi, sur la table de nuit, la bougie est plus qu'un amas de cire fondue encore tiède.

Je me suis pas fait un film, là. Rien de tout ça sort de mon imagination. Ni la fille, ni l'histoire sur ma mère, sur ce que ça signifie ici d'être une Nielsen. Grann a dit qu'en famille, on était honnête l'une envers l'autre. Mais elle a pas vraiment répondu à mes questions. À aucune même, en fait. Et je me demande si je serais pas toute seule sur ce coup-là, par hasard. Sur ce coup-là, comme pour tout le reste.

Accepter l'explication la plus simple, voilà ce que je devrais faire. Évidemment que Maman a toujours fait des secrets. Évidemment qu'elle est restée loin de Phalène, avec cette fille qu'elle avait abandonnée. Et Grann marche dans la combine parce que Maman lui a demandé de rien dire. La voilà l'explication logique. Mais je peux pas m'empêcher de penser que ça colle pas. Je le sens. Je connais Maman mieux que personne, et je sais que, si elle avait fui Phalène à cause de ses filles, elle en aurait gardé aucune. Pas plus l'une que l'autre. Non, il s'est passé un truc ici.

J'ai déjà trop chaud quand je me lève pour aller ouvrir les tiroirs de la commode et faire le tri dans les piles de vêtements rangées à l'intérieur. C'est pas que je meurs d'envie de me retrouver avec les vieilles fripes de Maman sur le dos. Mais tout plutôt que mes fringues dégueulasses.

Dans le tiroir du haut, je trouve une petite robe à manches longues, avec de la dentelle à l'ourlet, un col montant et, écrit à l'intérieur, le nom de Maman. Je la déplie à bout de bras pour mieux la regarder, sens un étau se refermer sur ma poitrine. Elle me dit quelque chose… Forcément. J'ai vu exactement la même sur la fille dans l'incendie. Une fille avec la tête de Maman, habillée avec les fringues de Maman. Je suis prête à parier tout ce qu'on veut qu'elle avait le nom de Maman collé dans la nuque quand elle est morte.

Parce que c'était d'ici qu'elle venait. Impossible autrement. Je la vois déjà, dormant dans ce lit. Exactement comme moi.

Je remets la robe dans le tiroir. Grann a dit que cette chambre appartenait à personne, mais Fairhaven me ment pas, lui. Et peut-être que le reste de la maison a encore des choses à m'apprendre…

Je me dirige vers le haut de l'escalier. Je compte bien essayer d'ouvrir la porte qui barre l'autre couloir. Mais, avant même que j'aie traversé le palier, j'aperçois une voiture de police par la fenêtre, devant la maison. Je la regarde remonter l'allée pour regagner la route. Les flics sortent d'ici. Ils sont venus parler à Grann, la presser de questions comme je voudrais tellement le faire. Et je parie qu'elle leur a rien lâché. Mais je la laisserai pas me balader, moi. J'ai des preuves, maintenant, solides, concrètes, des faits auxquels elle pourra pas se dérober.

Fairhaven est pas tranquille autour de moi, avec ses planchers qui craquent et ses papiers peints qui se décollent. Je descends et m'apprête à traverser l'entrée, quand je marque un temps d'arrêt. Une paire de bottes en caoutchouc est posée dans un coin, non loin de la porte, sur une serviette souillée de boue, avec un vieux gant râpé. Je me rappelle pas les avoir aperçues hier. Je me rappelle pas grand-chose d'hier, il faut dire, sinon le choc de voir mon propre visage en face et la brûlure du feu.

Grann est pas dans la cuisine. Mais elle y était : la chaise a été repoussée et un mug de café encore chaud est resté sur le plan de travail. Je pousse la contre-porte et m'avance sur la terrasse couverte, à l'arrière de la maison. Le bois est encore froid sous mes pieds. Le soleil commence tout juste à passer sous le toit. Je reste immobile un moment à respirer cet air doux qui sent l'été, relevé d'une petite touche âcre de fumée. On dirait qu'il a plu dans la nuit. Ça a fait tomber la chaleur, nettoyé le ciel et vernissé les plantes toutes pailletées de gouttelettes. Peut-être que ça a éteint ce qui restait de l'incendie aussi, tassé les cendres, empêché le vent de les emporter.

Au pied de la terrasse, le terrain descend en pente douce directement dans les champs. Pourtant, même vu d'ici, le maïs semble incroyablement grand, et si près ! De l'autre côté des plantations, j'aperçois une autre maison au loin, une maison que je n'avais pas remarquée hier, à bonne distance sur la gauche, en hauteur sur une petite colline. Et, même si elle est pas assez près pour que je la distingue bien, on dirait presque qu'elle a été construite pour faire pendant à Fairhaven : le même genre de terrasse couverte, et les mêmes murs blancs, sauf que ceux de Fairhaven sont tout décrépits.

Ça doit être la maison des Miller. Tess a dit qu'on était voisines, et je vois pas d'autres maisons à l'horizon. Je me demande ce qui s'est passé, au poste, après mon départ, avec Eli et elle. J'imagine mal qu'ils aient eu droit au même traitement que moi dans la salle de réunion. Tess aurait pu partir tranquillement quand elle voulait. Pourtant, elle l'a pas fait.

Je plisse les yeux pour scruter les fenêtres des Miller : de tout petits carrés de soleil. Peut-être qu'elle peut me voir. Je me retiens de lui faire un signe de la main, juste au cas où.

— Ah, tu es levée. Parfait.

Je me retourne et Grann est là, appuyée contre le montant de la porte, fringuée pratiquement comme hier, un seau qui se balance dans une main, une paire de rangers dans l'autre.

— Va t'habiller, me dit-elle. Nous avons du pain sur la planche.

Pas un mot sur les flics qui sortent d'ici, ni sur l'incendie. Pas un mot sur la fille. Et, bien sûr, pas un mot sur ma mère.

— Alors ? insiste-t-elle en me voyant pas bouger.

Je suis venue la trouver avec un millier de questions à lui poser, toutes prêtes, et voilà que j'ai perdu ma langue. Impossible d'émettre le moindre son, pas quand elle est juste devant moi à me regarder comme ça.

— Qu'est-ce que tu attends ? Faut-il donc que l'on te dise comment remonter dans ta chambre, Mini ?

C'est le surnom qui fait sauter le verrou. Je suis pas ma mère : je bâtirai pas ma vie sur un mensonge. Je le laisserai pas me ronger de l'intérieur. Je vais l'extirper de là, coûte que coûte.

— Qu'est-ce que la police venait faire ici ? Est-ce qu'ils ont du nouveau ? Sur la fille ?

— Ne te soucie donc pas de ça, répond tranquillement Grann. C'est encore Thomas Anderson qui fait ce qu'il sait faire le mieux, autrement dit : enquiquiner le monde.

D'accord. D'accord. Je vais me donner un peu plus de mal. Je vais y aller prudemment, gentiment. J'ai l'habitude, de toute façon.

— Tu peux me le dire, tu sais. (Je prends les mots qu'une mère choisirait et je les garde sur ma langue. Et qu'est-ce que ça peut faire si je suis pieds nus et en pyjama – le pyjama de Maman, en plus ? Je suis bien assez grande.) J'ai vu la fille. Je sais qui c'est. T'as plus besoin de couvrir maman.

Je m'attendais pas à ce qu'elle cède du premier coup. Par contre, j'espérais un peu mieux que ce à quoi j'ai droit. C'est-à-dire le style « je penche la tête de côté avec un regard de parfaite incompréhension ».

— Couvrir ? s'étonne-t-elle. Couvrir quoi ?

Oh ! ça va ! Ta baraque, Grann. Tes terres. Ta tête. Ta petite-fille.

— Je comprends, je veux dire. (Même si, non, là, je comprends pas.) Maman était jeune et on était deux, et elle pouvait en gérer qu'une. Tu peux me dire la vérité. Je sais déjà.

Le seul truc qui change, c'est le froncement de sourcils en plus.

— Mais je t'ai dit la vérité, insiste-t-elle. Tu es sûre que tu te sens bien, Margot ?

— Très bien. (Trop cassant, le ton.) Mais je suis un peu perdue, là. Parce que tu as dit qu'en famille, on était honnête. Et on n'est pas en famille, là ? Et elle, elle n'était pas de la famille ?

— Elle qui ?

— La fille ! (Je hurle presque. Je pensais pas en revenir à ça. Je pensais pas que ce serait exactement comme avec Maman, avec le monde réel juste là sous nos yeux et moi qui essaie, encore et encore de lui prouver qu'il existe.) Je l'ai vue. Tess l'a vue. La police l'a vue. Tu peux pas faire comme si elle était pas ce qu'elle est.

— Ce n'est pas ce que je cherche.

— Mais si ! (Cette fois, il faut que je lui dise. Qu'elle essaie donc de se sortir de là !) J'ai vu les vêtements dans la commode. Exactement comme la robe que portait la fille de l'incendie.

Grann a l'air désarçonnée.

— Il nous suffirait d'aller à la friperie en ville pour t'en trouver une demi-douzaine du même modèle, j'imagine. Mais où veux-tu en venir, Margot ?

— À elle. Je suis pas la seule à avoir été… ici.

« Piégée ici », voilà ce que je voudrais dire. « Cachée ». Mais elle apprécierait pas, à mon avis.

— Certes, répond Grann. Ta mère a grandi à Fairhaven.

— C'est pas ce que je veux dire, tu sais bien. Elle venait d'ici. Cette fille portait une des robes de maman.

— Comment peux-tu en être si sûre ? (À l'entendre, on pourrait croire qu'elle veut vraiment le savoir.) As-tu vu le nom de ta mère sur cette robe ?

Même si j'avais pu la voir d'aussi près, cette robe était dans un bien trop piteux état pour qu'on puisse discerner une petite ligne d'écriture.

J'hésite.

— Eh bien, je…

— Tu vois ? Voilà bien ce qui s'appelle faire des histoires pour rien.

— Je ne fais pas « des histoires ».

— Ah non ? (Elle fronce les sourcils, fait la moue.) Je croyais que tu serais plus mûre que ça, Margot. Beaucoup plus mûre que ça, vraiment.

Ça y est, je la sens. Cette panique qui monte. Je la connais si bien, après toutes ces prises de tête avec Maman. Et me voilà sur la défensive, moi qui étais descendue ici avec ce que je tenais pour une preuve irréfutable.

— Bon d'accord. Mais alors pourquoi toutes ces fringues dans la commode ? Tu as dit que tu m'avais préparé « quelques affaires ». Mais, là, c'était…

Grann balaie l'argument d'un geste de la main – et moi avec.

— Elles sont juste restées là de l'époque où ta mère dormait là-haut.

Je me fige. Ce sentiment de triomphe qui me submerge ! J'en ai le sourire aux lèvres.

— Tu as dit que c'était la chambre de personne. C'est ce que tu m'as répondu hier.

Ah ! je le tiens ! Le flagrant délit de mensonge. Ça marche jamais avec Maman. Pas moyen de la faire reculer. Mais, avec Grann, c'est différent. *Elle* est différente. Je l'espère bien du moins.

— Ah oui ? dit-elle. Vraiment ?

— Oui. (Je me balance d'un pied sur l'autre, méfiante. Elle est trop cool, et si curieuse de connaître la réponse. Je sais comment la jouer avec « sur la défensive ». Je sais comment la jouer avec « en colère ». Mais pas avec ça.) Tu n'as pas dit que c'était la chambre de maman, en tout cas.

— J'ai dû, assurément.

— Non. Je sais ce que j'ai entendu.

Grann penche la tête de côté en arquant les sourcils.

— Et moi pas ?

J'ai du mal à respirer. Le souffle court, ténu, les poumons tétanisés. Comment je peux encore me retrouver dans une situation pareille ? Ce conflit, je l'ai déjà eu avec Maman, à répétition, et je suis partie, je l'ai laissée, j'ai laissé tout ça derrière moi. Pour mieux. Parce que, ça, c'était censé être mieux.

— Margot ? (Grann pose son seau, ses rangers et s'approche, l'inquiétude creusant de profondes rides sur son visage trop familier.) Tu ne te sens pas bien, ma chérie ? Viens ici. Ça va aller.

Je reste juste à la regarder fixement. Clouée sur place. Avec des centaines d'engueulades qui se rejouent en même temps dans ma tête. Je me suis toujours dit que c'était juste Maman, juste Maman qui pouvait pas accepter que les choses se soient passées comme je savais qu'elles s'étaient passées. Mais, si c'est pareil avec Grann, peut-être que le problème vient ni de l'une ni de l'autre. Peut-être que le problème, c'est moi. C'est moi qui ai encore et toujours tort. C'est moi qui imagine ces attaques qui font mal et qui cherche les conflits. Peut-être que ce carnet que je tenais à Calhoun était qu'un ramassis de mensonges, en réalité.

Mais non, c'est pas possible. J'ai vu ce que j'ai vu.

— Respire, détends-toi, me dit Grann. Voilà, inspire à fond.

Elle me prend par les épaules, les étreint doucement et m'attire à elle pour m'enlacer. Je reste là, raide comme un piquet dans ses bras, épuisée de fatigue et de peur. Sur le coup, j'ai envie de m'excuser. Si c'était Maman, je le ferais.

Au moins un truc qui peut être différent ici.

— C'est bien, ma petite fille, dit Grann en reculant. Bon. Pourquoi n'irais-tu pas te changer ?

Elle sourit. Fin des hostilités, chapitre clos. Franchement, c'est un soulagement, et j'y vais sans protester. De retour dans ma chambre. De retour devant cette foutue commode. Et devant cette robe qui est toujours la réplique exacte de celle que j'ai vue sur cette fille. Mais qu'est-ce que ça peut faire ? Puisque ça n'a rien prouvé du tout.

J'ai été bien bête de croire que ça suffirait à tirer des réponses à Grann. J'aurais pas dû abattre mes cartes si vite. J'aurais pas dû la laisser me pousser à me demander si j'en ai jamais eu une seule en main, pour commencer.

Pas question de laisser tomber, je me dis toute seule. *Tu vas réessayer.* Mais je m'attaquerai pas à Grann sans être armée, la prochaine fois. Et j'ai intérêt à avoir un sacré paquet de munitions.

Mes fringues d'hier sont toujours sales. Alors, même si ça me fait bien mal, même si ça sent la capitulation à plein nez, j'ouvre les tiroirs de la commode et j'attrape un short et un tee-shirt – criblé de petits trous, en fait.

Je sais pas trop à quoi ressemblait Maman à mon âge, mais, telle que je suis là, devant le miroir de la salle de bains, habillée avec *ses* fringues, dans *sa* maison, je crois que ça devait être exactement à ça. Avant que son visage se creuse. Avant que cette cicatrice marque sa joue. C'est plus facile aujourd'hui que ça l'était hier, de savoir que je suis jamais que la reproduction de ce qu'elle a déjà été. En même temps, puisque je peux pas l'avoir ici avec moi, j'aurai au moins ça.

Quand je redescends, Grann attend en bas. Elle parle pas du tout de l'engueulade qu'on a eue, si tant est qu'elle appelle ça comme ça. Moi oui, en tout cas. Même le truc le plus minuscule peut te revenir version XL. Elle désigne juste du menton mes chaussures qui se balancent dans mes mains par les lacets et patiente pendant que je les enfile. Dès que je suis prête, elle m'entraîne vers l'arrière de la maison. On descend sur la terrasse couverte, et je la vois marquer un temps d'arrêt, exactement comme moi tout à l'heure : une inspiration, un long regard et la chaleur du soleil.

Pressée de combler le silence, je demande :

— Qu'est-ce qu'il y a à faire ?

L'exploitation est pratiquement HS, d'après ce que je peux en juger. Je vois pas trop ce qu'on pourrait y faire, à part repartir de zéro.

— Il faut s'occuper des quelques arpents du fond, répond-elle en descendant de la terrasse pour se diriger vers le côté de la maison, là où le pick-up est garé.

Je jette un dernier coup d'œil à la propriété des Miller avant de la suivre.

J'attends qu'on roule pour lui demander. Les champs brûlés sont sur notre droite, assez loin pour que j'aie plus qu'un léger goût de fumée dans la bouche. Vu comment l'incendie se propageait, au moins un tiers de ses terres doivent y être passées, si c'est pas la totalité. Mais ça n'a pas l'air de la perturber. Elle a même jamais semblé s'en préoccuper. Pas depuis que je l'ai rencontrée, en tout cas.

— Comment tu arrives à la faire tourner ?

Je pivote sur mon siège pour la regarder au lieu de regarder la route – aucune de nous deux n'a sa ceinture, de toute façon –, tandis que les champs défilent, l'un après l'autre, tous identiques, tous semblables à ceux qui s'étendent au pied de la maison. Avec ce maïs trop jaune pour la saison, qui paraît mort et qui pousse quand même, bizarrement.

— La ferme, je veux dire. Y a que toi, non ?

On sait toutes les deux ce que je ne dis pas. La fille comme une tombe creusée entre nous, et, sur le coup, Grann hésite. Je cherchais pas à la piéger. Je voulais surtout pas remettre ça.

Et puis elle hausse les épaules et le moment de tension est passé.

— Oui.

Je sais pas trop, mais une exploitation de cette taille-là… Il doit bien falloir soixante-dix à quatre-vingts personnes minimum pour la faire marcher comme il faudrait. Et, en fait, c'est juste Grann dans un pick-up, avec des plantations qui ont pas l'air de devoir produire grand-chose – à supposer qu'elles donnent quoi que ce soit.

— Et alors, comment tu fais pour gérer tout ça toute seule ?

Grann me jette un coup d'œil en coin, tout en engageant le pick-up sur une route qui va vers chez les Miller.

— J'aurais cru que tu saurais répondre à cette question mieux que quiconque, lâche-t-elle finalement.

Et y a comme un truc qui se coince dans ma gorge, le vent entre mes doigts comme une main à laquelle se raccrocher. Parce que je sais exactement de quoi elle parle. Elle parle de moi. De moi qui gère ma propre vie, qui ai grandi toute seule, seule dans un appart avec ma mère juste là, à côté.

« Et le maïs ? » j'ai envie de lui demander. Mais je veux pas non plus appuyer là où ça fait mal. Le truc, c'est que je sais pas où sont posées les mines, chez elle, comme je le sais pour Maman. Alors, je préfère tenter une question plus indirecte :

— Ça a pas toujours été comme ça, si ?

Grann répond pas tout de suite. Un temps de réflexion normal, je dirais. Et puis je remarque ses articulations qui blanchissent sur le volant.

— Fairhaven en a vu d'autres au cours de sa longue histoire, finit-elle par dire. Des hauts et des bas. L'argent, la famille, ça va, ça vient. Tout s'arrangera.

Vraiment ? Elle a ni ouvriers, ni machines, rien. Je sais pas de quoi elle vit, mais ça doit être sur des acquis qui remontent à des générations : ce qu'elle possédait et que personne d'autre à Phalène avait. Du coup, quand

Fairhaven a séché sur pied, elle a pu continuer, elle. La ville, non.

Il nous faut pas longtemps pour arriver là où on va. Grann freine et la poussière nous rattrape par les vitres ouvertes. Le maïs est si près que c'en est étouffant. Si près que je peux même pas voir l'étendue des champs. Ici, à l'autre bout de l'exploitation, il a l'air un peu moins malade, un peu plus vivant. Le verger que j'ai aperçu de la terrasse doit pas être loin, si j'ai bien la configuration des lieux en tête.

Mais c'est devant moi que je regarde. La démarcation entre les terres des Nielsen et celles des Miller. Elle crève les yeux et se verrait même sans la malheureuse clôture qui court au milieu du fossé pour les séparer. De notre côté, le maïs est jaune d'or et tout craquelé. De l'autre, il est vert et foisonnant.

J'ouvre la bouche… et la referme. Qu'est-ce que je suis censée lui demander au juste ? Comment tu as pu merder à ce point-là, alors qu'eux non ? Qu'est-ce qui cloche chez nous qui cloche pas chez eux ? Elle répondrait pas, même si tout le monde serait en droit de lui poser la question.

Il y a une zone tampon du côté Miller de la clôture, entre le fossé et les plantations. Une bande d'une centaine de mètres. Rien que de l'herbe haute, des mauvaises herbes. Je vois bien la gangrène des Nielsen s'y infiltrer, la contamination de l'herbe qui devient marron, de la terre qui se fendille, mais ça s'arrête et le sol redevient normal avant que les cultures des Miller commencent.

Je reste scotchée. Mais Grann est manifestement habituée. Elle descend, contourne l'avant du pick-up, faisant un geste obscène en direction des plantations des Miller, comme elle a dû le faire un millier de fois et le fera mille fois encore. Tess, les Miller, avec ces terres qu'ils ont rachetées à ma grand-mère, et qui la regardent sombrer sans broncher.

Grann tambourine des doigts sur ma portière en passant et je descends pour la suivre jusqu'à l'arrière du pick-up. Hormis son seau, le plateau est vide. Il est tapissé d'une bâche en plastique bleu qu'apparemment Grann a fixée au cloueur électrique et fait tenir avec une poignée d'attaches en mauvais plastique qui n'ont pas l'air très solides.

— On vient faire quoi ici, exactement ?

Pour toute réponse, elle attrape le seau pour le balancer sur son épaule en me faisant signe de la suivre et se dirige vers le champ.

— Tu es arrivée juste à temps pour les moissons, déclare-t-elle.

Les moissons. À quoi ça devait ressembler du temps où Fairhaven appartenait encore à ces gens sur les photos que j'ai vues accrochées dans la salle à manger ? Combien auraient-ils été à travailler ici, vivant de ce que les Nielsen les payaient ? Un tiers, la moitié, toute la ville ?

Et, maintenant, c'est juste Grann et moi.

Y a plus aucune rangée de tracée dans ces champs. Rien à voir avec ce que j'aperçois dans les plantations des Miller, où des passages réguliers courent le long de chaque sillon bien rectiligne. Et ils sont parfaitement entretenus, comme tout le reste de l'autre côté de la clôture. Dans les champs de Grann, les plants sont sortis de leurs plates-bandes, rampant sous terre pour s'entortiller les uns aux autres, étouffant leurs racines, cassant leurs tiges en deux. Je me recroqueville quand on commence à se frayer un chemin à travers cette jungle, essayant d'éviter tout contact avec les feuilles. Ça me rappelle trop l'incendie : ces frottements rêches de papier brûlé, ce ciel lacéré. J'ai toujours la ferme intention de cuisiner Grann, de la forcer à me dire ce que je sais déjà, mais il faudrait pour ça que je garde la tête froide et c'est tout juste si j'arrive encore à pas perdre les pédales, là.

On a pas fait vingt pas que Grann s'arrête.

— Bien.

J'ai du mal à avaler ma salive. Heureusement que je peux encore apercevoir le pick-up d'où je suis !

— Voyons voir ce qu'on a là, dit Grann.

Elle pose son seau et fait remonter ses mains le long de la tige la plus proche. Ce pied-là a encore un peu de vert, mais l'espèce de plumet au sommet commence à brunir au soleil. La plante porte qu'un seul épi, et il est tout petit, pas du tout ce que j'imaginais. Il pourrait tenir dans la paume de Grann. Ce qui a pas du tout l'air de la perturber, pourtant. Elle le détache de la tige en le tournant brusquement, lui arrachant au passage une sorte d'horrible couinement.

— Épluche ça, m'ordonne-t-elle en me le tendant.

J'ai un mouvement de recul, mais Grann fixe sur moi son regard noir. Elle me regarde et elle attend, et, si je suis pas la fille qu'elle veut que je sois, je crois pas que je pourrais rester ici très longtemps.

Je commence à peler une à une les feuilles de l'enveloppe. Elles sont fines, pratiquement transparentes, et tombent mollement sur le sol, laissant bientôt apparaître l'épi dépouillé dans ma main. Les grains sont un peu rosés, comme l'eau au robinet de la cuisine, et tout fripés, alignés comme des dents de bébé. C'est pas normal. Rien de tout ça n'est normal. Surtout que c'est pas un épi, en fait, mais deux, deux rejetons du même plant, entortillés l'un à l'autre en hélice.

J'arrive pas à détourner les yeux, le regard aimanté par l'endroit où les épis siamois sont collés l'un à l'autre, là où la gangrène se propage. Avec mon ongle, j'appuie sur un des grains. La pellicule est invisible : c'est ce qu'il y a à l'intérieur qui lui donne cette drôle de couleur.

Il éclate. Un truc liquide et rose dégouline, pâle et clair et froid sous mon doigt.

Je lâche l'épi et recule en chancelant. Cette torsade de grains roses nichée dans la terre… Mais qu'est-ce qui se passe ici ?

— C'est bien ce que je pensais, lâche Grann. (Exactement comme au poste. D'un calme sidérant. Imperturbable.) Cette parcelle ne vaut rien.

Je me tiens toujours le visage à deux mains. J'ai l'impression d'être comme anesthésiée.

Je parviens pourtant à ânonner :

— Et elles sont toutes comme ça ?

— Pas toutes. (La main de Grann sur mon coude et sa chaleur, une chaleur réelle, la chaleur de la vie, me tire de ma tétanie, me pressant d'avancer, de m'enfoncer avec elle plus profondément dans le champ.) La majeure partie, Mais pas toutes.

— Qu'est-ce qui s'est passé ? Pour qu'ils deviennent comme ça, je veux dire.

Elle se contente d'un petit ricanement dédaigneux. Pendant quelques minutes, ses pas s'éloignent et je la perds de vue. Prise de panique, je me précipite pour la rattraper.

— Regarde autour de toi, dit-elle.

Les plantes qui me frôlent, accrochent le dos de ma robe, s'extirpant du sol dans d'improbables contorsions.

— Phalène a été frappée par une terrible sécheresse, il y a une quarantaine d'années. Mais c'est un fléau encore plus dévastateur qui a frappé Fairhaven.

— Mais les Miller…

— Oui, me coupe-t-elle, en colère presque. Eh bien, on peut s'épargner bien des désagréments avec un peu de chance et un peu d'argent.

Je crois pas vraiment que Grann soit bien placée pour parler de problèmes d'argent. Elle possède peut-être plus de la moitié de la ville, mais on peut pas vraiment dire qu'elle ait à se plaindre.

On finit par trouver quelques épis normaux, ceux que Grann balance dans son seau. On met longtemps à le remplir. Très très longtemps, et on arrive pratiquement à l'autre bout de l'exploitation avant d'y réussir.

J'aperçois le verger avec les abricotiers devant nous. L'appel de l'ombre est si puissant que c'est comme un aimant. J'ai juste envie de m'asseoir pour me reposer et de me délivrer un instant du poids accablant de la chaleur. Mais Grann repart déjà vers le pick-up, et je la suis – bien sûr que je la suis.

Autrefois, une journée de travail aurait rempli toute la benne du pick-up. Et avant ça, encore plus. Mais, pour tous ces hectares, il reste plus que Grann et moi, maintenant, et ça se limite à ce qu'on peut porter. Elle lâche le seau sur le plateau du pick-up avec un petit bruit mat assez pathétique et on essaie très fort toutes les deux de pas regarder l'espace vide tout autour.

— Tu vas le vendre ?

Elle secoue la tête.

— N'importe quel acheteur voudra des quantités bien plus importantes que ce que nous pouvons récolter. C'est juste pour moi. Pour nous.

— Mais avant, tu le vendais ? (Les mains calées contre le montant de la benne, avec une soie de maïs coincée sous un bout de peau le long de mon ongle, j'essaie d'assembler les pièces du puzzle, de me faire une idée de comment c'était quand Maman était jeune.) Quand ma mère était encore là ?

— Pas même à ce moment-là. (Elle soupire.) La dernière fois que nous en avons tiré des bénéfices remonte à l'époque où mes parents étaient à la tête de l'exploitation.

— C'était comment, en ce temps-là ?

Grann attend pour répondre, pendant que le soleil cogne de plus en plus fort entre nous, dardant ses rayons sur la maison des Miller. Leur maïs pousse trop haut pour que je puisse voir leur terrasse, voir les fleurs éclatantes qui manquent pas de décorer chaque fenêtre, j'en suis sûre. Mais on est assez près quand même pour que je puisse y superposer cette photo de Maman que j'ai prise dans sa bible, avec la neige qui recouvre tout et le ciel bleu, alors qu'elle sourit dans l'objectif. Qu'elle sourit à sa propre mère.

— Comme ça, finit par dire Grann, en hochant la tête vers la maison des Miller. Exactement comme ça.

Au dernier étage, au moment même où je la regarde, une fenêtre s'ouvre. Et j'entends alors un « Youhou ! »

qui flotte vers moi au-dessus du champ, avant de me rendre compte qu'il y a quelqu'un, que c'est Tess qui agite le bras pour que je la voie, en se penchant si loin par la fenêtre que ça me fait remonter l'estomac jusque dans la gorge.

Le visage de Grann se crispe. Au poste, elles se sont montrées polies. Amicales, même – si on se réfère à l'échelle de Grann, du moins. Mais la courtoisie fait pas grand-chose pour soulager l'humiliation permanente d'habiter côte à côte.

— Margot ! s'écrie Tess.

J'ai presque fait un pas vers elle avant de m'en rendre compte, les poings serrés, poussée par l'urgence de la rattraper avant qu'elle bascule par la fenêtre.

— Viens !

Grann ouvre déjà la portière du pick-up, prête à rentrer à Fairhaven. Mais, quand j'ai rencontré Tess, elle m'a pas donné l'impression d'être quelqu'un à qui on dit « non » et elle a beau être qu'une vague ombre à contre-jour, ça semble pas y changer grand-chose.

— Monte, m'ordonne calmement Grann. Avant que Tess ne se rappelle aux convenances.

Trop tard.

— Vous aussi, Véra ! Ma mère a préparé un brunch. (Une légère pause, et puis elle ajoute :) Vous pourrez lui présenter Margot.

Il en faut pas plus, apparemment. Grann ferme les yeux deux secondes et, quand elle les rouvre, c'est pour m'adresser un regard de lassitude complice : deux Nielsen gérant le problème Miller ensemble.

— Bon d'accord, lui crie-t-elle à son tour. Juste une minute, alors.

Tess disparaît de la fenêtre. J'attends que Grann monte dans le pick-up la première. Je voudrais pas avoir l'air trop pressée d'y aller. Mais je suis impatiente de voir Tess. De lui parler d'hier. De savoir ce qui s'est passé au poste après mon départ et ce que j'ai à redouter au juste.

TREIZE

Si, de l'extérieur, la baraque des Miller ressemble en mieux à Fairhaven, à l'intérieur, c'est le jour et la nuit. À Fairhaven, on se sent un peu cloîtré, avec toutes ces pièces accolées, barricadées. Alors que la maison des Miller est pratiquement ouverte d'un bout à l'autre : la salle à manger, la cuisine, les portes-fenêtres et la vue panoramique directe, le tout entièrement rénové dans différentes nuances de blanc. J'en viens à me demander si quelqu'un a jamais renversé quoi que ce soit ici, genre au cours des trente dernières années. Si, en retournant tous les coussins du canapé, je trouverais pas des taches de sauce tomate ou de jus d'orange.

Après nous avoir accueillies à la porte, Tess nous précède dans sa robe d'été bleue pour nous entraîner vers la cuisine, nous faisant traverser, avec nos grosses chaussures crottées, l'épais tapis immaculé de l'entrée. Une femme se tient devant l'îlot central – bois brut et dessus en marbre. Vêtue d'une robe fleurie plutôt stricte, elle regarde une corbeille de fruits avec une expression d'intense concentration. La mère de Tess, sans doute, mais la ressemblance est pas frappante. Surtout si on compare avec Maman et moi.

— Bonjour Sarah ! lui lance Grann, dès qu'on est à portée de voix, et, surprise, la mère de Tess relève brusquement la tête, la main figée au-dessus de la corbeille de fruits, tenant délicatement une fraise entre ses doigts fuselés. Merci de votre invitation. Je vous présente ma petite-fille, Margot.

Mme Miller hésite, et je perçois immédiatement cette tension qui raidit tout son corps, sur le coup. Grann doit pas être une voisine facile. Encore moins maintenant. Mais Mme Miller s'est déjà reprise.

— Je suis absolument ravie que vous ayez pu vous joindre à nous, récite-t-elle avec un large sourire – comme si elle avait pu avoir la moindre idée qu'on allait débarquer.

Tess contourne l'îlot central, chipe la fraise au passage et la fourre dans sa bouche dans le même mouvement.

— Tu adores avoir de la visite, dit-elle, la bouche pleine. Ne me remercie pas.

— Bien sûr que j'adore recevoir, embraye aussitôt Mme Miller. Et cela fait si longtemps que nous n'avons pas eu le plaisir de vous voir, Véra.

Pas difficile à traduire, même si Mme Miller en fait des tonnes dans le style « civilités d'usage » : Grann et les Miller sont pas les meilleurs amis du monde. Les visites de bon voisinage, c'est vraiment pas leur truc.

— Mais je te remercierais encore davantage, Tess, poursuit Mme Miller, si tu te lavais les mains avant de toucher à la nourriture que je sers. (Elle se penche par-dessus le plan de travail et pose la main à plat sur le front de sa fille.) Comment te sens-tu ? Mieux ?

— Bien, répond Tess, en tapant sur la main de sa mère pour se dégager et se diriger vers l'évier. Eli descend, déclare-t-elle alors, par-dessus son épaule en se rinçant les mains. Il a passé la nuit ici.

Mme Miller pince les lèvres.

— Tu dois me demander la permission pour ce genre de choses, Thérésa.

— Il a déjà dormi ici des milliers de fois.

— Et nous l'aimons beaucoup, reprend Mme Miller. Mais, tant que tu ne vivras pas sous ton propre toit, tu me demanderas, à moi ou à ton père, avant d'inviter quelqu'un à la maison. (Elle nous jette un coup d'œil, à Grann et à moi.) À passer la nuit, ajoute-t-elle – à notre intention, c'est clair.

— Oui, bon, il est déjà là, alors…, réplique Tess en haussant les épaules. Mais d'accord.

Mme Miller regarde Grann et sourit en secouant la tête, comme pour dire : « Ah là là, ces filles ! »

Grann lui rend pas son sourire – ni rien d'autre, d'ailleurs.

— J'espère que nous n'abusons pas de votre hospitalité, fait-elle semblant de s'alarmer, très formelle, au contraire.

À Fairhaven, elle a l'air parfaitement à sa place, comme si elle avait poussé directement du plancher, là, pile dans l'entrée. Mais, ici, il y a comme un côté coincé chez elle, une sorte de malaise auquel on s'attendrait pas de sa part. Et je me demande si elle ressent la même chose que moi. Comme si j'étais de trop, trop empotée, trop directe pour vivre dans une maison aux tapis immaculés et au langage raffiné. Oh, bien sûr, je devais faire super attention à Calhoun, avec Maman, mais c'était pas pareil. Rien de ce que j'ai appris là-bas me servira ici.

— Pensez-vous ! se récrie Mme Miller. (Elle contourne l'îlot central, emportant la corbeille de fruits vers la longue table en bois blond de la salle à manger.) Plus on est de fous, plus on rit. Richard devrait raccrocher d'une minute à l'autre, et nous aurons bientôt la charmante compagnie d'Eli qui nous fera l'honneur de se joindre également à nous.

Appuyée contre l'évier, Tess affiche un sourire ironique, ignorant ostensiblement la pique détournée de sa mère. Je peux pas m'empêcher de les regarder, sidérée de la façon dont ce que Mme Miller essaie de faire entrer dans le crâne de sa fille glisse sur Tess sans même la toucher. Je savais pas que ça pouvait se passer comme ça. Je savais pas qu'on n'était pas obligé de tout ressentir comme si c'était toujours la fin du monde. Je lève les yeux vers Grann, qui est restée bien silencieuse pendant tout ce temps, et je la vois qui regarde, non pas Mme Miller, mais par les portes-fenêtres, l'étendue ondoyante des plantations : l'or vert des Miller. On a toutes les deux envie de ce qu'il y a ici. Mais pas de la même chose.

— Margot ! (Tess a ouvert le placard à côté du frigo et reluque à l'intérieur.) Viens m'aider à trier les chamallows de mes céréales.

— J'ai fait des pancakes, proteste Mme Miller. Tu vas te couper l'appétit.

Mais elle m'arrête pas quand je me faufile auprès de Tess et la regarde verser la moitié d'un paquet de Lucky Charms dans un saladier.

— Comment tu vas ? me demanda-t-elle alors à voix basse, derrière le rideau de ses épais cheveux noirs, m'incitant à tourner délibérément le dos aux adultes. Après ce qui s'est passé hier ?

Je hausse les épaules et attrape un chamallow en forme d'arc-en-ciel pour le laisser tomber sur ma langue.

— Super. (Elle saura que je veux dire tout le contraire.) Mais toi ? Tu as été malade ?

— Mon estomac fait des siennes depuis un moment. Rien de grave. (Elle me tape sur les doigts au moment où je m'apprête à saisir un autre arc-en-ciel en guimauve et le gobe sous mon nez.) Écoute, je suis restée un bon moment au poste, après que Véra t'a ramenée chez elle. Je suis quasi certaine que les flics vont te tomber dessus. Ou sur elle. (Elle hausse les épaules.) Ce qui revient au même, à mon avis.

Je le savais déjà hier. Ou, du moins, je le craignais. Et j'ai rien à me reprocher, pourtant. J'en suis sûre. N'empêche, il y a clairement des trucs que Grann dit pas. Et pas question que je laisse qui que ce soit les découvrir avant moi, flic ou pas.

Je prends un ton aussi neutre que possible.

— OK. Et donc ?

— Dooonc, enchaîne Tess en étirant le mot, je veux que tu saches que tout ira bien. Je t'ai dit que tu pouvais compter sur moi et c'est toujours vrai. Si tu veux pas qu'ils enquêtent sur toi, ils le feront pas.

Derrière nous, Grann et Mme Miller essaient péniblement de meubler la conversation. J'attends trois secondes, le temps de m'assurer qu'elles écoutent pas aux portes. Ce qui s'est passé hier est un secret pour personne, mais je veux pas que Grann m'entende, alors que j'essaie de creuser sous la surface. Sinon, elle va se refermer comme une huître. Je le sais, même si je comprends pas pourquoi.

— Pourquoi tu ferais ça pour moi ? Tu sais rien de moi.

Elle hausse les épaules et, pendant deux secondes, je me demande s'il y a autre chose entre nous. J'ai jamais été très douée pour reconnaître l'attirance chez les autres filles – ça m'a déjà pris assez de temps comme ça pour la reconnaître chez moi, et encore plus longtemps pour prononcer le mot « lesbienne » sans rougir. Et puis Tess se met à trier une poignée de céréales, avant de remettre presque tout dans le paquet, et je fronce le nez. La tentation s'est évaporée. D'accord, elle s'est rincé les mains, mais je crois pas qu'elle ait mis du savon.

— Eh bien, je sais ce que ça veut dire d'avoir un nom de famille qui compte plus que ton prénom, déjà. Disons ça comme ça.

— Oh.

C'est quelque chose que je peux comprendre, même si celui de Tess lui sert probablement à se sortir des emmerdes et que le mien me met plutôt le nez dedans. N'empêche. Il y a, chez elle, comme une sorte de timidité bizarre, comme si elle n'osait pas tout raconter. Je lui donne un petit coup de coude.

— Et pour le dire autrement ?

Elle répond pas tout de suite. Et, quand elle le fait, c'est juste par :

— C'est cool. De partager.

Je les revois, elle et ses copains, sortir de chez Hellman, hier. Tous rassemblés autour d'elle, attendant de voir ce qu'elle allait faire. C'est un genre de distance, ça, non ? Une mise à l'écart. Même si ce n'est pas celle que je connais.

— Je suis contente que ce soit avec moi.

Et je suis sincère. À Calhoun, j'ai jamais eu personne. Peut-être que Tess a jamais eu personne non plus. Personne qui ait autant besoin d'elle que moi, du moins.

Le souvenir de mon engueulade avec Grann, ce matin, me revient comme un flash. Je lorgne par-dessus mon épaule. Grann n'écoute pas : elle est trop occupée à prendre l'air offensé quand Mme Miller lui présente une tranche de melon sur une jolie soucoupe en porcelaine. Peut-être que je ferais mieux de laisser tomber, en fait. Mais non, impossible. Je la veux, cette vie-là, et je la veux pour moi. Seulement, pour y arriver, pour la protéger, il-faut-que-je-sache-ce-qui-se-passe-ici.

Je me retourne vers Tess et baisse d'un ton.

— Écoute, j'ai vu quelque chose. À Fairhaven. Je crois vraiment que la fille de l'incendie vivait là-bas.

Du coin de l'œil, je surprends son froncement de sourcils.

— Qu'est-ce que tu veux dire ?

Mais j'ai pas le temps de répondre. Mme Miller vient vers nous en se frottant nerveusement les mains et en plissant les yeux pour jeter un coup d'œil par-dessus nos épaules au bazar qu'on a laissé avec les céréales.

— Bon, mesdemoiselles, nous interpelle-t-elle. Tess, veux-tu aller chercher Eli, s'il te plaît ? Je ne voudrais pas que mes pancakes refroidissent.

— Bien sûr, répond Tess, avant de me murmurer discrètement : On se reparle plus tard.

Elle disparaît dans l'escalier au fond de la cuisine et revient avec Eli, juste au moment où Mme Miller nous entraîne tous vers la table, sur laquelle une corbeille de viennoiseries nous attend. Eli s'arrête net en me voyant. Et, pendant une seconde, je sais très exactement ce qu'il pense. Parce que c'est ce que je pense aussi. Que je suis morte hier et qu'il a vu mon cadavre.

— Eli ne prend pas de café, annonce Tess, en passant en douce à côté de lui pour prendre un siège. (Elle me tire par la main pour me faire asseoir près d'elle et attrape la cafetière pour la faire glisser jusqu'à nous sous le nez d'Eli.) Il est puni : il a attendu que je m'endorme pour baisser la clim.

— Tu la mets trop fort. (Il s'assoit en face d'elle, avec toujours ce même air renfrogné – je l'ai encore jamais vu sans.) J'essaie juste de ne pas attraper des engelures.

— Alors que moi, j'en rêve, évidemment.

Tess remplit son mug et le mien, sans me demander mon avis, avant de tendre le bras pour servir Eli aussi. J'hallucine en la voyant reposer la cafetière et attraper un pain au chocolat en bas de la pile de viennoiseries que Mme Miller a si soigneusement agencée, envoyant un croissant rouler sur la nappe. Elle plaisantait, en fait, avec Eli. Je sais bien qu'elle le vannait. Mais n'empêche. Voir une menace lancée et abandonnée si facilement… Pour moi, ça tient tout bonnement du miracle.

— Papa ne vient pas ? demande-t-elle, la bouche pleine.

Manières déplorables. Mais bon, j'imagine qu'elle a jamais eu besoin d'en avoir de bonnes.

Mme Miller est déjà retournée dans la cuisine pour mélanger consciencieusement des myrtilles dans un bol de yaourt.

— Dans une petite minute, répond-elle.

— Je vais le prévenir que nous avons des invités.

— Il est en ligne avec le poste. (Mme Miller lance un regard entendu à Grann.) Ne le dérange pas.

— Le poste ?

Tous les regards se tournent vers moi. Tess me donne un coup de coude. Elle croit que ça va suffire à me faire taire, j'imagine, à pas manifester un intérêt qui pourrait vite paraître suspect.

Mais c'est plus fort que moi.

— Le poste de police, vous voulez dire ?

— Pour hier, explique Mme Miller, en revenant poser le bol de yaourt aux myrtilles près de la chaise vide, à la place d'honneur, en bout de table.

— Votre propriété n'a pas été touchée, intervient Grann, que son hôtesse a placée à l'autre extrémité de la table. (C'est la première fois qu'elle prend vraiment la parole depuis notre arrivée, et je suis stupéfaite par son ton tranchant, lourd de sous-entendus.) Richard n'a pas à intervenir.

— Naturellement, Véra. Mais je ne parlais pas de l'incendie, lui répond Mme Miller avec gravité. (Elle s'assoit à côté d'Elie, en veillant à bien déployer le bas de sa robe, avant de croiser les mains sur la table.) Je parlais de l'adolescente qu'ils ont découverte.

J'en ai le souffle coupé. Que sait Mme Miller exactement ? Tess a-t-elle dit à ses parents à quoi ressemblait le cadavre ? Vu la pression rassurante de ses doigts sur ma main, sans doute pas.

— L'adolescente ? répète Grann après un bref silence. Oui, c'est malheureux. Il paraît qu'elle avait fait une fugue. Au mauvais endroit au mauvais moment, comme on dit.

J'ai jamais entendu un ton aussi détaché, une indifférence aussi soigneusement étudiée.

Et Mme Miller saisit immédiatement la balle au bond.

— La pauvre petite, se désole-t-elle d'une voix rêveuse, trop contente de pouvoir faire comme si ça s'était passé à des millions de kilomètres d'ici.

Je reconnais la méthode. Tout pourvu qu'on maintienne des relations de bon voisinage avec Véra Nielsen.

— Je n'ose imaginer les désagréments, poursuit-elle, compatissante. Thérésa a même été retenue au poste des heures durant.

Des « désagréments » ? Il y a eu une victime. Quelqu'un est mort et tout le monde préfère fermer les yeux.

— C'était affreux. Ça m'a épuisée, lâche Tess par-dessus le bord de son mug de café. Et je ne m'en remettrai jamais.

Ce qui lui vaut un regard noir de sa mère.

— Des heures ? (Ça m'a échappé.) Mais de quoi tu as bien pu parler avec les fl… avec ces policiers ?

— Oh ! c'était n'importe quoi, des conneries, répond Tess.

— Thérésa !

— Quoi ? C'est vrai. C'étaient exactement les mêmes trucs qu'ils t'ont demandés, Margot.

C'est du cinéma. Elle fait son show, je le vois bien. Pour prouver qu'elle en a rien à faire, pour prouver qu'y a pas de quoi se monter la tête pour si peu. Et je me demande bien pourquoi elle se donne tant de mal. Ou qui elle protège de qui au juste…

Grann. Elle me protège de Grann.

Ça me submerge d'un coup. La colère, la rancœur, et une gratitude si forte que j'en ai presque honte. Grann est ma famille, et on a pas besoin d'être protégé de sa famille. *Sauf que* si, me rappelle une petite voix. Je suis bien placée pour savoir que, des fois, si.

— Et, après, il a encore fallu qu'ils m'interrogent aussi, grommelle Eli, en pêchant une myrtille dans le bol de yaourt avec sa petite cuillère. Comme si j'avais une autre version à raconter. Mais pourquoi écouter une histoire une fois quand on peut l'écouter trois fois de suite ?

Tess est pliée de rire, et ils échangent un sourire en coin. J'aimerais pouvoir le remercier de jouer le jeu, de faire semblant. Il a porté ce cadavre. Il l'a sorti de l'incendie sur son dos. Alors, déjà que ça lui est tombé dessus sans prévenir, avec tout ce qui s'est passé depuis… Il en demandait pas tant, c'est clair.

— Ta mère t'accompagne-t-elle ? me demande Mme Miller.

Et je sais que c'est juste pour meubler la conversation, mais ça me frappe de plein fouet, là, entre les côtes.

C'est Grann qui répond à ma place :

— Non. (Elle a touché à rien : ni à son verre d'eau, ni à la cafetière, ni même à la moindre miette de pancake.) Margot est venue passer l'été à la maison.

Ah oui ? Je souris, jusqu'aux oreilles. Et j'y peux rien. Je le voudrais que j'arriverais pas à m'en empêcher.

— Il y a bien longtemps que votre fille n'est pas revenue, n'est-ce pas ?

Mme Miller s'est pas rendu compte de ce qu'elle demandait. Mais je vois Grann accuser le coup comme moi, et je sens le regard de Tess qui me dévisage. Attentive et discrète – deux qualificatifs que je lui aurais pas donnés hier.

— Phalène n'est pas pour tout le monde, répond Grann. Surtout pour une Nielsen.

— Ce sont des choses que je ne comprendrai jamais. (Mme Miller se tourne et se penche légèrement vers moi, avec un sourire.) Cela fait plus de quinze ans que nous avons repris la ferme des parents de Richard. Tess marchait à peine. Et, d'après les critères de Phalène, je ne suis encore qu'une touriste.

— Vous avez connu ma mère ?

Léger raclement de gorge de la part de Grann. Je risque de le payer plus tard, mais je suis prête à tout pour obtenir le moindre détail que quiconque peut me donner sur elle.

— Non, pas moi. Elle était déjà partie, avant que nous ne revenions nous installer ici. Mais mon époux, oui.

— Vraiment ?

Il a dû grandir avec elle, la connaître avant qu'elle se coupe du monde. Peut-être, qu'à l'époque, elle l'avait tout le temps, ce sourire qu'elle a sur la photo que j'ai fourrée dans ma table de nuit. Il pourrait me le dire, lui.

Et il peut aussi me dire si c'est vraiment l'incendie qui l'a fait fuir ou si c'était autre chose. Le problème, c'est que je peux pas lui parler devant Grann. Ça, c'est déjà très clair pour moi à ce stade, qu'elle se dressera entre moi et toutes les explications qu'on pourrait me donner et qu'elle aurait pas déjà validées. Il faut que je le coince quand il est seul… Comme maintenant.

— Excusez-moi, vous pourriez m'indiquer les toilettes ?

Mme Miller m'octroie ce regard bienveillant de la parfaite hôtesse et me dirige vers un corridor qui part d'un petit salon jouxtant la cuisine. C'est un couloir étroit, frais et sombre, aux murs décorés d'une rangée de photos encadrées : Tess posant sur la terrasse, Tess devant le sapin de Noël, Tess de plus en plus jeune à mesure que j'avance, jusqu'à ce qu'elle soit plus qu'une toute petite fille assise sur les genoux de quelqu'un. Je repense au mur de la salle à manger de Fairhaven, à toutes les générations affichées là, sans qu'aucun des clichés alignés ne donne cette formidable impression de vie qui se dégage de tous les portraits de Tess.

Les toilettes sont sur la droite – carrelage blanc et serviettes blanches avec monogramme blanc. Sur le seuil, mon regard croise celui de mon reflet dans le miroir au-dessus du lavabo en céramique et j'ai comme une hésitation.

Je ressemble vraiment à rien avec mes cheveux en vrac qui pendouillent, tout luisants de graisse – alors que je les ai lavés hier soir en prenant mon bain. Je lève lentement la main pour passer les doigts sur ma joue, celle où il devrait y avoir une cicatrice, si on était vraiment de parfaits sosies avec ma mère.

Et, maintenant, c'est juste Grann et moi. Et ma « sœur ». Oh, c'est moi qui l'ai voulu. Une famille. Ce cadavre me met quand même de sérieux bâtons dans les roues, mais j'ai qu'à régler le problème. Après, je pourrai me construire une vie ici, avec Grann, une vraie vie qui vaudra la peine. Après, j'aurai ce que je veux.

Je quitte les toilettes et retourne dans le couloir. Il donne sur une autre paire de portes-fenêtres aux vitres cachées derrière d'épais rideaux. Par l'espace entre les deux, je peux apercevoir le halo d'un écran d'ordinateur et un bureau en bois ciré. Il y a une voix étouffée qui vient de l'intérieur. Ça doit être M. Miller qui parle au chef de la police locale.

Je m'appuie contre le mur en attendant, entre deux photos. Mais y a un bruit de frottement sur le sol dans la pièce et, moins d'une minute après, une des portes s'ouvre, tirée de l'intérieur. Je me redresse à toute vitesse, m'efforçant d'avoir l'air incertain, perdu. Ce qui est pas si loin de la vérité, de toute façon.

M. Miller ne ressemble pas à ce que j'imaginais après avoir rencontré sa femme. On dirait qu'elle sort des pages d'un vieux numéro de ces magazines pour ménagère. Mais lui, c'est plutôt le genre de Grann : jean délavé, chemise aux manches retroussées et au col boutonné plutôt avachi – tout l'amidon a dû s'en aller, si tant est qu'il ait jamais été amidonné. Je me rappelle alors qu'il est du cru, un pur produit de Phalène, tout comme elle. C'est pour ça que je suis venue le trouver.

— Oh ! s'exclame-t-il, surpris. Je ne savais pas qu'on...

Il laisse sa phrase en suspens. Je connais cette expression, je suis habituée. Ces yeux écarquillés, ce regard méfiant, comme si j'étais un truc entre un choc et une apparition.

— Pardon. Je cherchais les toilettes. (Et j'ajoute après, même si je n'ai sans doute pas besoin de me donner cette peine :) Je suis la petite-fille de Véra. (J'agite la main vers mon visage : la preuve vivante de ce que j'avance.) Margot.

Il répète :

— Margot. Bon sang ! (Mais il semble se rappeler aux convenances, parce qu'il tend le bras pour me serrer la main, sa paume calleuse contre la mienne, exactement comme celle de Grann.) Bienvenue, Margot.

Il me regarde toujours fixement. Ça doit être perturbant, s'il a connu ma mère. De me voir, de voir son double parfait.

— Merci de nous recevoir. Tess nous a invitées à partager votre brunch. J'espère que ça ne vous dérange pas.

— Du tout, répond-il en mode automatique, mais son sourire est chaleureux. Ça fait longtemps que tu es là ? En ville ?

— Non.

S'il parlait au chef de la police locale, il le sait déjà. Mais, s'il veut faire comme si j'étais juste une nouvelle amie de la famille, ça me va aussi.

Il passe devant moi, en m'invitant d'un geste à l'accompagner pour retourner dans la cuisine. Je m'exécute, mais lentement. J'ai besoin de plus de temps que ça pour le brancher sur le sujet qui m'intéresse.

— Tu te plais à Fairhaven ? me demande-t-il.

— Ça va. Je regrette juste de pas l'avoir vu plus tôt.

On sort du couloir pour revenir dans le « petit » salon avec ses deux canapés et sa cheminée. M. Miller se place à ma hauteur, et pendant un moment, on s'arrête tous les deux pour regarder par la grande baie vitrée, par-delà la terrasse couverte, en direction de Fairhaven.

J'enfonce le clou :

— Ma mère m'en a jamais vraiment parlé.

M. Miller est plus vieux que ma mère – elle m'a eue tôt, après tout –, mais ils ont dû se croiser, ne serait-ce qu'un petit peu, surtout s'il a grandi ici et elle, juste là, dans cette baraque dont on n'arrive pas à décoller les yeux, tous les deux.

Et puis je passe à l'attaque :

— Vous l'avez connue ?

Il me jette un coup d'œil en coin.

— Jo, tu veux dire, j'imagine ?

— Oui.

La question est un peu curieuse, mais ça me passe pardessus tant ça me broie d'entendre son nom. Familier, vivant. Il l'a connue. Il l'a vraiment connue.

— Alors oui, répond-il. Un peu, du moins. C'était une gamine quand j'ai quitté Phalène pour mes études. Et, le temps que je revienne pour reprendre la ferme, elle était déjà partie. Est-elle là, avec toi ?

Je pourrais en rire.

— Non. C'est juste moi.

— Eh bien, je suis désolé de ne pas pouvoir t'en dire davantage sur elle. Elles restaient toujours entre elles, toutes les deux.

— Grann et ma mère ?

Il fronce les sourcils.

— Non, répond-il lentement, prudemment. Ne t'a-t-elle pas…

Je le coupe, larguée :

— Pas quoi ?

C'est là que je vois sa mâchoire se décrocher.

— Rien. (Il s'éclaircit la gorge.) Allons déjeuner, je meurs de faim.

Cette fois, il m'attend pas et fonce droit dans le couloir. Et je le suis, mais je revois encore sa réaction, comment son visage s'est fermé d'un coup comme les adultes le font toujours. Cette expression qui veut dire : « Ce n'est pas pour toi, ça. Si on te le cache, c'est pour ton bien. »

C'est ça, oui.

Quand on revient dans la salle à manger, Eli est à moitié endormi, le menton calé sur son poing, et Tess construit une pyramide de viennoiseries, avec une telle concentration qu'elle s'en mord la lèvre. Vu sa tête, Grann donnerait n'importe quoi pour être ailleurs et, sur le coup, j'ai mal pour elle. Mais ça me revient, ce truc entre nous. Ces secrets enfouis et bien gardés.

— Tess !

Quand je l'interpelle, elle sursaute et son empilement de viennoiseries s'écroule sur la table.

— T'es prête ? On y va ?

Un sourire retrousse le coin de ses lèvres. Prête à tout. Elle est comme ça, Tess. Toujours partante, quoi qu'il arrive.

— Où déjà, rappelle-moi ?

Je savais bien que je pouvais compter sur elle.

— Faire un tour en ville.

— Ah oui.

Elle se lève et me contourne pour se diriger vers la porte où l'attend une paire de baskets ridiculement blanches.

— Je suis obligé de venir ? grommelle Eli sans ouvrir les yeux. Non, attends. Fais comme si j'avais rien dit. Je vais me recoucher.

— Ici ? s'étonne M. Miller. (Il a contourné la table pour aller dans la cuisine se faire griller un bagel, ignorant ostensiblement tout ce que sa femme a préparé.) Tu fais partie de la famille, maintenant ? L'adoption a déjà été officialisée, Eli ? Tes parents ont peut-être leur mot à dire sur la question.

Eli cligne des yeux, le regard flou.

— Non, non, ils seraient d'accord. Il paraît que je coûte très cher.

— Pas autant que moi, claironne fièrement Tess.

Elle a déjà une chaussure au pied et manque de basculer en enfilant l'autre. M. et Mme Miller éclatent de rire. Ça doit être une blague, je suppose. Mais je parle pas d'argent comme ça, moi. Vu la tête qu'elle tire, Grann non plus.

— Qu'avez-vous besoin d'aller en ville ? demande-t-elle, en faisant la moue. Vous n'en avez pas encore assez vu ?

Glaciale, et rigide : rien à voir avec la femme qui m'a enlacée ce matin.

— Je vais lui montrer la piscine, répond Tess. Et la face cachée sordide, aussi. Et le marché noir. Le...

J'abrège :

— Oui, oui. Tout ça.

Je veux juste sortir d'ici, échapper au regard oppressant de ma grand-mère. À partir de là, je pourrai trouver les lacunes de l'histoire, ces failles par lesquelles je pourrai me faufiler.

Grann expulse une expiration, brève, sèche, et se lève de table. Elle a une façon de bouger si différente de celle de Maman. Déterminée, assurée. Maman est vive. Maman est imprévisible. Et je me demande si les gens qui nous regardent, elle et moi, se disent qu'on est aussi différentes l'une de l'autre qu'elle l'est de Grann.

— Je préférerais que tu rentres à la maison avec moi.

Elle est bien élevée, Grann – on est en public –, mais j'entends parfaitement l'ordre, même bien emballé sous des mots trop polis.

J'arbore mon plus beau sourire.

— Je sais. Mais c'est ma première visite ici : j'ai envie de voir la ville d'où vient ma famille.

Moi aussi, je peux le faire. Aussi douce et précise qu'une lame de rasoir. Je vais tirer cette affaire au clair, que ça lui plaise ou non. Elle dit qu'elle est honnête avec moi, non ? Alors, elle a aucun souci à se faire.

— Margot...

Mais Tess a déjà ouvert la porte, et je lance par-dessus mon épaule :

— À plus tard !

Au moment même où Tess annonce :

— Je vous la ramène avant onze heures.

Grann doit bouillir de rage. Elle m'appelle encore une fois, mais je m'en fiche, maintenant. Parce que Tess est déjà partie devant et qu'elle peut m'aider à démêler tout ça. Je suis plus obligée de me débrouiller toute seule.

La porte claque derrière nous. Direction le garage où sont enfermés les vélos. Et nous voilà mortes de rire, tout excitées parce qu'on sait que Grann pourrait se lancer à notre poursuite. Moins d'une minute plus tard, on pédale déjà toutes les deux comme des folles pour remonter l'allée. Avec Fairhaven devant nous à gauche, fané et jauni sur le bleu éclatant du ciel. C'est l'univers de Grann, et c'est là que se trouvent mes réponses – je le sais, j'en suis sûre –, mais jamais je réussirai à les lui arracher. Il faut que je trouve une brèche, un autre moyen de m'infiltrer.

Virage au bout de l'allée, et retour sur la grand-route. De la cendre à perte de vue sur notre gauche et cette chaleur comme du coton, comme un drap propre qui me râpe la peau, de plus en plus torride, jusqu'à ce qu'y ait plus que ça. Un voile, une brume, un miroitement sur le bitume. Tess qui slalome, de gauche à droite, aller-retour, avec sa robe d'été et ses longs cheveux libres qui flottent au vent. Des fois, la vie ressemble exactement à la vision que tu en as, à ce qu'elle devrait être tout le temps.

Et puis on passe devant, et elle ressemble plus à rien : le ruban de la scène de crime ; l'endroit où Eli a posé le corps. Les lieux sont déserts, maintenant. Plus de voitures de flics et plus de police scientifique, plus de flashs d'appareil photo. Ça fait qu'un jour, pourtant : on risque pas de l'oublier, qu'on le veuille ou non.

Tess ralentit. Sa trajectoire la mène droit sur le bord de la route, et, pendant deux secondes, je crois qu'elle va s'arrêter, nous replonger direct dedans. Mais je garde le cap, et c'est elle qui me rattrape, vient se glisser à côté de moi, et, pendant une minute, on se laisse juste aller en roue libre.

— Ça va ? me crie Tess par-dessus le sifflement du vent.

Et je n'en ai aucune idée, mais je réponds :

— Super.

QUATORZE

Tess me fait bien passer devant la piscine, mais c'est à peine si j'aperçois un long rectangle en béton avec un flash de maillots de bain bariolés que, déjà, on se retrouve cernées d'une forêt de murs, filant entre les alignements de maisons pour déboucher sur la place. Si on était n'importe quel autre jour, est-ce qu'elle serait ici, à regarder ses copains se tartiner de crème solaire, et à piailler parce qu'Eli la pousse dans l'eau ? Sans doute. Mais, maintenant, je suis là, et je lui demande son aide – sans compter que c'est elle qui me l'a proposée.

Elle s'arrête à côté du parc à vélos, à l'angle du carré de pelouse central, et je suis le mouvement. J'ai la bouche sèche après ce sprint échevelé, et je sens encore tous les endroits où le feu m'a frôlée d'un peu trop près hier. Mais, loin de Grann, loin de Fairhaven, je commence à ressembler un peu plus à celle que j'étais il y a deux jours. Avant que tout ça n'arrive. Juste Margot Nielsen.

— Bon, dit Tess en descendant de vélo, je te fais la visite guidée ?

Elle m'a rien demandé en chemin, pas avec ce vent et la route qui s'ouvrait devant nous. Et je lui ai rien dit non plus. Mais, là, je lui dois des explications.

— Oui, euh, désolée pour tout à l'heure.

— Non, non, je devrais te remercier, au contraire.

Je la regarde caler sa roue entre deux arceaux, attends qu'elle mette l'antivol, même si je vois pas d'où elle le sortirait. Mais où est le problème ? C'est jamais un souci pour Tess : elle est partout chez elle, à Phalène.

— Tu m'as épargné un des fameux laïus de mon père quand il est d'humeur « Parlons agriculture », enchaîne-t-elle. Et puis… (Le masque souriant tombe, laissant apparaître la fille sincère que j'ai aperçue hier et encore ce matin.) J'ai vu ce que tu as vu. Et je ne suis pas franchement à l'aise avec ça, tu sais ?

On peut le dire comme ça. Je pousse ma bicyclette d'emprunt pour la ranger à côté de la sienne. Hier, c'était elle qui me demandait ce que je savais. Maintenant, c'est mon tour.

— Ce que j'essayais de te dire tout à l'heure, c'est que j'ai découvert quelque chose. Ma grand-mère m'a dit qu'elle m'installait dans une chambre d'amis : que personne y avait jamais habité avant. Mais la commode est pleine de fringues exactement comme celles que portait cette fille.

Tess prend appui du pied sur l'arceau voisin.

— Et tu l'as interrogée là-dessus ?

— Oui. (Je m'éclaircis la gorge.) Elle avait une réponse toute prête – elle a toujours réponse à tout. Sauf que ses explications tiennent pas debout. Je crois que cette fille devait être ma sœur. Peut-être qu'elle vivait à Fairhaven, pendant que moi, je vivais avec ma mère.

Ses yeux s'écarquillent.

— Genre…

Et je vois bien qu'elle essaie de pas le dire. Vraiment. Mais je vais pas y couper.

— … comme Lindsay Lohan dans ce navet, là, *À nous quatre* ?

Seigneur !

— C'est ça. Si c'est ta façon d'interpréter les choses. Mais on a jamais vu personne d'autre à Fairhaven, juste ma grand-mère. Ni toi. Ni les flics, ça c'est clair.

— J'imagine que Véra ne s'est pas montrée très loquace sur la question. (Tess balaie ses cheveux par-dessus son épaule, et une petite brise vient encore accentuer la grâce du geste.) Et ta mère ? Tu pourrais lui demander. Après tout, c'est sa merde à elle aussi.

Même si c'est vrai, ça change rien. Je préfère biaiser au lieu de répondre :

— Il faudrait que je trouve pourquoi elle est partie, je crois.

— À cause de l'incendie, lâche aussitôt Tess, avant de se reprendre en grimaçant. Enfin, du premier incendie.

— Oui, forcément, l'incendie…

Mais ça, c'est juste le point de départ : ça me suffit pas. Heureusement, je crois savoir où trouver le reste.

Anderson a dit à Grann que toutes les notes de son père sur les affaires classées étaient archivées. Ce qui, en conclut Tess quand je lui explique, nous mène tout droit au poste de police. Voilà pourquoi on se retrouve toutes les deux devant la porte de service à essayer de forcer la serrure avec une épingle à nourrice que Tess a trouvée dans l'herbe.

— Je te jure que je vais y arriver, m'assure-t-elle, concentrée. J'ai vu faire ça dans un film, un jour.

J'ai pas vraiment de meilleure idée, mais je recule d'un pas, appuyant la main sur mon ventre pour tenter de calmer mes nausées. J'aime pas ce côté-là chez elle. J'aime pas cette manière qu'elle a de faire comme si ma vie était une palpitante aventure dans laquelle elle vient de s'embarquer. De quoi largement éteindre ces étincelles que je sens pourtant crépiter par moments entre nous. Aussi torride qu'elle soit, jamais mon attirance pour elle ne brûlera assez fort pour me faire oublier ça.

Je m'écarte pour essayer de remettre de l'ordre dans mes idées. C'est à ce moment-là que je m'en rends compte. On est toutes les deux juste à côté du parking. Et il est complètement vide : pas une seule voiture de patrouille en vue. Ni Anderson, ni Connors, ni aucun de leurs petits camarades sont en ville.

— Écoute Tess, ils sont pas là. Pourquoi on rentrerait pas directement par la porte principale ?

Je doute pas une seconde que Tess puisse baratiner n'importe quelle secrétaire de faction à l'accueil pour lui passer sous le nez.

Tess se redresse en levant la main pour se protéger les yeux du soleil. Je l'entends déjà me dire : « C'est moins marrant », si je la regardais avec un peu moins d'impatience.

— D'accord, répond-elle plutôt. Mais ne te montre pas, alors. Au cas où.

Je la suis pour contourner le bâtiment et j'attends à l'angle, pendant qu'elle va jeter un œil par la porte vitrée histoire de voir qui est de service. Le poste a l'air tout aussi imposant aujourd'hui qu'hier, quand je suis descendue de la voiture d'Anderson. Les fenêtres du hall d'entrée sont sombres : les stores ont été tirés. Mais, par la porte, par-dessus la tête de Tess, j'aperçois quand même le desk de l'hôtesse d'accueil derrière une vitre – probablement du verre trempé pare-balles.

— Oh, parfait, se félicite Tess. C'est Judy. Avec elle, ça va être facile.

On se dirige droit sur l'entrée principale. Tess hésite pas à s'y reprendre à deux fois pour pousser complètement la porte qui se bloque à moitié dans le montant. Bien sagement assise derrière le desk, une femme, avec des ongles rouges impeccablement vernis et un casque de cheveux trop bruns pour être naturels, s'énerve sur le col blanc amidonné de son chemisier à fleurs en fronçant les sourcils. Elle lève les yeux quand Tess s'approche, m'abandonnant sur le seuil, juste sous les bourrasques polaires de la clim. J'ignore la chair de poule sur mes bras pour me concentrer sur Tess alors qu'elle se campe en appui sur une jambe, prend une pose déhanchée, et balance ses cheveux par-dessus son épaule.

— Salut, Judy, lance-t-elle à la secrétaire. On fait mine de travailler ?

Judy a un petit rire nerveux.

— On travaille comme à la mine, tu veux dire, réplique-t-elle, avec une nette insistance dans la voix, comme si elle voulait vraiment persuader Tess qu'elle se tue au travail.

Elle doit avoir à peu près l'âge de Mme Miller, ou peut-être un peu plus. C'est difficile à dire, vu d'ici.

— Écoutez, je sais que c'est embêtant, commence Tess.

Et j'ai bien remarqué qu'elle se plaçait entre Judy et moi pour que nos regards ne puissent pas se croiser.

— … Mais j'ai oublié quelque chose, hier, quand je parlais à l'agent Connors. Est-ce que je peux retourner le chercher ?

Le visage de Judy se contracte, comme si elle voulait froncer les sourcils, mais qu'elle était déjà trop crispée pour y arriver.

— Je sais pas, mon chou, répond-elle. Je ne crois pas que je sois censée te laisser y retourner toute seule.

— Si, si, ça ne pose aucun problème.

Je peux pas voir la tête de Tess, mais c'est pas difficile d'imaginer ce sourire charmeur qu'elle adresse à Judy.

— Il a dit que je pouvais juste faire un saut pour jeter un coup d'œil, que ça ne dérangerait personne. (Et puis elle sort son joker.) Il a dit que vous n'aviez qu'à l'appeler, si vous vouliez vérifier.

Judy bat aussitôt en retraite :

— Non, non. Bien sûr que non. Vas-y. Préviens-moi juste quand tu auras fini.

— Génial !

Tess me jette un coup d'œil par-dessus son épaule et hoche discrètement la tête. Je viens me poster à côté d'elle, pile au moment où Judy appuie sur le bouton sous son bureau et que la porte s'ouvre. J'ai pas eu droit à ça, quand Anderson m'a amenée ici après l'incendie. Ça doit être juste quand personne est de service à l'intérieur. Ce qui est plutôt bon signe pour nous.

— Oh ! s'étonne Judy, surprise de me voir. Qui est ta copine ? (Et puis elle ouvre grand les yeux et je sais qu'elle me reconnaît, comme tout le monde dans cette ville.) Tu dois être…

— Elle est là pour les vacances, l'interrompt Tess. Ça ne nous prendra que quelques minutes. (Elle m'attrape par le bras et m'entraîne à l'intérieur avant que Judy ait le temps d'ajouter quoi que ce soit.) Et merci !

Quand on passe devant elle, j'adresse à Judy ma meilleure imitation d'un sourire à la Tess. Vu son regard, ça doit pas être très convaincant.

— Bien, dit Tess une fois la porte de la salle refermée derrière nous. Tu voulais des infos, non ?

Personne de l'autre côté des vitres. Juste quelques tasses en carton abandonnées sur la table de réunion et un tableau blanc sur chevalet placé devant… Avec mon nom écrit au marqueur rouge en travers. Je détourne les yeux.

— Oui.

— On va avoir besoin des archives, alors. Et je ne crois pas qu'on va les trouver ici.

On vérifie quand même, ouvrant ce qui se révèle être un placard à fournitures et fouillant dans tous les bureaux. Dans celui d'Anderson, il y a un dossier avec un « NILSEN » écrit en travers, mal orthographié et barré, et puis encore mon nom sur ce Post-it que j'avais repéré sur le classeur métallique, hier. Mais le dossier est vide et le classeur est fermé à clef.

Je me retourne vers Tess.

— Et maintenant, on fait quoi ?

Elle penche la tête vers l'angle de la pièce où une porte ouverte donne sur des marches.

— Maintenant, direction la cave.

Je la suis dans l'escalier qui s'enfonce de plus en plus profondément sous des néons qui clignotent, laissant ma main traîner le long du mur. On descend que deux étages, mais ça paraît plus, comme si l'été avait disparu d'un coup, pour laisser place au froid et à l'obscurité. Nos pas résonnent quand on atteint le sous-sol et j'ai un moment de panique, morte de peur à l'idée que Judy puisse nous entendre. Que Connors nous attende de l'autre côté de la porte pour nous arrêter.

Je me prépare au pire. Mais la porte au bas de l'escalier s'ouvre devant personne. Elle donne juste sur un couloir qui file tout droit sur quelques mètres avant de bifurquer brusquement. Le lino à carreaux, par terre – d'un vilain turquoise et gris qui devait être blanc à l'origine –, est couvert de taches d'eau et se décolle. Le long du couloir, il y a plusieurs portes de chaque côté, toutes fermées.

— Ce qu'on cherche doit se trouver derrière l'une de ces portes, dit Tess.

Elle prend un côté, moi l'autre, et on tarde pas à trouver celle avec marqué « ARCHIVES » dessus et à essayer de la pousser. Fermée à clef. Forcément qu'elle est fermée à clef. Mais j'arrête Tess quand elle sort sa foutue épingle à nourrice et je fais levier sur la poignée. Une porte aussi vieille, qu'on a pas utilisée depuis si longtemps... Elle va lâcher direct, c'est sûr.

— Tu vas la casser, me prévient Tess.

Ça devrait me freiner. Mais trop d'obstacles se sont déjà dressés sur ma route et, si je peux lever celui-là, si c'est un truc à ma portée et dont je peux me charger toute seule... Tess a baratiné la secrétaire pour nous faire entrer, et elle m'a amenée jusqu'ici, et c'est super, je dis pas le contraire, mais il faut quand même bien que je fasse ma part. Connors et Anderson sauront que c'est moi ? Et alors ? J'ai déjà une tête de coupable idéale, de toute façon. Au moins, cette fois, ils me soupçonneront pour une bonne raison.

Un premier coup d'épaule, un deuxième. J'entends la porte craquer et la rouille de la poignée qui s'écaille sous ma paume. Je m'y accroche pour me pencher en arrière, prendre de l'élan. Je respire un bon coup et balance tout mon poids, pile là où doit se trouver le verrou. Un claquement sec. Une secousse. Le battant bascule. Je chancelle et me cogne le menton contre le montant de la porte.

— OK, lâche Tess, stoïque. J'allais voler les clefs dans le bureau de Connors, mais on peut la jouer aussi comme ça.

Je pique un fard, m'écarte de Tess et tends la main à l'intérieur, le long du montant de la porte, pour allumer la lumière. La pièce est perpendiculaire au couloir, tout en longueur et encombrée de cartons. Des cartons et encore des cartons, des cartons de dossiers et de dépositions empilés jusqu'au plafond. Je pense pas que ce soit la totalité de ce qu'ils ont sur place, mais c'est un bon début.

Je fais un pas à l'intérieur, et puis je m'aventure de plus en plus loin. Les rayonnages se dressent de part et d'autre comme les pieds de maïs de Grann, si proches qu'ils semblent se refermer sur moi. Un monde d'ombres et de poussière avec une centaine de vies dans des boîtes. Des fois, c'est comme si on pouvait le sentir, un passé qui s'envole loin de soi dans toutes les directions, et Phalène n'a été que ça, à chaque seconde. Alors que là, maintenant, c'est presque un soulagement pour moi, parce que *ça*, au moins, c'est palpable. C'est une pièce que je peux ouvrir et fermer.

Les cartons sont étiquetés avec ce qui doit être des numéros de dossier et certains portent aussi des noms et des dates. On dirait qu'ils sont classés à rebours, année par année, reculant dans le temps au fur et à mesure que je me rapproche du mur du fond. Tess me suit, en me lisant les noms qu'elle reconnaît – autrement dit : tous.

Maman m'a eue juste après avoir quitté Phalène. Ce qui veut dire que l'incendie ne peut avoir eu lieu qu'avant 2002. Je vais partir de là et remonter dans le passé jusqu'à ce que je trouve ce que je cherche. Je laisse mon regard dézoomer pour parcourir que les dates. Les boîtes d'archives commencent à se déformer, avec les coins qui s'écrasent, le scotch qui se décolle. L'encre qui dégouline, le carton qui rebique.

Si ça se trouve, c'est pas ici. Si ça se trouve, on a forcé cette porte pour rien. Si ça se trouve, tout ça n'est qu'une erreur monumentale depuis le début.

— Est-ce qu'il y a d'autres salles d'archives comme celle-là quelque part ?

J'espère que Tess va aller vérifier et me laisser gérer toute seule. Je veux pas qu'elle voie à quel point je suis stressée.

— C'est possible.

J'entends le frottement de ses chaussures sur le sol : elle retourne vers la porte.

— Je vais aller regarder.

Dès qu'elle est partie, je laisse ma hantise s'emparer de moi, la laisse me guider, m'expédier jusqu'au fin fond de la pièce. Je m'accroupis devant la plus basse des étagères, pousse la rangée devant moi de côté, les doigts bientôt couverts de poussière. Il y a encore d'autres rangées derrière, écroulées avec des cartons rongés d'humidité et à moitié moisis. Il a dû y avoir une fuite au plafond ici, un truc qui a goutté, s'est accumulé et a fini par sécher. Mais c'est bien les bonnes dates. Ça pourrait être ça.

Je jette un coup d'œil par-dessus mon épaule pour m'assurer que Tess est pas revenue. Je l'entends s'éloigner de plus en plus dans le couloir. Parfait. J'apprécie son aide, vraiment, et je sais que je vais encore en avoir besoin. Mais, ça, je veux le faire toute seule.

Je traîne les cartons sur le sol. L'effort m'arrache un grognement. À peine si je peux déchiffrer l'écriture sur les étiquettes dans la pénombre. Ah voilà ! Sur chaque boîte d'archive, un grand « N » bien visible, alors même que le reste s'est effacé avec le temps. « Nielsen », ça peut être que ça.

Je soulève le couvercle de la première.

Des piles de papiers. Une écriture manuscrite couvre la première feuille. Pas celle de Grann. Je la reconnaîtrais maintenant. Ça doit être les notes sur la première affaire. Je repère un autre Anderson dont le nom apparaît en haut de la page : sans doute le père du mien.

Je parcours les premières lignes et le nom de Maman me saute aux yeux. Mais c'est pas le seul. Le rapport mentionne aussi Véra – je m'y attendais. Et il est aussi question des Miller – sans doute les grands-parents de Tess. Il y a une Katherine aussi. C'est nouveau, ça. Est-ce que ce serait pas Maman ? Peut-être qu'elle a changé de nom et s'est fait appeler Joséphine après avoir quitté Phalène. Elle aura voulu prendre un nouveau départ. Je serais plutôt mal placée pour le lui reprocher.

Je plisse les yeux pour déchiffrer l'écriture et, comme elle devient pas plus nette, je m'assois sur mes talons et lève la feuille vers la lumière, avant de finir par la balancer. Il doit bien y en avoir une copie dactylographiée quelque part, de toute façon.

Je la trouve dans le dossier suivant, celui qui explose, avec des pinces parvenant à peine à retenir d'énormes liasses de documents. La première page est justement la copie du rapport que je viens de lire et je le survole en diagonale, sachant que Tess va revenir d'une seconde à l'autre. C'est pas que je veuille lui cacher des trucs. Elle a le droit de savoir, elle aussi. Mais je veux que ce premier pas dans l'histoire secrète de ma famille, ce soit moi qui le fasse toute seule.

Joséphine et Véra, encore et encore. Donc, Maman était bien elle-même à ce moment-là. Katherine était quelqu'un d'autre. Je continue à lire.

Joséphine et Véra en garde à vue, d'après ces papiers. Retenues pour interrogatoire. Véra déclare avoir vu Katherine mettre le feu. Ne donne aucune autre information quand on la presse de questions. Joséphine Nielsen corrobore le récit de Véra et déclare avoir vu Katherine quitter la maison peu avant minuit, vers l'heure à laquelle le feu serait parti.

Aucun corps retrouvé. Katherine Nielsen présumée disparue. Avis de recherche lancé.

J'ai un moment de sidération. L'onde de choc me secoue de la tête aux pieds.

Katherine *Nielsen* ?

Le document me tombe des mains, atterrit à côté de mon genou. Mais je réagis pas. Katherine. Un prénom que j'ai jamais entendu dans la bouche de personne. Encore un membre de la famille tenu à l'écart, plus loin encore que Grann.

Grann avait une autre fille. La sœur de Maman. Ma tante.

Et, en moi, une petite voix me dit : *Tu le savais déjà. La fille dans le champ, le cadavre que tu as trouvé. Tu savais bien que « sœur » ça ne collait pas. « Cousine » par contre… La fille de Katherine. Essaie ça pour voir.* Mais ça n'empêche pas les questions. Ça n'empêche pas la panique, qui s'étend, de plus en plus forte, qui me colle des fourmis jusque dans les doigts, qui enfle dans ma poitrine.

Je suis habituée à pas savoir ; je suis habituée à construire ma vie autour de vides, autour de portes verrouillées et de questions sans réponse. Mais maintenant ça ! Une réponse que j'ai jamais demandée. Qui pulvérise tous les murs que j'ai dressés, qui déchire chaque souvenir que j'ai gardé, chéri en secret.

— Tiens, tiens, dit une voix provenant de l'autre bout de la pièce.

Je pivote d'un bloc.

— Si je doutais encore que tu sois une Nielsen, maintenant, j'en suis sûr.

QUINZE

— Merde !

L'agent Connors se tient sur le seuil et me regarde en haussant les sourcils. Mon cœur tonne et j'ai du mal à respirer. Je savais que ça pouvait arriver. J'ai fracturé la porte parce que je m'en fichais, en fait. Mais il va quand même pas me virer maintenant ! Pas quand j'ai enfin réussi à trouver les bonnes questions à poser. Qu'est-ce qu'elle est devenue, cette Katherine ? Peut-être que c'est elle qui a abandonné sa fille, et pas ma mère.

— Je...

Je vois pas comment me sortir de là. Avec tous ces documents éparpillés autour de moi, sans compter cette boîte d'archives toujours ouverte.

— Même pas deux jours que tu es en ville et tu t'es mise dans le pétrin autant de fois, commente Connors, en s'avançant vers moi. Je dois m'attendre à voir Tess surgir des coulisses, je suppose ?

Tess. J'avais oublié. Elle doit se trouver quelque part dans les parages. J'espère qu'elle l'a entendu et qu'elle va garder ses distances. Ce serait bête qu'on se fasse pincer toutes les deux.

— Il fallait juste que je vérifie quelque chose.

Je sais, c'est ridicule. Connors trouve aussi, manifestement. Il lâche un gros rire, genre méga éternuement, et vient s'accroupir à côté de moi pour récupérer une des liasses de documents et les feuillette en silence. Par-dessus son épaule, je vois alors Tess jeter un coup d'œil par la porte. Quand elle le repère et se rend compte qu'il lui tourne le dos, elle cherche mon regard et me fait un signe : elle lève la main, croise les doigts et articule, version film muet : « Bonne chance ! » en se dirigeant vers l'escalier sur la pointe des pieds.

Elle va se faufiler par la porte de service, émerger au soleil et tout sera pour elle exactement comme avant. Alors que moi, je me retrouve assise là, au beau milieu d'un tout nouveau champ de ruines. Une cousine, peut-être, et une tante, parties toutes les deux sans que j'aie jamais eu la moindre chance de les connaître. Si Katherine ressemble un tant soit peu à Maman, alors rien pourra la ramener ici. Peut-être que cette fille a ressenti le même manque que moi, ce même besoin vital de savoir. Peut-être qu'elle est venue chercher des réponses et que Grann ne l'a jamais séquestrée, en fin de compte.

— Donc, dit Connors. Nous y revoilà. Cette bonne vieille rengaine.

— Quoi ?

Il parle de ça avec un tel détachement, de ce truc qui me retourne complètement. Parce que ma famille se limite plus à une simple ligne directe de Grann à Maman à moi. Ç'aurait pu être comme sur ces photos à Fairhaven : des branches et des racines, les deux à la fois.

Connors ignore ma surprise et cette flambée de colère que je peux pas éteindre.

— Nous aussi, on a enquêté là-dessus, m'explique-t-il, en commençant à tout bien ranger dans la boîte ouverte. (Calmement, comme si ça posait aucun problème que je sois entrée de force quelque part où j'avais rien à faire.) Évidemment, presque tous les protagonistes de cette époque sont déjà connus de nos services. Nous n'avons pas besoin de toute cette paperasse pour nous rafraîchir la mémoire.

Je me relève en même temps que lui et le regarde remettre soigneusement les boîtes à leur place sur l'étagère.

— Mais un incendie à Fairhaven, dit-il en se tournant vers moi. Et toi. Et cette fille. L'histoire se répète, tu comprends ? Sauf que, cette fois, on a un cadavre.

Cette fois. Moi et cette fille, l'histoire qui se répète parce qu'on est comme Maman et Katherine.

Et tout le monde savait, hein ? Putain !

C'est encore plus dur à encaisser. Tout le monde. Chacun des habitants de cette ville, je parie. Ils savaient, et ils ont dû croire que je savais aussi, parce que pourquoi Grann et ma mère m'auraient-elles caché ça ? Dans quel genre de famille on ferait un truc pareil ? Pas un secret du tout, juste un truc si évident que personne a jamais pensé à le dire tout haut.

La photo manquante sur le mur de Fairhaven. Le « tu es leur portrait tout craché » du type de la pharmacie. *Leur* portrait. À elles. Et, chaque fois, j'ai cru qu'il s'agissait de Grann et Maman. Mais ça voulait dire Maman et quelqu'un d'autre. Je tremble, j'ai la chair de poule et la pièce autour de moi me fait l'effet de ce miroitement de chaleur sur la route, comme un mirage qui va disparaître si j'y regarde de trop près. J'ai déboulé dans cette ville comme un chien dans un jeu de quilles, et je m'en suis même pas rendu compte.

— Je dois y aller, là.

Il faut que je parle à Grann. C'était ça qu'elle protégeait. Pas la sœur que ma mère aurait abandonnée, mais une toute nouvelle branche de la famille. Et il reste encore trop de questions : comment, mais comment c'est possible que personne ait reconnu le corps qu'on a sorti de l'incendie ? Maintenant que j'ai conscience de cette part de vérité, il n'y a aucune raison pour qu'elle me cache le reste.

— Tu dois quoi ? manque de s'étrangler Connors.

On dirait presque que ça l'amuse, pourtant. Et puis je me rappelle où je suis : au poste de police, dans une salle où je suis entrée par effraction, entourée d'archives que je suis absolument pas censée lire.

Je fourre mes mains dans mes poches.

— Désolée.

Connors se cale contre les étagères et croise les bras. Je me souviens qu'hier, c'était lui le plus sympa des deux. Je crois que, si Anderson m'avait trouvée là, je serais déjà en haut, dans la salle de réunion, en train de me faire cuisiner.

— Tu es curieuse, je comprends, dit Connors.

— Je viens de découvrir que ma mère avait une sœur. Alors, peut-être que vous ne comprenez rien du tout, en fait.

— Vraiment ? (Les sourcils de Connors montent d'un cran.) Tu viens de « découvrir » ? Décidément, ta grand-mère cultive l'art du secret, une mauvaise habitude qu'elle semble avoir bien du mal à perdre.

— Elle avait ses raisons.

Je la défends, même si elle est pas là pour me remercier. Ma propre « mauvaise habitude », j'imagine.

— Quelles qu'elles soient, je ne suis pas sûr que ces raisons soient suffisantes. Tout le monde, ici, sait pour les jumelles.

Les jumelles. Rien de nouveau pour lui, mais, moi, ça me fait l'effet d'un flash. Maman et une autre Nielsen, sur le perron de Fairhaven, avec des sourires assortis. Mais bien sûr ! Évidemment que ce sont des jumelles ! Et Maman m'a eue et Katherine l'a eue elle, la fille dans le champ. Une nouvelle génération de filles Nielsen, toutes les deux inconnues à Phalène. Toutes les deux à la recherche de leur famille. Si Grann ne la cachait peut-être pas à Fairhaven, elle cachait bien quand même son existence.

— Il y a plein de choses qui ne collent pas dans cette affaire, poursuit Connors, si on ne sait pas ce qui s'est passé ici. Bon sang ! même si on sait !

— Genre ?

Connors me dévisage. J'essaie de pas lui montrer combien ça me stresse.

Il finit par soupirer et se redresse.

— Comment elle est morte, à ton avis ? me demande-t-il alors. Cette fille ?

Je la revois parfaitement, là-bas, dans ce champ, couchée en boule sur le côté. Et, plus tard, sur le dos, au bord de la route. Y avait pas de sang. Y avait aucune blessure. Elle était plus vivante, c'est tout.

— La fumée, je suppose. Ou un truc comme ça.

Qu'est-ce que ça doit faire de se retrouver piégée, de savoir que t'as aucune chance de t'en tirer ? De sentir la vie te quitter, et de se dire que, même si tu réussis à continuer à respirer, les flammes vont te dévorer ?

— Tu as raison, dit Connors. Et je sais que tu as dit que tu l'avais jamais vue avant.

J'ouvre déjà la bouche, mais il lève la main pour m'arrêter.

— Je te crois. Je te crois. Nous non plus, de toute façon. Alors je pose la question : pourquoi crois-tu que ta grand-mère nous ment ?

Parce qu'elle leur fait pas assez confiance pour dire la vérité. Ça, c'est évident. Mais elle me ment à moi aussi, et j'ai pas envie que ce soit pour les mêmes raisons. Je hausse les épaules, détourne les yeux.

— Cette fille, alors, tente Connors. Commençons par là. Je vais même te faire une faveur et ignorer votre ressemblance, pour l'instant. Sais-tu pourquoi elle aurait pu se trouver là ?

— Elle était juste au mauvais endroit, au mauvais moment.

C'est ce que Grann a dit.

— Eh bien, oui, ça, on ne peut pas dire le contraire, répond Connors en se fendant d'un sourire.

Il la joue relax, tente de me manipuler en me mettant à l'aise. J'ai une pensée pour Maman – un « merci » muet –, parce qu'elle m'a peut-être pas appris grand-chose, mais elle m'a au moins appris ça : à reconnaître la technique et à comprendre le mode d'emploi.

— Mais il se trouve que cet incendie n'était pas un accident, lâche-t-il, comme ça, sans prévenir.

— Comment vous savez ça ?

Son sourire s'évanouit.

— C'est un fait. Parfois difficile à établir, mais il y a des gens qui connaissent les indices qu'il faut rechercher. Et ils les ont trouvés.

D'accord. D'accord, d'accord. Cet incendie était pas un accident. Mais ça veut pas dire que quelqu'un l'a allumé pour la tuer. Doit y avoir une autre explication. Parce que, sinon, je sais pas comment gérer ça, moi, en plus de tout le reste.

— Pourquoi vous me balancez ça ? (Peut-être que c'est pas très malin de chercher la confrontation, là, mais j'ai déjà trop de mal à pas perdre la tête pour, en plus, m'épuiser à pas perdre patience.) J'étais avec Tess. De la seconde où je suis arrivée ici. J'étais même jamais allée à Fairhaven avant hier.

— Du calme. Je n'accuse personne. Je sais que ce n'est pas toi, OK ? Je le sais.

Je pousse un soupir. C'est un vrai soulagement de s'entendre dire qu'on est innocente. Quand on est élevée par une mère comme la mienne, avec toute la culpabilité qu'elle te colle sur les épaules… On supporte ça trop longtemps et on commence à croire que c'est justifié.

Il fait un signe de tête en direction des boîtes d'archives.

— Je te raconte ça parce que rien n'est simple, dans cette affaire, Margot. Véra affirme ne pas connaître cette fille, nie même avoir eu connaissance de son existence. Nous n'avons pas la moindre idée d'où elle peut bien sortir. Mais je suis quasi sûr que quelqu'un a allumé cet incendie sciemment, et que, pour finir, elle en est morte. Et je crois que je commence à voir comment toutes les pièces s'imbriquent. Toutes, sauf une. (Il me regarde droit dans les yeux.) J'ai besoin que tu m'aides pour cette partie-là. Est-ce que je peux te montrer de quoi je parle ?

Je crois pas que je pourrais dire non. Mieux, j'en ai aucune envie. Si ça concerne Grann, ou Maman, il faut que je sois au courant. Quant à savoir si c'est pour pouvoir les protéger ou être la première à les faire tomber, je suis pas trop sûre. Mais j'ai pas besoin de savoir ça maintenant. Pas encore.

— Oui. C'est quoi ?

— La fille.

Juste le temps de reprendre mon souffle.

— Elle est encore là ?

— Évidemment. Le comté de Phalène n'est pas très grand. Tout a lieu au même endroit. (Il fait une petite grimace, prend un air complice.) Ça plombe un peu ton déjeuner, quand tu sais que le médecin légiste autopsie à l'étage du dessous.

Je laisse sa décontraction chasser un peu de cette tension qui leste mes épaules. Pour le moment, tout ce que j'ai à faire, c'est suivre Connors. C'est la seule chose au monde qui existe, et ça, je pratique assidûment : refouler ce qui me dérange jusqu'à ce que je sois vraiment obligée de le ressentir et de le gérer. Ça marche déjà. Katherine recule de plus en plus. Penser à elle me fait pas plus d'effet que d'appuyer sur un vieux bleu presque oublié.

Connors sort des archives vers la droite et je le suis quand il remonte le couloir, tourne à l'angle et pousse une double porte battante qui donne sur un vaste espace ouvert, à peu près de la taille de la grande salle avec les bureaux en haut.

À l'intérieur, les halogènes repeignent le monde en jaune. Un tableau blanc, plein de vieilles traces et tout terni, occupe un angle et une banale reproduction représentant un bouquet de fleurs dans un vase est accrochée, de travers, au-dessus d'un évier en inox. Comme si on avait fait le minimum syndical en matière de déco pour égayer la pièce. Mais qu'est-ce que ça peut bien faire ? Parce que, là, devant, le long du mur qui nous fait face, s'alignent des rangées de caissons métalliques avec des portes rectangulaires hermétiquement fermées : des cercueils en métal empilés.

Ma respiration se bloque. Elle, la fille… elle est quelque part là-dedans.

Ça va aller. J'essaie de me raisonner. *Je l'ai déjà vue. Je peux la revoir. Et puis, cette fois, je sais qui c'est.*

Entre le mur du fond et moi se trouve une longue table en métal argenté avec une rigole qui fait le tour des bords. J'ai beau essayer de me rassurer, ma gorge se contracte à la vue d'un truc qui ressort, là, sur l'inox, un truc mat et noir sur la surface brillante. Qu'est-ce que c'est que ça ? Je crois pas que ce soit du sang.

— Bon. (Ma voix tremble tellement que j'en rougis de honte.) Maintenant que je suis là, allons-y, qu'on en finisse.

Connors contourne la table en inox et le petit plateau latéral qui contient une paire de lunettes-loupes et un scalpel bien propre. Je le suis pas. Il y a un genre de caniveau au milieu de la pièce par terre et j'arrive pas à le quitter des yeux. Cette pièce aveugle, froide et vide… Je pourrais y être. Ça pourrait être moi. Qu'est-ce qu'il y a de si différent entre elle et moi, en fait ?

Je veux pas la voir. C'est subit, intense et d'une force ! Une certitude. Je *peux* pas. Parce que, si je le fais, si y a vraiment aucune différence, qu'est-ce que ça voudra dire ? Je serai qui, moi, alors, si je suis aussi une fille morte ?

— Viens, me dit Connors.

Sa main est posée sur la poignée d'un des caissons empilés dans le mur comme les tiroirs d'une commode. Un porte-documents à pince y est attaché et pend dans le vide, avec ce qui doit être les formulaires réglementaires.

Ça me demande toute mon énergie, épuise jusqu'à mes dernières réserves de volonté, mais je me force à traverser la pièce et à me placer en face de Connors, en laissant entre nous l'espace suffisant pour laisser passer le tiroir. Pourquoi je suis si stressée ? Je l'ai déjà vue. Je l'ai touchée. Mais j'arrive pas à réprimer ces frissons qui me filent la chair de poule.

— Cela dit, normalement, reprend Connors, je ne devrais pas te montrer ça. Et, normalement, tu devrais être restée en haut, au lieu d'entrer par effraction dans notre salle des archives. Alors, on est un peu en dehors des clous, là, je dirais, n'est-ce pas, Margot ?

Je réponds pas.

Il soupire.

— Bon d'accord. Tu es prête ?

Non. Jamais de la vie. Mais j'avale résolument ma salive et carre les épaules.

— OK.

Il serre fermement la poignée et tire. Le plateau à l'intérieur sort avec un bruit de ferraille.

Sur le coup, tout ce que je vois, c'est le drap blanc. Elle est recouverte. *Ouf !* Je peux me raccrocher à ça, au moins. Mais il y a des taches, de ce même noir que sur la table et qui passent à travers le tissu. Ça me retourne l'estomac. Et elles sont juste là où devraient se trouver ses yeux.

— Qu'est-ce que… ?

Mais j'arrive pas à aller plus loin. N'empêche, Connors doit comprendre ce que je veux dire.

— Ses yeux ? Oui, je ne sais pas. La légiste non plus.

Il tend la main vers le bord du drap, mais je le prends de vitesse. Je lui dois bien ça, à elle, au moins. Ma main tremble un peu, mais, heureusement, Connors relève pas quand je soulève le drap pour le rabattre doucement.

Une odeur de fumée envahit l'atmosphère. Je cligne des yeux pour chasser cette vision du feu qui surgit et me concentrer sur ce que je vois vraiment : ses cheveux, sombres, lisses, avec des mèches grises. Pareil que moi, exactement. Et je lutte contre cette folle envie d'enrouler les pointes autour de mon doigt, comme Maman le fait des fois avec moi. J'inspire à fond l'air glacé. Je suis là, ici et maintenant. On est toutes les deux là. Et je suis vivante.

Je tire le drap pour découvrir son visage… le lâche, et recule d'un pas en chancelant. Plus une goutte de salive, un goût de bile dans la bouche, la gorge qui se contracte.

Elle a les yeux ouverts. Mais ils ne sont pas… pas normaux. Putréfiés. Noirs et suintant entre ses cils. Un liquide visqueux et collant. Les taches sur le drap. Les dégoulinures sur la table en inox. Ça vient de là.

— Qu'est-ce qui lui est arrivé ?

J'ai du mal à parler, la voix éraillée.

C'est pas comme ça qu'un corps se décompose. Même, ça fait à peine vingt-quatre heures qu'on l'a trouvée. Et elle a les yeux qui dégoulinent de leurs orbites comme d'épaisses larmes noires. Comment c'est possible ? Le feu ne peut pas avoir provoqué un truc pareil.

— Elle était pas comme ça sur la route.

— Non, reconnaît Connors. Non, elle n'était pas comme ça.

Il récupère le drap là où je l'ai laissé tomber et la recouvre, cachant ses yeux. Comme si ça pouvait m'empêcher de voir ce qui lui est arrivé. Ma respiration est trop rapide. Une sensation de flou gagne peu à peu les limites de mon champ de vision. Mais je peux pas détourner les yeux. Je peux pas. Parce qu'elle sera toujours là quand je le ferai, elle sera là à jamais, avec quelque chose en elle qui pourrit.

— La légiste n'a pas su l'expliquer, commente Connors. Il y a bien des choses qu'elle n'a pas pu expliquer.

Il tire sur le plateau métallique pour le faire sortir presque complètement. Ce corps tout entier entre nous et la main de Connors qui tremble quand il rabat le drap pour découvrir ses jambes. Des pieds pâles, des veines apparentes, délicates. Et, au-dessus, descendant le long de son mollet gauche, de fines lignes blanches comme une dentelle de cicatrices. Elles forment un drôle de motif, fait de spirales entrelacées qui ressortent sur le rouge luisant de la peau brûlée.

C'est à cet endroit-là que le feu l'a rattrapée. Le seul endroit où il a réussi à la toucher. Quand Elie l'a sortie du champ, cette étincelle sur sa robe. Le tissu a pris feu, brûlant sa peau.

Ses yeux, ces marques. Ce n'est pas comme ça qu'un corps réagit. Pas un corps comme le mien, en tout cas, ni celui de personne. Mais je ne sais pas ce que ça veut dire. Ni ce que je suis censée faire.

— Tu as déjà vu ça sur quelqu'un ? me demande Connors.

Comme si la réponse logique devait être « oui », comme si je devais être capable d'expliquer un truc pareil. Comme si je m'étais déjà penchée au-dessus d'un cadavre avant pour trouver les ressemblances entre son visage et le mien.

— Bien sûr que non ! Et vous ?

Il secoue la tête, mais reste comme ça, sans bouger. Et je ne peux plus supporter ça une seconde de plus.

— Vous pouvez pas... S'il vous plaît, vous ne pourriez pas la... l'enlever ?

Il réagit pas tout de suite, laisse un temps mort, atroce et infini, avant de repousser le plateau métallique dans son caisson et de fermer la porte. Le pêne claque et je laisse échapper un soupir.

— Peut-être que toi non, dit-il. Mais je crois que ta grand-mère pourrait avoir son idée sur la question.

Alors ça, ça m'achève. Et, cette fois, je préfère encore fermer les yeux.

— Je sais pas ce que vous voulez que je vous dise. (Et j'ajoute, parce que c'est la seule façon que je connais de demander à quelqu'un de me lâcher :) Je sais pas ce que vous attendez de moi.

— Tu as lu ces rapports, répond Connors. Ta grand-mère a dit que Katherine avait fugué. Mais elle ne s'est jamais lancée à sa recherche. Pourquoi ? Qu'est-ce qu'elle sait que nous ne savons pas ? (Il s'appuie contre le mur, les mains dans les poches, avec la poignée du caisson qui lui rentre dans le bras, repoussant le porte-bloc qui y est accroché sur le côté.) Je suis prêt à parier que Véra en sait plus qu'elle ne veut bien le dire. Et elle ne me parlera pas. En revanche, elle pourrait te parler, à toi.

Mais je fixe le porte-bloc, je me focalise sur les mots que je parviens à lire sur le rapport, et plus sur l'idée qu'il ne va pas bouger, qu'il ne veut pas me laisser sortir d'ici, me relâcher dehors dans cette chaleur infernale.

« Pathologies notables : position du cœur inversée, sans conséquence déterminante. Amphétamines : non détectées. Barbituriques : non détectés. Composés chimiques : détectés, analyse en cours. »

— Margot ?

J'inspire à fond, me force à tourner les yeux vers lui. Oui, y a un truc qui cloche chez Grann. Y a un truc qui cloche dans toute ma famille. N'empêche : ce qu'elles cachent, c'est à moi de le découvrir. À moi et à personne d'autre.

— Demandez-lui vous-même. Si vous pensez qu'elle a quelque chose à voir dans l'histoire, alors…

— Mais nous l'avons interrogée, me coupe Connors. (Ça commence à l'énerver et il entend bien me le faire savoir.) Nous avons encore essayé ce matin. Ça fait des années qu'on essaie. Depuis la disparition de Katherine. On avait même un mandat, à l'époque. On a retourné la baraque de la cave au grenier. C'est comme ça que je sais qu'une perquisition ne me révélera jamais que ce que Véra veut bien me montrer. J'ai besoin de toi. Je n'arriverai à rien dans cette affaire sans ton aide. Et tu as besoin de la mienne aussi, ajoute-t-il quand il voit que je ne réagis pas. Entrée par effraction ? Violation de propriété ? Ce genre de petite chose pourrait conduire une fille comme toi tout droit à la prison pour mineurs.

Mais on peut passer l'éponge. Comme je te l'ai déjà dit, je comprends : tu voulais savoir. Mais moi aussi.

Pendant deux trois minutes, on reste à se regarder en silence. Je sais qu'il a raison. Mais il peut toujours attendre. « Rien que toi et moi. » C'est ce que Maman dit tout le temps. D'accord, elle est pas là. Mais Grann, si. Et quels qu'ils soient, les secrets de Grann me regardent. Moi, pas lui.

— Je peux pas. J'aimerais bien vous aider. Ce n'est pas comme si je voulais pas les mêmes réponses que vous.

— Tu ne le veux pas tant que ça, j'imagine, me rétorque Connors.

Je rougis, submergée de culpabilité. Je la sens se loger au creux de mon ventre, comme une braise, cuisante. Mais ça suffit pas à me faire changer d'avis.

C'est après ça qu'on s'en va. Connors marche devant moi, la mine grave. Il a l'air déçu quand il me tient la porte. Mais ça va. C'est fini. Circulez, y a rien d'autre à voir. Juste le souvenir des yeux de cette fille qui se tapit derrière les miens. L'éclat luisant des tiroirs en inox, avec le sien dans le tas. *Mères et filles.* Sa voix qui murmure dans ma tête. Mères et filles, et moi.

SEIZE

Connors pousse pas l'interrogatoire plus loin. Il me dit que je peux rester au poste, si c'est ce que je veux. Il dit qu'il peut aussi essayer d'appeler ma mère. Mais je dis non. Je lui dis de me ramener à Fairhaven.

Il me conduit à sa voiture de patrouille, me fait monter à l'avant – à contrecœur, ça se voit rien qu'à sa tête. Je me sens bizarre. C'est comme si je fondais. Quand on passe devant la terre brûlée, la preuve de l'incendie, je voudrais détourner la tête, mais je peux même pas cligner des yeux. À chaque centimètre qui nous rapproche de Fairhaven, Katherine remonte un peu plus à la surface. Plus on avance, plus elle force sur le verrou de la porte derrière laquelle je l'ai enfermée. On s'est pas encore engagés dans l'allée que j'ai déjà envie de gerber.

— Pose-lui la question, insiste une dernière fois Connors, en serrant le frein à main. Tu es la seule à qui elle parlera.

— Oui, oui.

Mais je suis déjà à moitié sortie de la voiture, et on sait aussi bien l'un que l'autre que j'en pense pas un mot. J'ai des questions à lui poser à Grann, ça oui. Mais, en admettant que j'en obtienne, ses réponses, je les garderai pour moi.

J'attends que Connors ait remonté l'allée avant de franchir le seuil, pour être sûre qu'il est bien parti. La porte n'est pas verrouillée et je plonge direct dans l'ombre fraîche de l'entrée. C'est encore plus difficile de pas craquer, maintenant que je suis ici. Là où ma mère et sa sœur ont grandi. Chacune de ces pièces, chaque souffle d'air… Tout ça, c'était à elles avant. Aux filles. Aux jumelles.

Bon d'accord, Grann me cache des trucs. Mais il doit bien y avoir une raison. C'est ce que je me dis, du moins. Pitié, faites qu'elle ait une bonne raison !

— Grann ? (J'ai la voix enrouée, rauque. Comme si mon corps savait ce que ça me coûte, même si je fais tout ce que je peux pour tenir la douleur en respect.) Hello ?

— Je suis en haut !

Ça vient du premier. Je me laisse guider. Une marche après l'autre, la main traînant sur la rampe. Je suis éveillée, je sais que je suis éveillée, mais c'est pas l'effet que ça fait. Je pourrais tout aussi bien être encore dans cette salle blanche, au poste, avec le cadavre de cette fille devant moi, avec ses yeux liquides et noirs qui dégoulinent…

Personne sur le palier, aucun signe de Grann. Vieux souvenir de cour de récré, je me lance dans un genre de colin-maillard improvisé :

— Marco !

Et je l'entends glousser avant de répondre :

— Polo !

Elle se trouve dans l'une des chambres du couloir de droite, à l'opposé de celui qui mène à la mienne. Je m'approche de la seule porte ouverte. J'ai le cœur qui joue aux montagnes russes, le souffle court. Au moment d'entrer, j'hésite. Il faut que je me calme. Si je pars dans tous les sens, Grann risque de se fermer comme une huître.

D'où je suis, je peux voir qu'une petite partie de la pièce, mais ça ressemble beaucoup à l'image que je me faisais de la chambre de ma grand-mère. Un couvre-lit à fleurs tendu au cordeau sur un vieux matelas cabossé et une commode bien alignée contre le mur.

Je frappe à petits coups discrets.

— Je peux entrer ?

Ça va lui plaire, ça, je pense.

— Bien sûr.

Quand je pénètre dans la chambre, Grann est assise devant une coiffeuse placée contre le mur d'en face. Une boîte de pansements posée près d'elle, elle recouvre avec soin une ampoule au creux de sa main. Sur le moment, je dis rien. Je me contente de la regarder faire, d'observer le reflet de son visage parfaitement calme dans le miroir. Elle sait pour les jumelles. Elle sait pour la fille. Là, à l'instant même. Elle sait qu'elle me cache tous ces secrets et elle en a rien à faire. Aucune culpabilité, rien de rien.

— Tu t'es bien amusée avec Thérésa ? me demande-t-elle, sans même lever les yeux. (Oh ! elle a beau faire semblant, elle l'a mauvaise que je sois partie de chez les Miller sans elle. Son ton, trop détaché, ne trompe pas.) Tu rentres tôt.

Je m'avance dans la pièce, avec le plancher qui grince à chaque pas.

— J'ai appris quelque chose.

Grann croise mon regard dans la glace.

— Serait-ce quelque chose qui a trait à la bonne éducation, par hasard ?

— Non.

Elle se retourne pour me faire face, soutenant sa main blessée dans le creux de sa paume.

— Et donc ?

Ça fait mal rien que de la voir, de voir ce visage qu'elle a légué à ses filles. Mais je me force à rester stoïque. Combien de femmes sont passées dans cette chambre ? Combien de ces fantômes qu'elle m'a cachés ?

— Dis ce que tu as à dire, Margot, m'ordonne-t-elle, quand je réagis pas assez vite. Réserve ces stupides airs énigmatiques à d'autres. Ne tourne pas autour du pot.

La colère m'embrase alors comme une torche, brûlante, dévorante. Je la réprimais depuis le poste. Et je sais qu'une partie revient à ma mère, c'est vrai. Mais, là, tout de suite, elle est pas là. Grann, si.

— Elles étaient deux. (Je fais un pas de plus pour obliger Grann à lever les yeux vers moi.) Maman et Katherine. Des jumelles.

Je pourrais en dire tellement plus : « Moi et cette fille, ma cousine peut-être, et tu m'as menti, t'as pas arrêté de mentir ! » Ça me soulagerait. Mais ça me permettrait pas d'obtenir ce que je veux. Il faut que j'y aille doucement. Petit à petit. Une réponse à la fois.

Je peux pratiquement la voir calculer combien elle est prête à me céder. Décider si elle peut encore biaiser ou pas. Elle doit se rendre compte qu'elle peut pas. Parce que, après avoir pris une profonde inspiration, elle déballe tout :

— Oui. Ta mère et sa sœur. Jo et Katherine.

C'est comme le premier souffle du ventilateur un jour de canicule, comme entrouvrir la fenêtre dans l'appart à Calhoun, quand Maman est pas là et qu'elle le saura pas. Pas vraiment le nirvana, mais ça fait du bien quand même.

Il est temps de passer à la suite.

— Je sais que tu as dit à la police que Katherine avait fait une fugue. Mais je sais aussi que t'es jamais partie à sa recherche. (Je sens mon énergie s'épuiser. C'est trop.) Tu dois savoir où elle est, Grann. C'est pas possible autrement.

— Nulle part, répond-elle, avec une telle douceur… (C'est pire que si elle avait hurlé.) Je suis navrée de devoir te l'annoncer. Vraiment navrée. Mais elle est morte, Margot. Et ça fait bien longtemps, déjà.

Je me préparais à une déception. Que Grann relègue Katherine au rang d'impénétrable mystère et s'arrête là. Mais ça ? Ça me fait comme si je me noyais. Comme si c'était la fin de tout.

— Non. C'est pas… Tu as dit à la police…

— Certes, concède-t-elle. Mais ce n'était pas la vérité. Elle est morte dans cet incendie. Juste avant que ta mère ne quitte la maison.

L'incendie du verger. Maman a dit que c'était Katherine qui l'avait allumé, et Grann a dit qu'elle s'était enfuie. Je ne vois pas comment ça pourrait coller. Vraiment pas.

— Pourquoi tu leur as menti ?

— Ils n'auraient jamais pu comprendre. (Elle sourit, tend la main vers moi.) Pas comme toi. Parce que je sais que tu comprendras.

— Ben non, je comprends pas. Et je te crois pas, en plus.

Un éclat de pure exaspération passe sur son visage, si violent que j'en reste saisie. Sa main retombe.

— Que tu me croies ou non, me rétorque-t-elle sèchement, ça ne ramènera pas Katherine.

— La ramener d'où ? Où est son corps ?

Prouve-le ! C'est la devise des Nielsen, après tout. Tu souffres ? Prouve-le. Tu mérites mieux ? Prouve-le.

Cette fois, je la lâche pas :

— Si elle est vraiment morte dans cet incendie, pourquoi ils l'ont pas retrouvée ?

— Ces questions-là, me répond Grann en se levant, c'est à ta mère qu'il faut les poser.

Non. Non, j'en ai marre que tout le monde me fasse passer de l'un à l'autre comme une patate chaude.

— Pourquoi ? Katherine, c'est ta fille.

— Oui, me rétorque Grann d'une voix tranchante, elle était, effectivement, ma fille. Et elle est morte. Et je ne peux pas dire que parler de ce sujet soit très plaisant pour moi. Alors peut-être que nous pourrions faire preuve d'un minimum de compassion l'une envers l'autre et en changer.

J'aimerais bien que le problème soit un manque de compassion. Mais il y a trop de choses qui clochent, là. Trop de choses que j'ai besoin de savoir.

— S'il te plaît, Grann, tu peux pas me laisser comme ça.

Elle expire lentement, ferme les yeux un long moment.

— Soit, finit-elle par soupirer, quand elle me regarde de nouveau. Je peux te montrer leur chambre, au moins.

Elle est tout au bout du couloir, derrière une porte avec une poignée argentée. Grann a apporté la clef qu'elle a prise dans sa chambre, et je recule pendant qu'elle la fait tourner dans la serrure. Elle pousse la porte. Sa main s'attarde sur la poignée.

— Veux-tu que je te laisse ? me demande-t-elle. Si tu préfères être seule…

— Non. (Au ton de ma voix, on dirait que j'ai dû m'arracher le mot de la gorge.) S'il te plaît.

J'ai besoin que quelqu'un soit là pour la voir avec moi. J'ai besoin d'un témoin pour être sûre que je ne rêve pas.

À l'intérieur, maintenant. Avec mon cœur qui cogne à mes tympans. Tous les bruits du monde réduits à cette seule pulsation.

Les lits, c'est la première chose que je remarque. Deux lits étroits et faits au carré. Des lits jumeaux. Avec des têtes de lit assorties – en fer forgé, comme la mienne, mais en noir au lieu de blanc – et le même dessus-de-lit. À rayures jaunes et blanches, avec une poignée de fleurs en haut.

Une grande fenêtre les sépare, laissant entrer la lumière de l'après-midi. Elle est pas orientée vers chez les Miller, mais donne de l'autre côté, sur la route. Une grande table de nuit lui fait face avec deux tiroirs. Et pas un grain de poussière. Deux placards. Deux coiffeuses, avec des miroirs sans la moindre trace, éclatants de soleil. Tout coordonné, tout impeccable. Parfait.

— C'était lequel, le côté de ma mère ?

Grann s'éclaircit la gorge.

— Le croiras-tu ? Je ne m'en souviens plus.

Je me mets alors à rire. Trop fort, trop longtemps, mais je peux pas m'en empêcher. Elle s'en souvient plus ! Ou elle s'en souvient et elle ment, et c'est tout aussi pathétique.

— Margot, dit Grann, tu as peut-être pris un peu trop le soleil.

À l'entendre, on pourrait penser qu'elle est inquiète. On pourrait penser qu'elle est sincère. Mais si elle s'imagine que je vais prendre tout ce qu'elle raconte, maintenant, pour argent comptant, elle rêve.

Je m'accroupis devant la table de nuit. Deux lits, un tiroir pour chacune. Je tire sur celui de gauche pour l'ouvrir, mais ne trouve qu'un ticket de caisse froissé et une paire de lunettes de soleil en plastique rouge.

Je vois mal Maman avec ça sur le nez. J'arrive pas à me la représenter assez jeune pour ça, assez exubérante. Peut-être que c'était le côté de Katherine.

Et puis j'ouvre l'autre tiroir. C'est là que je la trouve. Une bible. La même couverture blanche, les mêmes lettres dorées en relief. Exactement comme celle de Maman.

Je sais ce que je vais voir en ouvrant la première page. Mais je l'ouvre quand même. Avec les mains qui tremblent et un nœud dans la gorge. Et ça rate pas.

Pour ma fille en son douzième anniversaire.
Avec tout mon amour, ta mère, 8/11/95

Pas de verset sur une coupe, ni sur ce que Dieu veut. J'en sais pas assez sur ce que ça signifie pour comprendre la raison de cette omission. Mais c'est la même écriture. La même date d'anniversaire. Tout exactement pareil.

Un sanglot me déchire la poitrine. Je ferme la bible, l'envoie valser et me laisse retomber accroupie sur les talons. Joséphine et Katherine. Sœurs et jumelles, une des deux ma mère, et ici, la chambre où elles ont vécu.

C'est ici qu'elles ont dormi, ici qu'elles ont grandi. Le premier, le plus cher secret de ma mère. Celui de Grann.

— Ça va aller, dit-elle derrière moi.

Avec une telle douceur que ça me calme, même si j'essaie de l'ignorer. *Elle m'a menti.* C'est ce que je me dis, et je me raccroche à cette idée parce que je porte la colère comme une armure, c'est comme ça que je vais m'en tirer.

— Non, ça ne va pas aller.

Je prends appui sur le lit le plus proche pour me relever, chancelante. Quand je me retourne, Grann est toujours sur le seuil de la chambre, les bras croisés.

— Je te l'aurais dit, m'assure-t-elle, toujours de cette voix si douce qu'elle flotte dans les airs comme des grains de poussière, dorés et volatiles. Mais c'était à ta mère de le faire. Et elle a dit qu'elle ne l'avait pas fait. Qu'elle ne voulait pas que tu le saches. (Elle s'avance dans la pièce.) Et puis, de toute façon, ça n'a pas grande importance, si ?

J'en reste bouche bée.

— Quoi ?

Les yeux de Grann lâchent pas les miens, et, sur le moment, c'est Maman que je vois. C'est tellement frappant. Cette même détermination inflexible, si dure que je pourrais me jeter dessus pendant cent ans sans jamais réussir à rien, sinon à me briser les os.

Maman l'a retournée contre elle, s'en est servi pour verrouiller toutes les portes. Grann est pas vraiment comme ça, mais je la retrouve quand même en elle. J'en éprouve un manque si cruel que j'ai peur qu'il ne soit jamais comblé. Maman. Je l'aime, je l'aime tant, parce que, des fois, elle est à moi.

— Tu n'étais même pas née quand Katherine est morte, dit maintenant Grann, avec une main qui semble vouloir se tendre dans ma direction. (Chaque fois qu'elle le répète, ça semble un peu plus vrai.) C'était fini, tout ça, bien avant que tu ne viennes ici. (Un sourire, chaleureux et ouvert.) Qu'est-ce que ça peut faire, maintenant, Mini ? Ce n'est pas grave.

Je m'en étrangle.

— Bien sûr que si c'est grave ! Putain, Grann !

— Ce n'est pas une raison pour utiliser ce langage ! s'offusque-t-elle.

Mais j'en ai marre, là. Et c'est pas d'elle que j'ai besoin, de toute façon.

Mon objectif me pousse en avant, alors même que mon corps tout entier menace de s'écrouler. Grann m'interpelle, quand je passe devant elle et descends le couloir pour retourner sur le palier. Je m'arrête deux secondes, me cramponne à la rampe pour tenter de reprendre mon souffle. Mais j'ai des poumons de plomb, la même impression que j'ai eue pendant l'incendie, quand la fumée s'épaississait de plus en plus. L'étau se desserrera pas tant que j'aurai pas eu Maman.

La ligne fixe est dans la cuisine. Je dévale l'escalier et les appels de Grann me poursuivent comme un écho. Je sais pas ce qu'elle dit et je m'en fiche. Maman. Il faut que je parle à Maman. Que je crie, que je pleure ou je sais pas quoi, mais j'ai besoin d'entendre sa voix, besoin de lui faire entendre la mienne.

Le téléphone manque m'échapper des mains quand je l'attrape. J'ai les paumes trop moites, les doigts trop impatients et je me trompe de numéro deux fois de suite. Mais, bientôt, la sonnerie retentit et j'ai le combiné collé à l'oreille. Et ça sonne, et ça sonne, et ça n'en finit pas de sonner. Grann s'encadre dans la porte pendant que j'attends une réponse, et elle a cet air tellement apitoyé que je peux pas le supporter une seconde de plus. Je pousse la contre-porte pour sortir sur la terrasse à l'arrière de la maison. Elle me suit pas.

Ça sonne toujours. L'après-midi s'étend comme une couche de beurre entre la maison des Miller, au loin, et celle de Grann. Si j'étais Tess, rien de tout ça m'arriverait. Si je vivais sa vie.

Mais je vis la mienne.

Un déclic sur la ligne et mon cœur fait un bond. Mais Maman décroche pas. Je crois pas que je m'attendais vraiment à ce qu'elle le fasse. J'ai droit à sa boîte vocale, et, rien que d'entendre le son de sa voix, c'est comme un coup de poing à l'estomac.

— Désolée, dit-elle. C'est Jo. Laissez un message.

« Désolée ». Forcément, elle commence par « désolée ». Elle demande pardon à tout le monde, sauf à moi.

Le bip résonne plus vite que prévu et je suis prise au dépourvu.

— Salut ! (Je me sens tout de suite carrément idiote. J'inspire à fond et grimace en sentant ma respiration se bloquer. Je veux pas qu'elle pense que j'ai pleuré. Surtout que c'est pas vrai.) C'est moi. (Non mais, c'est trop injuste d'avoir à lui dire ça, d'avoir à lui rappeler qu'elle a une fille. D'un coup, ça met le feu aux poudres. C'est toujours comme ça avec moi : ça reste bien gentiment roulé en boule dans ma poitrine, jusqu'à la plus infime étincelle, et la mèche s'allume. Je suis partie, oui, je sais, c'est moi qui suis partie, mais elle est où ? Où est l'inquiétude d'une mère ? Pourquoi elle a pas cherché à me retrouver ?) Margot. Ta fille. Celle que tu as laissée juste s'évaporer dans la nature il y a deux jours. Ça te dit quelque chose ?

Et puis ça s'éteint aussi vite que ça s'est embrasé. Je suis trop fatiguée. Trop triste. Trop profondément ensevelie sous tous ces trucs qu'elle m'a cachés.

— J'appelle parce que je suis à Fairhaven et que j'ai tout découvert, Maman. Sur Katherine. Pourquoi tu m'as rien dit là-dessus ? Sur elle ? Pourquoi tu voudrais que je connaisse pas ma propre famille ? (Je renverse la tête en arrière, fixe le regard sur le plafonnier et sens une larme couler sur mon front à la limite de mes cheveux.) Je comprends pas pourquoi tu m'as caché ça. Tu me détestes tant que ça ? Tu veux vraiment me punir à ce point-là ?

Je connais déjà sa réponse : « Tout ne tourne pas toujours autour de toi. Pas même ça. »

Tout est dit. Je raccroche. Et je reste un long moment à attendre sur la terrasse. Que mon cœur ralentisse. Que tout ça ait un sens. Que ça fasse moins mal. Mais j'attends pour rien.

DIX-SEPT

Quand je rentre, Grann est dans la cuisine, le visage noyé dans des nuages de vapeur. Penchée au-dessus d'unc casserole d'eau bouillante sur la cuisinière, elle prépare le dîner. Des pommes de terre avec un genre de ragoût. J'en ai l'estomac retourné rien que d'y penser.

Je me retrouve devant la chambre des jumelles sans savoir comment. Une partie de moi, convaincue que je veux plus jamais la voir ; l'autre, si désespérément avide du moindre indice sur ma mère et sur sa vie ici que je pourrais me coucher dans son lit pour plus jamais en bouger.

J'ouvre la porte avec précaution. Il fait sombre à l'intérieur. Le soleil est trop bas, maintenant, pour réussir à pénétrer dans la pièce. Tant mieux. C'est moins difficile pour moi de franchir le pas. Le plancher grince. Grann m'entend, c'est certain. Je suis sûre qu'elle sait où je suis.

Je m'assois prudemment sur le lit de Maman. Elle dort toujours sur le côté gauche, ce qui fait que, dans cette chambre, elle était tournée vers sa sœur. La bible, la bible de Katherine, est posée sur le lit de Katherine. Je tends le bras entre les deux lits pour en effleurer la couverture du bout des doigts. Vivante ou morte ? Comment savoir ? Grann a menti je sais pas combien de fois à la police et m'a menti tout autant à moi.

Le truc, c'est qu'il faut bien que je croie quelqu'un. Il faut que je choisisse une explication et décide que c'est la vérité. Parce que rester assise là, à me noyer dans le doute et l'indécision, ça va pas m'avancer beaucoup. C'était un vrai chagrin de mère éplorée, quand Grann m'a demandé de laisser tomber. Un vrai deuil pour une vraie mort. Connors lui-même semble croire que Katherine est morte.

Il croit pas que ça s'arrête là, par contre. Et moi non plus. Et il existe bien quelqu'un qui pourrait m'en dire plus là-dessus : Katherine. Après tout, Maman a bien conservé des preuves de son ancienne vie dans sa bible. Je me demande ce que Katherine a caché dans la sienne...

Je pose le bouquin sur mes genoux. Quand je l'ouvre, de la poussière s'élève de la couverture et le dos de la reliure manque de se casser en deux. Elle a été choyée, celle-là. Rien à voir avec celle de Maman. Je passe la dédicace de Grann et tourne les pages une à une, avec leur tranche dorée qui glisse sous mes doigts. Il y a des gribouillis dans les marges de certaines pages, exactement comme dans celle de Maman. Grann a dû leur faire prendre des cours de catéchisme ou leur faire étudier la Bible elle-même.

Je suis dans le livre de l'Exode, quand je trouve la première. Coincée entre deux lignes des Saintes Écritures, si petite que je peux à peine la lire dans la pénombre.

Je tâtonne sur la table de nuit pour trouver l'interrupteur de la lampe de chevet. Quand elle s'allume, une poignée de grains de poussière s'élève dans les airs, planant deux secondes avant de retomber sur l'abat-jour.

tu crois qu'on pourrait demander aux romains de crucifier maman pendant qu'ils y sont

À côté, écrit avec un autre stylo, il y a un genre de minuscule smiley avec des X pour les yeux. Je retiens un fou rire. Je vois ça d'ici : Maman et Katherine assises sur la terrasse, avec Grann qui marche de long en large devant elles pendant qu'elle leur fait un cours de caté. Katherine griffonnant un message à sa sœur et Maman tendant la main pour dessiner sa réponse, pendant que Grann a le dos tourné.

Une vraie famille, soudée de chez soudée.

Ça doit pas s'arrêter là. Il doit y en avoir d'autres comme ça, de ces petits échanges, de ces bribes du passé que je peux m'approprier. Je tourne encore une page, et puis une autre, et encore une autre, en pensant : *Pourvu, pourvu, pourvu. Juste une phrase. Allez, trois mots.*

Mais j'obtiens bien plus que ça. À environ un tiers du bouquin, griffonné à l'encre bleue entre les lignes, au beau milieu de passages sur des villes en feu. Katherine parle. À quelqu'un, à Dieu, à elle-même. Et je les écarte tous de mon chemin. Parce que c'est à moi que Katherine parle. À moi toute seule.

ça me revient maintenant et c'est bizarre parce que je me dis que si c'était si important que ça j'aurais pas eu tant de mal à m'en souvenir mais j'étais assise là en cours de caté (d'où la bible) et maman déblatérait à n'en plus finir et je regardais par la fenêtre je regardais le verger et j'avais faim tellement tellement faim que je me demandais comment elles n'entendaient pas mon ventre qui faisait un boucan de malade mais je regardais les abricotiers et je me rappelais elle et moi là-bas toutes les deux

on devait avoir quatre ou cinq ans ? ou six ? je suis pas très douée pour les âges et tout ça mais on savait parler et marcher alors c'est quel âge ça ?

on allait au verger et ça devait être après l'office parce qu'on portait ces robes que maman nous collait toujours sur le dos (et elle le fait encore, regarde-toi dans la glace, voyons) et elle marchait devant moi parce qu'elle passe toujours en premier même si je suis la plus vieille théoriquement

elle adore cet endroit et je comprends non vraiment parce que c'est pas la maison et c'est pas rien ça déjà et maman y va plus ce qui compte encore plus mais je me rappelle juste que ça me faisait

je sais pas

elle a grimpé dans cet arbre c'est ça le plus important dans l'histoire elle est montée dans cet arbre et je l'ai suivie et je me souviens que je lui ai demandé de redescendre parce qu'on marchait et on parlait d'accord mais on n'était pas bien grandes

mais elle s'en fichait et je me souviens plus vraiment entre les deux juste de me cramponner aux branches pour essayer de la suivre et de cet air qu'elle avait quand elle m'a poussée

c'est comme ça que je me suis cassé le bras

maman a toujours dit que c'était un accident à la ferme ce qui était vrai techniquement je suppose mais je regarde ma sœur et elle me regarde et je vois bien la tête qu'elle fait genre « dégage, dégage de là, ici c'est chez moi » et elle la fait pas maintenant parce qu'elle est en train de lire dans son lit la vallée des poupées et moi dans le mien « à lire ma bible et à écrire mes pensées sur jésus parce que j'ai tellement de pensées sur jésus si si tellement »

maman doit bien savoir que c'est comme ça que ça s'est passé elle doit bien le savoir mais je suis pas censée le savoir moi et je crois pas que mini non plus mais je me demande si elle s'en souvient et je devrais pas lui poser la question

je ne lui poserai pas la question

ne lui pose PAS la question

elle tirera encore cette tête parce qu'on est peut-être trop grandes pour aller dans le verger pour échapper à maman (je regrette qu'on le fasse plus) mais pas assez pour que mini ne veuille plus m'arracher les yeux de temps en temps alors <u>ne lui pose pas la question</u>

si elle s'en souvient qu'elle le garde pour elle

Je lève les yeux de la page, regarde dans le noir, par-dessus le lit de Katherine, mes yeux dans son miroir poussiéreux. Mini… Grann dit que c'est un surnom qu'elle donnait à ma mère. Donc c'est elle. C'est Joséphine. Et elle s'en est prise à sa propre sœur.

Elle était petite quand c'est arrivé, si les souvenirs de Katherine sont bons. Et je suis sûre que c'était un accident. Après tout, Katherine semble pas avoir peur d'elle. Au contraire, elle a l'air gaie et dégourdie, et toutes ces autres qualités que je pourrais presque voir chez ma mère, si elles n'étaient pas cachées là où je ne suis pas censée regarder.

La note suivante, si je peux appeler ça comme ça, se trouve sur la page opposée et court à la verticale dans les marges. Tout ce qu'elle dit, c'est :

bonjour mini a ronflé si fort que je suis réveillée depuis cinq heures et demie et je vais lui mettre du sel dans ses céréales pour me venger et si j'en meurs j'en meurs

Des sœurs. Juste des sœurs normales.

Mais je continue à tourner les pages. Je continue à chercher. Parce qu'il y a un côté de Maman, dans les notes de Katherine, que je reconnais. Est-ce qu'elle a toujours été comme ça ? Toujours sur la défensive, toujours à empêcher les gens d'approcher de ce qu'elle pense être à elle ? Katherine peut me le dire.

Il faut que je tourne toutes les pages jusqu'au Nouveau Testament pour retrouver l'écriture de Katherine. Au crayon, cette fois, et plus difficile à lire, plongeant et remontant alternativement entre les lignes d'un passage sur la charité.

on a passé les radios aujourd'hui et les miennes étaient normales, mais ils ont longtemps parlé de celles de mini parce que je suppose qu'elles étaient bizarres (oh super encore un truc qui va améliorer notre réputation : « pour être bizarres, elles sont bizarres, les filles Nielsen », à croire que tout le monde en ville s'est passé le mot) (ça aiderait sans doute si maman ne continuait pas à nous cloîtrer presque tout le temps et à nous habiller comme des poupées de collection d'une autre planète)

le dr howland lui a fait un croquis des siennes pour qu'elle puisse les emporter parce qu'il ne pouvait pas vraiment lui donner tous ces énormes trucs sur l'écran lumineux mais elle n'arrivait même pas à le regarder, ce croquis

elle l'a jeté alors je l'ai récupéré dans la poubelle et je l'ai collé ici parce que je crois qu'un jour elle voudra le voir et j'aimerais bien pouvoir lui dire que c'est pas grave que ça ne fait aucune différence entre nous mais elle ne veut rien entendre

elle m'a fait coucher dans la chambre d'ami cette nuit et c'est pas juste parce que c'est pas ma faute alors pourquoi elle me punit

quand j'ai voulu lui parler elle n'arrêtait pas de répéter « maintenant on n'est plus pareilles maintenant on n'est plus pareilles » et je sais ce qu'elle veut dire je sais pourquoi ça lui fait mal parce que mini c'est mini et que je sais pas comment je me reconnaîtrais si j'avais pas appris à la reconnaître d'abord mais n'empêche

peut-être que ce n'est pas si mal peut-être que c'est pas un problème, en fait, peut-être que ça veut dire qu'on peut être ce qu'on veut et toujours s'aimer quand même mais je sais pas comment lui dire

est-ce que c'est pareil avec des frères

on n'a pas de frère ce qu'on a eu de plus ressemblant c'est richard mais il est parti en fac y a des années (sans doute quand mini m'a cassé le bras, en fait) et il a jamais été comme ça

maman me dirait que la bible est toujours de bon conseil quoiqu'elle le dise moins ces temps-ci mais quand on avait genre dix ou onze ans c'était sa réponse à tout

« que disent les écritures » comme si elle pensait qu'elle ne pouvait pas nous apprendre comment être des gens biens que seul ce bouquin le pouvait

je crois pas qu'aucune de nous deux soit vraiment quelqu'un de bien mais peut-être qu'on a encore le temps

ou plutôt qu'on aurait encore le temps si mini voulait bien juste me PARLER je déteste quand elle est comme ça je déteste quand elle disparaît elle me manque elle me manque je suis lamentable

Un gouffre béant dans mon ventre. Je me reconnais tellement dans cette dernière phrase ! Trop. Katherine suppliant ma mère de s'ouvrir ne serait-ce qu'un tout petit peu, et qui se déteste parce qu'elle lui manque. Elle a toujours été comme ça, en fait. Je devrais pas le prendre pour moi, alors, j'imagine.

Il y a un autre bout de papier coincé entre cette page et la suivante. Ça doit être le croquis dont Katherine parlait, celui sur les radios. Je le déplie. Pas un pli, pas une tache, même pas jauni : intact. Le dessin a été fait avec soin. Une cage thoracique. Les os ombrés et tout fins. Et puis une flèche, pointée sur le cœur, là où il se niche : à gauche.

Attends un peu. J'ai vu mes propres radios, chez le médecin, l'année où j'ai eu une pneumonie. Elles ne ressemblaient pas à ça. Le cœur est à gauche sur le croquis. Ce qui veut dire qu'il serait à droite dans sa poitrine, à l'opposé de là où il est censé être.

J'y regarde à deux fois, scotchée. Le cœur de Maman, inversé ? J'en avais aucune idée. Elle me l'a jamais dit. Bon, rien l'y obligeait, je suppose, mais quand même. C'est important, non ? Genre un truc que j'aurais dû savoir.

Et ça me rappelle quelque chose… Je me creuse la tête, ratisse tous les souvenirs que je peux, et ça y est !

« Position du cœur inversée ». J'ai vu ça à la morgue, écrit sur le rapport d'autopsie. Le cadavre de la fille. Son cœur est à l'envers, exactement comme Maman.

Un frisson me fait tressaillir des pieds à la tête. Bien sûr ! ça tombe sous le sens ! Je le savais. Mais, après ça, impossible de faire comme si je savais pas. Après ça, les hypothèses que j'avais rejetées ressurgissent. Peut-être que cette inversion est héréditaire, une preuve que cette fille était, en fait, la fille de Maman. Et pas moi.

Ou peut-être que ça n'a rien à voir. Peut-être qu'il y aura toujours, dans cette famille, des choses que je suis pas censée comprendre.

Je replie le croquis et le remets là où je l'ai trouvé. Dans deux minutes, je vais retourner dans ma chambre, me laver les mains, descendre dîner et essayer d'oublier tout ce qui s'est passé aujourd'hui. Et, quand j'irai dormir, je croiserai les doigts en espérant que je ne vais pas rêver de la voix de Maman sur sa messagerie, de sa voix qui répète « désolée » en boucle, tout en poussant sa sœur du haut d'un arbre chargé d'abricots.

DIX-HUIT

Quand je me réveille, je porte toujours les fringues d'hier, la bible de Katherine est sur la table de nuit et la photo que j'ai trouvée dans celle de Maman, calée derrière. Les deux sœurs. L'une morte, l'autre hantée.

Je roule sur le dos, regarde fixement le plafond. D'après Grann, Katherine est morte avant ma naissance. Avant de pouvoir avoir une fille qui aurait mon âge aujourd'hui. OK. Mais ça donne quoi pour la fille de l'incendie ? Si elle n'est pas une cousine, ni, apparemment, une sœur. Ni rien dont Grann veuille bien parler, d'ailleurs. Fille de rien ni de personne. Aucun lien. Sauf avec moi.

C'est seulement la deuxième fois que je me réveille à Fairhaven, mais j'ai l'impression que ça fait des années que j'ai débarqué à Phalène. L'incendie, la fille, Katherine. Je croyais que ce serait plus facile sans Maman. Je croyais que je trouverais les réponses que je cherche. Mais tout ce que j'ai trouvé, c'est ce qui reste des décombres qu'elle a laissés derrière elle et encore plus de questions.

Je passerai pas un jour de plus ici sans savoir. Je laisserai pas Grann me mentir plus longtemps.

Je me change pour descendre au rez-de-chaussée. Quand j'arrive dans la cuisine, elle est déjà aux fourneaux. Elle épluche du maïs, tout en surveillant une casserole d'eau qu'elle a mise à bouillir. Fairhaven s'étend de part et d'autre de cette pièce. Sombres recoins et portes closes. Et je me souviens comment, hier matin, je croyais encore que cette maison pourrait me révéler ce que Grann voulait pas que je voie. J'avais tort. Si la moindre vérité se cache quelque part à Fairhaven, c'est ici. C'est ici que tout se joue : à cette table branlante, avec Grann devant la gazinière, un tout petit sourire aux lèvres rien que pour moi.

— Ça va mieux ? me demande-t-elle. Tu étais bien silencieuse au dîner, hier soir.

Et pour cause. J'ai tout englouti d'un coup pour pouvoir remonter aussi vite que possible. Parce que, rester assise là, avec elle, comme si tout allait pour le mieux dans le meilleur des mondes, c'était juste insupportable. Ça l'est toujours autant. Elle me cache des trucs, exactement comme Maman. Une vie entière passée avec des gens qui décident pour moi ce que j'ai le droit de savoir ou pas. Eh bien, ça s'arrête aujourd'hui, maintenant.

— Elles étaient comment ?

Grann a suffisamment prouvé qu'elle lâcherait rien sur l'inconnue de l'incendie, alors j'attaque avec les jumelles. Katherine m'en a révélé une partie dans ses notes. Mais j'ai besoin de l'entendre de la bouche de Grann.

— Les filles ?

Elle lève les yeux. Je l'examine à la recherche d'une trace de soulagement, de quelque chose qui pourrait suggérer qu'elle est contente de me dire enfin la vérité. Mais rien. Rien que je puisse reconnaître, en tout cas.

— Elles étaient inséparables. Comme la plupart des jumeaux, je suppose.

C'est pas pour ça que je suis là. Pas pour cette image idéale de deux jolies petites filles en robes assorties, qui rient en se tenant la main. Impossible que ça se soit passé comme ça.

— Mais elles devaient bien se chamailler.

Je fais aucune allusion à la bible de Katherine, au bras cassé. Peut-être que Grann a déjà lu tout ce qu'il y avait à lire dedans, mais, tant que je m'en suis pas assurée, je préfère garder tout ça pour moi.

— Bien sûr.

Grann attrape un nouvel épi de maïs dans la pile et commence à l'éplucher. Je grimace en me rappelant la texture de ceux que j'ai vus dans le champ, ces épis se fendaient au milieu, chaque moitié s'enroulant en spirale autour de l'autre.

— Certains jours, c'était Mini ceci et Mini cela, et, d'autres jours, Katherine n'arrêtait pas de chiper les affaires de ta mère.

Mini. Toujours Mini.

— C'est comme ça que Katherine appelait maman, Mini ?

Grann laisse tomber l'épi de maïs dans la casserole d'eau bouillante et bronche même pas quand l'eau brûlante l'éclabousse.

— Tantôt l'une tantôt l'autre. Elles partageaient tout, la plupart du temps.

Mais personne a rien partagé avec moi, hein ? Pas là-dessus, en tout cas. Alors, je tente une autre approche.

— Comment il a commencé, ce feu, au fait ?

Je lance ça à la volée tout en prenant place à table.

Grann arque un sourcil.

— Lequel ?

— Celui du verger. Tu sais, « l'accident » ? j'ajoute, sarcastique.

— Inutile de prendre ce ton. (Elle tâte dans l'eau avec une cuillère en bois, en fronçant les sourcils.) Qui sait comment ce genre de chose arrive ?

— C'est quand même un peu bizarre. Deux incendies dans la même ferme.

— Que veux-tu ? Le monde est vaste et plein de hasards, me répond-elle.

Je ne me fatigue même pas à répliquer que c'est des conneries, même si c'est clairement ce dont il s'agit. Je n'arrive à rien, là.

Elle retire un épi de l'eau avec les doigts et le pose sur une assiette avant de le saupoudrer de sel.

— Mange.

— Au petit déjeuner ?

Le ton est plus cassant que prévu. Ma frustration a pris le dessus. Grann trouve toujours le moyen de se sortir de tout. À chaque fois.

— Nous faisons tous avec ce que nous avons.

Elle place ce repas de roi sur la table devant moi et attend, comme si elle croyait qu'elle allait pouvoir rester là à me regarder, histoire de vérifier que je finis bien mon assiette. Ha ! Sans un regard pour ce qu'elle m'a servi, je me lève pour voir ce qu'il y a dans le frigo. Ce qui me vaut un soupir excédé. Je réprime un sourire satisfait. Je peux peut-être pas lui faire cracher la vérité, mais, au moins, je sais que je peux l'emmerder.

Le frigo est si désespérément vide que c'en est flippant – à part deux demi-plaquettes de beurre, un sac en plastique rempli de haricots verts ramollis et des piles et des piles de bouteilles d'eau bien rangées. Rien de tout ça fera l'affaire. Je veux quelque chose que je suis pas censée avoir. Je veux montrer à Grann ce qu'elle peut faire de ses règles. Je ferme le frigo et ouvre le congélo.

— Margot ! Je te prie de refermer ça sur-le-champ, m'ordonne-t-elle. Il n'y a rien pour toi là-dedans.

Je l'entends même pas. Le congélo est rempli d'abricots, plein à craquer. Pas un centimètre carré de libre pour autre chose. Certains sont empaquetés dans des sacs en plastique ; d'autres, tout frais cueillis, si frais même que, quand j'appuie dessus, ils se déforment sous mon doigt. Je voudrais bien l'interroger là-dessus, mais c'est tellement bizarre comme truc que je sais même pas par quel bout commencer.

Grann s'empare alors de la porte du congélo, me poussant bien gentiment pour le refermer d'un coup sec.

— Ça suffit maintenant.

Un bruit de moteur m'empêche de protester. Un moteur qui tousse. Je le reconnaîtrais entre mille. Ce ronflement étouffé entrecoupé de plaintes poussives. Combien de fois on a réussi à grappiller assez de fric pour le faire réparer ? Et combien de fois il est retombé en panne ?

C'est notre bagnole. C'est Maman. Un rire m'échappe soudain en cascade, folle de joie que je suis. Et terrifiée, en même temps. Je l'ai appelée, et elle est venue ! *Je le crois pas, je le crois pas !*

Je me précipite sur le perron juste à temps pour voir notre vieux break gris tout cabossé, et couvert de poussière, s'engager dans l'allée pour s'arrêter dans un crissement de pneus. Quelques secondes plus tard, il fait une embardée d'à peine quelques mètres obligeant Maman à écraser une nouvelle fois la pédale de frein.

Je sens comme un élan dans ma poitrine, et la brûlure acide de la rancœur. Mentalement, je lui dis : *Allez viens ! Je suis juste là, devant toi. C'est à toi de venir me chercher, cette fois.*

Pendant un long moment, y a plus que nous, plus qu'elle et moi, et cet espace entre nous. Je n'entends plus rien que le bruit de ma respiration, les battements de mon cœur. Et puis des pas prudents dans mon dos, la porte-moustiquaire qui s'ouvre et qui claque quand Grann me rejoint sur le perron.

— Mais qui est-ce donc ? elle demande.

Je quitte pas la voiture des yeux. Pas une seule seconde. Parce que, sinon, elle risque de disparaître. Sinon, Maman pourrait tourner les talons et partir en courant, comme elle le fait tout le temps.

— C'est maman.

Je balance ça par-dessus mon épaule, mais j'entends parfaitement Grann retenir son souffle.

J'arrive pas à voir Maman à travers le pare-brise, pas à cette distance. Mais je sais qu'elle me regarde, tout comme je la regarde. Je l'ai fait venir jusqu'ici et ça lui reste en travers de la gorge, je sais. Je l'ai *obligée* à venir. Enfin, enfin, j'ai réussi à me placer dans sa ligne de mire.

Mais il reste encore un truc, encore un truc qui se dresse entre moi et ma victoire. Pour que je remporte le combat, elle doit sortir de la voiture.

Un autre temps mort, un autre moment figé dans l'immobilité.

— Tu ferais peut-être mieux de rentrer, dit Grann dans mon dos. Je vais lui parler.

Certainement pas ! Je vais pas capituler maintenant. Si je rentre, elle gagne. Si c'est moi qui bouge avant elle, elle gagne. Il faut qu'elle veuille de moi assez fort pour faire le premier pas.

— « Rien que toi et moi », je murmure dans un souffle. Allez, Maman.

Ça dure trop longtemps. Avec cette envie quasi irrépressible qui cogne dans ma poitrine de laisser tomber, de juste retourner avec elle. Mais je carre les épaules, je me mords la lèvre – si fort que j'ai un goût de sang dans la bouche –, et je m'assois sur le perron, en exagérant bien mes mouvements pour qu'elle le voie. Je céderai pas. Cette fois, le match se joue selon mes règles.

Ça doit être ce qui fait la différence. Je peux pas en être sûre, mais moins d'une minute après, le clic de la portière, ce petit bruit qui traverse l'allée de terre battue jusqu'à moi. Le galbe de ses longues jambes et sa silhouette à contre-jour, si familiers que j'ai mal rien qu'à les regarder.

Je dois me cramponner au bord de la marche pour me retenir. Ça suffit pas. Il faut qu'elle vienne. Je demande pas beaucoup. Je demande jamais beaucoup. Juste un pas vers moi. *Juste un pas, Maman.*

Et elle le fait. Il en faut pas plus. Je me lève d'un bond pour me précipiter vers elle. Si vite que c'en est carrément gênant. Mais elle m'a manqué. C'est ma mère et elle m'a manqué.

La distance qui nous sépare est longue et peut-être qu'elle l'a sentie comme moi, peut-être qu'elle aussi, elle veut qu'on se retrouve, qu'on soit aussi proches qu'avant.

Mais, le temps que j'arrive près d'elle, à quelques pas à peine, plus rien de tout ça ne se voit sur son visage. C'est juste Maman, fidèle à elle-même : une statue à deux doigts de s'écrouler.

Devant un tel tableau, quelque chose se serre dans ma poitrine. Et puis y a son odeur, familière, mélange de miel et de sel. Quand je la vois, je vois la maison, *ma* maison. Et je me demande ce qu'elle voit, elle, quand elle me regarde. Si elle voit Fairhaven. Si, du coup, elle veut moins de moi.

— Bonjour. (C'est moi qui parle la première.) Tu t'es fait couper les cheveux.

— Les pointes, rectifie-t-elle. (Pas la moindre émotion dans la voix. Pas d'étincelle, pas de conflit larvé. Exactement comme Grann.) Fallait égaliser.

Je crois pas que ce soit pour me faire mal. Elle le fait si souvent exprès que je reconnais le ton. Cette fois, non. Mais ça me fait mal quand même. Parce que je me rappelle, je me rappelle ces belles journées et ces soirées fraîches, l'automne qui déboulait avec ses vagues de froid, et Maman me faisant asseoir dans la salle de bains, le contact glacé dans mon cou, ses petits coups de ciseaux vifs et précis quand elle coupait mes fourches. Exactement comme elle m'a appris à le faire pour elle.

Ce balancement d'un pied sur l'autre, ces coups d'œil par-dessus mon épaule, à la maison, à Grann toujours sur le perron : elle le voudrait qu'elle pourrait pas avoir l'air plus mal à l'aise. Je la plaindrais presque – oh, y a la place avec tout ce vide dans ma poitrine, mais jamais pour la pitié.

— Je t'ai cherchée, finit-elle par dire. Dans tout Calhoun.

Elle s'attend à quoi ? À ce que je la récompense, peut-être ? Pour avoir fait le strict minimum ?

— OK. Et ?

Maman croise les bras et affronte mon regard une demi-seconde avant de détourner de nouveau les yeux.

— Et t'aurais pas dû partir comme ça.

— Il était temps, tu veux dire. (*Erreur fatale.* C'est ce que je pense en la voyant se raidir et se redresser. J'aurais dû rester gentille. Mais, maintenant que je suis ici, autant assumer.) Pourquoi ? J'étais juste censée attendre que tu daignes te sentir concernée ?

— Alors, c'est comme ça ? (Maman serre tellement les poings que ses articulations blanchissent.) C'est tout ce que tu trouves à dire ?

Je sais ce qu'elle veut. Des excuses, parce que je suis partie, parce que j'ai pas attendu, et toutes les courbettes qui vont avec. Mais, alors là ! elle peut toujours s'accrocher ! Elle les mérite pas.

— Je t'ai questionnée sur ma famille. (On sait toutes les deux que ce que je veux dire va bien au-delà de cette dernière dispute devant la cabine téléphonique, en pleine rue.) Mais tu m'as jamais répondu. Alors j'ai trouvé quelqu'un d'autre pour le faire à ta place.

— Eh bien, on dirait que t'as compris toute seule. (Maman lève les yeux vers Fairhaven avec un petit rire amer.) Quand t'as appelé, j'ai cru que t'étais peut-être prête à me demander pardon, mais...

— Pardon de quoi ? (Je la sens qui commence à m'étouffer, cette colère que je semble toujours incapable de contrôler dans ces moments-là. Ce serait tellement plus facile, si je la laissais gagner. Mais y a personne d'autre au monde pour me défendre, que moi. Si je le fais pas, personne le fera.) Je regrette rien du tout. J'ai trouvé ce qu'il me fallait.

Et tant pis si ça ressemble pas du tout à ce que je voulais.

— Tu l'as trouvée, elle, tu veux dire, me réplique Maman.

Là ! c'est là… le point faible où je dois continuer à appuyer.

— Ça n'en valait pas la peine, poursuit-elle. Je sais que tu crois comprendre, mais elle pourra jamais te donner assez pour compenser ce qu'elle te prend.

— Oh, ça, j'ai compris. J'ai été à bonne école avec toi.

— La vache ! lâche Maman dans un souffle. (Elle n'est plus en colère, maintenant. Elle est complètement dépassée. Et c'est tellement mieux.) Ça c'est… Je peux pas, Margot. Est-ce que tu te rends compte ce que ça me coûte de venir ici ?

— Non. Parce que tu m'as jamais rien dit, Maman. C'était terrain miné : tu m'as jamais laissée approcher.

Elle veut même pas en parler, hein ? Pas même après que je lui ai demandé sur sa messagerie. Bon d'accord, je vais m'en charger, moi, alors. Peut-être que ça va la faire céder.

— C'est comme pour Katherine…

Elle a carrément un mouvement de recul, brusque, violent, comme si je l'avais frappée.

J'en remets une couche :

— Pourquoi tu m'as jamais dit pour Katherine ?

— On n'a pas de temps à perdre avec ça, répond Maman d'un ton pressant, avec un coup d'œil à Fairhaven. Vu ? J'ai essayé de nous sortir de là et je peux le refaire, mais il faut qu'on fiche le camp, et il faut qu'on le fasse maintenant.

J'en démords pas.

— C'est maintenant ou jamais, Maman. Pourquoi tu voulais pas que je connaisse ma famille ?

— Parce que ça n'a rien d'une famille. Tu te fais des illusions.

Ma déception doit se voir parce que Maman s'avance vers moi et prend mon visage à deux mains, avec son pouce qui insiste sur cet endroit, sous mon œil gauche, là où se trouve sa cicatrice.

— Je sais, dit-elle d'une voix douce, au bord des larmes, je sais, c'est pas ce que tu voulais. Si je pouvais y changer quoi que ce soit, je le ferais. Mais il faut qu'on y aille, là. Il faut que tu montes dans la voiture.

Je balaie ses mains à la volée. C'est pas de l'amour, ça. M'aimer, c'est me donner ce que tu me dois.

— Qu'est-ce qui lui est arrivé ? J'irai nulle part tant que tu m'auras pas dit la vérité.

— Margot…

— Tu me crois pas ?

Je fais un pas vers elle et elle recule en chancelant. J'ai horreur de ressentir ça, comme si j'allais la démolir. Mais ça a toujours été le seul moyen que j'ai eu d'obtenir ce que je cherche. Et, d'accord, peut-être que je peux pas la forcer à vouloir de moi. Peut-être que je peux pas la forcer à m'aimer comme une mère est censée aimer ses enfants. Mais je peux l'obliger à me donner ça, au moins.

— Tu crois que c'est un jeu pour moi ? Tu avais une sœur et j'avais une tante, et tu me l'as cachée. (Mon ton monte de plus en plus.) Tu l'as effacée et je veux savoir pourquoi.

— Parce que je… (Sa voix se brise et elle se couvre la bouche des mains, les yeux fermés, serrant les paupières de toutes ses forces.) Je suis ce qui lui est arrivé, je l'entends avouer dans un murmure étranglé, étouffé par les larmes.

Je reste plantée là. Le soleil dans les yeux. Maman à mes pieds.

« Je suis ce qui lui est arrivé. »

— Qu'est-ce que ça veut dire ?

Mais est-ce que je veux vraiment le savoir ? Je revois ce que Katherine a écrit dans sa bible. Qu'elle ait voulu l'admettre ou non, elle avait peur. Peur de ma mère.

Les incendies, ces rapports archivés. La réputation des filles Nielsen d'attirer les ennuis. En quoi ça fait de Katherine un secret qu'il faut impérativement cacher ? Et pas à tout le monde. Juste à moi.

J'ai pas le temps de me le demander. Maman se redresse, essuie les traces de larmes sur ses joues d'un geste rageur.

— J'ai pas à répondre à ça, se rebiffe-t-elle. Aucune obligation envers toi, à ce niveau-là.

C'est des conneries, tout ça, et un tel gâchis ; nous deux plantées là avec nos balances, à essayer de régler des comptes qui s'équilibreront jamais.

Un jour, je me dis, dans un éclair de lucidité que je peux pas supporter, il faudra que j'arrête de compter. Pour le meilleur ou pour le pire, il faudra que je lâche l'affaire et que je laisse filer.

Mais je veux pas. Toute ma vie, c'est en me confrontant à ma mère que j'ai pu tenir debout. Si je laisse tomber, il me restera quoi ?

Alors, j'insiste :

— Si, j'ai le *droit* de savoir.

Parce que c'est ce que je fais. C'est ce que je ferai toujours.

— Katherine est morte, finit-elle par dire – non sans mal. C'est tout ce que tu as *besoin* de savoir.

— Et l'autre fille ? (J'avais pas prévu de la brancher là-dessus, pas quand c'est si facile pour elle de me faire du mal, mais ça m'a échappé. Je serre les dents et j'enfonce le clou.) Qu'est-ce que j'ai *besoin* de savoir sur elle ?

Maman fronce les sourcils.

— Qui ?

Et encore un mensonge, un ! Comme si j'en avais pas assez entendu.

— Rien, hein ? (Je continue, comme si elle avait pas réagi.) Grann et toi, faut toujours que vous décidiez ce que j'ai besoin de savoir et c'est toujours rien. Et en quoi c'est juste, ça, hein ? Pourquoi t'as jamais voulu me parler d'elle ?

— Mais de quoi tu parles, là ? J'en ai pas la moindre idée, figure-toi, insiste Maman.

Et le truc, c'est que je sais quand elle ment, le ton qu'elle prend. Je l'ai entendu pendant des années, submergée par cette rage qu'il fait monter à la surface. Et, cette fois, elle ment pas. Mais je suis sûre que Grann, si.

Je comprends pas. Grann et elle, je croyais qu'elles gardaient les mêmes secrets. Comment je m'y retrouve, moi, là-dedans, sinon ?

Dans le silence qui suit, Maman pose la main sur le toit de la bagnole.

— Et maintenant, est-ce que tu veux bien monter dans la voiture ? Qu'on puisse partir ?

Je me retourne à moitié pour regarder par-dessus mon épaule. Grann, sur le perron, appuyée contre le montant de la porte, qui nous observe.

— Margot ?

Ces balances, encore et toujours, qui clignotent dans ma tête : Maman d'un côté, des années et des années qui s'empilent comme des gratte-ciel, et, de l'autre côté, Grann.

Et là, une ombre entre elles, Katherine et le corps de cette fille dans le champ, qui comptent sur moi toutes les deux. Qui comptent sur moi pour découvrir comment elles sont mortes.

Je me retourne vers Maman.

— Non. Je peux pas partir maintenant.

Le visage de Maman se change en masque de pierre.

— Pardon ?

Il faut encore que ce soit moi qui demande.

— Tu peux pas attendre ?

— Margot.

Elle prend une profonde inspiration. Je vois bien qu'elle essaie de se contenir. Ça marchera pas.

— Margot, monte dans la voiture.

— Non.

— Monte dans cette foutue bagnole, Margot !

— Je pars pas maintenant.

Et je peux pas m'empêcher de sourire. D'habitude, c'est Maman qui reste calme et garde le silence, pendant que je pète un câble. C'est mieux dans ce sens-là.

Maman ferme les yeux et j'entends ce petit rire qu'elle laisse échapper, nerveux et froid.

— Nan, je le crois pas, lâche-t-elle, avant de me regarder une nouvelle fois dans les yeux. C'est tout ce que j'y gagne ? Je reviens te chercher, je reviens à Phalène pour toi, et tout ce que j'y gagne…

— Tout ce que t'y gagnes, c'est moi. (Toute ma rancœur transpire à travers cette ironie dans ma voix.

Ce calme que je croyais maîtriser les doigts dans le nez se volatilise en un quart de seconde.) Quelle arnaque ! Quelle déception, hein ? Je compatis. Y a pas un groupe de parole auquel tu pourrais aller ? Un numéro vert pour les mères qui se coltinent des filles horribles que tu pourrais appeler ?

Maman me regarde moins d'une minute avant de faire la moue.

— Je rentrerai pas dans ce petit jeu-là, dit-elle. J'en ai ma claque. Je laisse tomber.

— Tu laisses tomber ? (Ma voix déraille dans les aigus. Toute cette situation me stresse tellement que je crois que je vais étouffer.) Mais c'est toi qui as commencé !

Elle répond pas. Elle se contente de retourner à la voiture et je sens que je commence à m'évaporer. Elle peut pas faire ça. Elle peut pas me briser, me laisser à vif, et, après, faire comme si elle en avait rien à faire, comme si j'étais la seule à ressentir quoi que ce soit.

— Eh ! Eh ! Tu laisses peut-être tomber, mais pas moi.

Elle ouvre la portière à la volée.

— Si tu veux rester avec ta grand-mère, c'est pas un problème.

Je me rue sur elle, couvre la distance en un éclair pour agripper la poignée.

— Non, on est pas quittes, là.

— Et moi j'ai dit que si, Margot.

— Et moi, je dis que non.

Je claque la portière, si fort que j'en ai mal au bras. Mais c'est pas grave, parce que, là, au moins, Maman me regarde. Et ça fait du bien parce qu'elle a l'air d'avoir peur. Exactement comme Katherine a dû avoir peur, ce jour-là, dans le verger.

— T'as pas le droit de me traiter d'ingrate. (Je commence mollo.) Pas quand je t'ai jamais rien demandé, pas quand c'est moi qui ai dû me débrouiller toute seule pour…

— J'ai pas dit ça, me coupe Maman, en la jouant un peu trop larguée pour être crédible. Me fais pas dire ce que j'ai pas dit.

— C'est ce que tu voulais dire.

Ce qu'elle veut dire, c'est qu'elle est revenue pour moi et que je trouve ça normal. Je parle le Jo Nielsen couramment quand on s'engueule.

Mais elle secoue la tête, articule :

— Tu-ne-peux-pas-parler à ma place.

J'essaie de prendre une grande inspiration, mais c'est pas très efficace.

— C'est comme ça que je l'ai ressenti. Ça compte pas, ça, peut-être ? Ça compte pas ce que tu me fais ressentir ? (C'est comme si je me jetais contre un mur de brique : à peine si elle cligne des yeux.) Je peux pas juste arrêter de me sentir mal parce que c'est pas ce que tu voulais dire.

Je ravale les larmes qui me contractent la gorge. Je les sens me piquer les yeux et je sais qu'elles vont tomber. *Mais, putain, putain, Margot, reprends-toi !* Maman s'en fiche quand je pleure. Ça l'attendrit pas. Ça fait qu'aggraver les choses, au contraire.

— J'y peux rien, si tu peux pas entendre ce que je te dis sans y ajouter tes propres angoisses.

— Je sais, je sais. (Ça se termine toujours comme ça : avec moi qui finis en miettes.) Mais est-ce que ça compte pas, pour toi, que c'est toi qui me fais ressentir ça ?

— Là n'est pas la question.

— Réponds-moi, Maman ! S'il te plaît.

Elle continue juste à me regarder avec cet air, comme si elle était larguée, et je me sens devenir hystérique. Ma voix se brise, des sanglots commencent à monter dans ma poitrine.

— Ça compte pas ? Ça compte pas pour toi ?

Rien. Juste ce silence. Cet interminable silence. Pas la moindre réaction. Elle est même pas là, en fait. Elle entend même pas. Et je peux pas avoir des émotions pour deux, moi. C'est juste impossible.

Alors, je hurle, je hurle :

— RÉPONDS-MOI !

Si fort que ça me déchire la gorge.

— Margot.

Ça se fracasse sur moi. Le monde éclate en morceaux comme du verre, clair et froid. Je me retourne.

Grann. Elle est à quelques pas derrière moi, les mains dans les poches. Un soulagement, bref. Que ce soit fini. Et puis l'indignation, parce que même Grann me regarde pas. Non, elle regarde Maman. Les plis qui creusent son front sont si profonds que je me demande s'ils pourront s'effacer un jour.

— Si elle veut rester, dit Grann d'un ton égal, tu ne peux pas la forcer à partir, Jo.

Maman a soudain l'air de rétrécir à vue d'œil. Elle ressemble à la fille dans le champ, apeurée et perdue.

— C'est ma fille, proteste-t-elle.

— Et tu es la mienne, lui rétorque Grann. Je n'ai pas pu te faire rester. Et tu ne peux pas la faire partir.

Maman nous regarde alternativement, Grann et moi. Et je vois tout, maintenant, chaque vague d'émotion sur son visage, comme si Grann l'écorchait vive.

— Je serai en ville, finit-elle par annoncer. Margot, je t'attendrai en ville, d'accord ? Tu m'as demandé d'attendre et j'attendrai.

Jamais je lui dirai ce que ça me fait d'entendre ça. Ce feu qui s'allume dans ma poitrine, ardent. Comment ça me donne envie de partir avec elle, finalement.

— D'accord, Joséphine, intervient Grann. Il est temps pour toi de partir, maintenant.

On reste là dans l'allée à regarder Maman monter dans la voiture. On la regarde remonter l'allée en marche arrière jusqu'à la route et puis se diriger vers la ville, lentement, comme si elle espérait que j'allais la rappeler. Raté !

— Bon, dit Grann, une fois que la voiture a enfin disparu à l'horizon. Je pense qu'on a eu notre content d'émotions pour aujourd'hui.

DIX-NEUF

Tout le temps qu'on rentre à la maison, Grann ne décroche pas un mot. Quelques pas, mais ça paraît interminable, avec la menace permanente de ces plaines de cendres en arrière-plan et la baraque des Miller qui trône, éclatante, de l'autre côté des champs.

Je finis par me retrouver à la table de la cuisine, à éplucher des épis de maïs pour Grann, alors qu'en pensée je retourne avec Maman dans cette ville qu'elle a quittée. Katherine, l'incendie, toutes ces questions restées sans réponses… est-ce que les gens vont encore lui mettre ça sur le dos ? Je crois pas que le passé meure jamais vraiment à Phalène, en fin de compte. Il continue à respirer. Il s'accroche.

Il se répète.

Peut-être que j'aurais dû partir avec elle. Après tout, elle est venue me chercher. Et elle avait jamais fait un truc pareil avant. Un truc aussi énorme.

Non. Arrête. Faut toujours que je flanche comme ça, pour chaque malheureux truc qu'elle m'accorde, à chaque fois.

J'arrache la dernière feuille du dernier épi de maïs, si fort qu'elle m'entaille la paume. Je l'ai quittée. Il m'en faudra plus pour me ramener.

Grann abandonne ses fourneaux pour aller chercher une bouteille d'eau dans le frigo et me la tend.

Au moment où je la prends, elle me dit :

— Tu as bien fait de ne pas rentrer avec Joséphine.

— Vraiment ?

J'ouvre la bouteille et bois une longue gorgée. Au-dessus de moi, la lumière du plafonnier souligne les épaules de Grann, son front, plongeant son visage dans l'ombre jusqu'à ce qu'elle se déplace pour aller s'appuyer contre le plan de travail, les mains croisées devant elle.

— Oui. Elle n'a jamais été faite pour la maternité. (Grann échange un petit sourire entendu avec moi, comme si elle s'attendait à ce que je sois de connivence avec elle.) Personne n'est mieux placé que toi pour le savoir.

— Moi, je trouve qu'on s'en tire très bien.

C'est pas vrai, mais là n'est pas la question. Grann a pas à juger Maman, d'autant que si Maman est comme ça, Grann y est quand même bien pour quelque chose.

— Ah bon ?

Grann me dévisage avec cette expression que je ne connais que trop bien chez Maman – et chez moi, je suppose. Quand on en veut tellement à quelqu'un que ça bout, qu'on attend presque impatiemment la provocation pour laisser éclater sa colère.

Parce qu'elle croit que je l'ai choisie, peut-être ? Je sais que c'est l'impression que ça donne. Mais c'est moi que j'ai choisie, pas elle. J'ai choisi de rester pour obtenir des réponses.

— OK, elle est pas parfaite. Mais c'est ma mère et je l'aime. Et je sais qu'elle m'aime aussi.

À ce petit jeu-là, Grann est meilleure que Maman. La blessure a pas le temps de s'ouvrir que, déjà, elle se referme toute seule.

— Crois-tu ? Avec tout ce qu'elle t'a caché ? C'est ce que tu appelles « aimer » ?

C'est comme si je me réveillais. Comme si tout ce qui s'était passé depuis la morgue n'était qu'un rêve, un délire. Alors que, maintenant, je suis bel et bien là, de retour dans mon corps et vibrante de rage.

— Elle est pas la seule. (Je me penche en travers de la table.) Katherine ? Cette fille ? Et toi, là, qui te tiens tranquillement devant moi comme si tu m'avais pas menti en me regardant droit dans les yeux.

— Parce que ta mère me l'avait demandé, me rétorque Grann. Et que je ferais n'importe quoi pour ma famille. Surtout si c'est pour te protéger.

Je la regarde, bouche bée. Comment c'est possible ? Et comment ça peut encore être si important pour moi qu'elle me dise ça, putain, après tout ce que j'ai vu ici ?

Grann se redresse en s'essuyant les mains sur son jean.

— D'ailleurs, ça me fait penser… Il y a quelque chose que je veux te montrer.

Une autre chance d'obtenir des réponses ? Alors me voilà, attendant bien gentiment sur le palier pendant qu'elle tire sur un escalier escamotable tout branlant qui mène au grenier. Il est à peine assez large pour une personne.

Je demande, un peu nerveuse :

— Là-haut ?

— Après toi, répond-elle, tout sourire.

— OK.

Je lui rends son sourire – je lui sors même le plus beau de mon répertoire –, avant de monter quelques marches d'un pas hésitant. Le bois grince sous mon poids, l'obscurité du grenier étirant ses tentacules pour agripper mes chevilles. Pendant deux secondes, j'imagine Grann fermant la trappe. Me laissant enfermée là-haut.

Je demande encore, plutôt hésitante :

— Y a pas de lumière ?

— En haut de l'escalier.

Alors je continue.

Toujours plus haut, marche après marche, jusqu'à ce que j'arrive au grenier. Je m'avance prudemment, m'attendant à ce que le sol se dérobe sous mes pieds à tout moment. Un bruit de pas dans l'escalier : Grann me suit. Je laisse échapper un soupir de soulagement.

— Ici.

Sa voix dans mon dos et j'entends un déclic. La lumière qui ricoche autour de moi, jaillissant d'une ampoule nue au-dessus de ma tête. Y a pas de plafond, juste des grosses poutres avec le toit direct, et, pour les murs, de simples lattes avec l'isolant qui ressort entre chaque.

Juste en face de moi, une bibliothèque pratiquement vide, à part quelques livres d'images empilés sur l'étagère du bas. À côté, trois sacs-poubelle qui semblent contenir des vêtements ; une manche de manteau qui dépasse du plus proche.

Grann m'attrape par le coude pour me conduire à l'autre bout du grenier.

— Par ici.

La lumière arrive pas vraiment jusque-là, mais assez pour distinguer une pile de cartons contre le mur. Certains sont humides et moisis, certains à moitié ouverts sur du papier journal qui déborde. Grann soulève un des cartons de la pile pour le poser sur le sol. J'ai un mouvement de recul en voyant une souris s'échapper par un trou au fond du carton et disparaître dans le noir.

— C'est quoi tout ça ? je lui demande quand elle commence à trier les trucs à l'intérieur.

— Des affaires qui appartenaient à Jo et à Katherine, elle me répond d'une voix étouffée.

Je me penche aussitôt pour regarder, dévorée de curiosité.

Finalement, Grann se redresse, en sortant quelque chose du carton.

— La voilà.

Une robe, avec un petit col montant et de longues manches fermées au poignet par un ruban. Elle ressemble à celle que la fille portait, comme celles que j'ai trouvées aussi dans ma commode, démodées et trop habillées pour aller où que ce soit à Phalène – de ce que j'ai vu du bled, en tout cas.

C'est de là qu'elle venait, cette robe ?

Hier encore, j'aurais parlé de preuve, de quoi démontrer que la fille morte venait bien de Fairhaven, que Grann la séquestrait. Maintenant, j'ai appris : c'est pas avec ça que je forcerai Grann à me dire la vérité.

— D'ac-cord… C'est ça que tu voulais me montrer : une robe ?

— Elle appartenait à ta mère. Comme beaucoup de choses là-dedans. Elle n'a pratiquement rien emporté quand elle est partie. (Grann se retourne, me désigne d'un coup de menton.) Déjà qu'elle a bien failli ne pas t'emmener…

C'est comme un coup de poing à l'estomac. Et peu importe que je l'aie toujours pensé. Je l'ai jamais entendu prononcé à haute voix.

Le temps de reprendre mon souffle.

— Elle l'a fait, pourtant.

— Après tout ça, il n'aurait plus manqué qu'elle ne le fasse pas !

Elle s'approche de moi, la robe étendue entre ses mains. Je me raidis quand elle la place sur mes épaules, lissant le tissu le long du col jusqu'à avoir les doigts autour de mon cou.

— N'est-ce pas ravissant ?

« Ravissant » ? Grann avec un tas de fringues et une nouvelle fille pour jouer à la poupée, avant de l'envoyer dans les champs se faire tuer. C'était encore une vision abstraite hier, quelque chose que je pouvais tirer à moi ou rejeter comme je le voulais. Mais, maintenant, c'est elles deux dans le grenier : les mains de Grann si douces sur les joues de la fille. Et peut-être que Grann a pas allumé cet incendie, peut-être que Grann a pas décidé d'en finir avec elle ; en tout cas, pour moi, entre innocence et culpabilité, le choix est vite fait. Je crois pas que le mot « innocence » ait jamais eu un sens ici, déjà, pour commencer.

— Je sais pas…

Mon anxiété perce dans ma voix.

— Essaie-la, alors.

— Pas la peine.

— Si, me rétorque Grann, d'un ton si dur tout à coup. J'insiste.

Je jette un regard circulaire, sentant tous mes poils se hérisser. J'ai la chair de poule malgré la chaleur du grenier.

— OK, je vais juste retourner dans ma chambre, alors, et…

— Allons donc ! (Grann défait la fermeture à glissière de la robe et me la tend.) Je suis ta grand-mère : tu n'as rien à me cacher.

Aucune place pour la négociation dans ses yeux, aucune fébrilité dans son maintien. Pas une faille. Maman est fragile, comme un objet qu'on peut briser, mais la femme qui l'a engendrée ? Certainement pas. Je m'écarte discrètement, me recroqueville pour ouvrir la braguette de mon short et le laisser tomber à mes pieds. Voilà. Maintenant, mon tee-shirt. Je le pose sur la pile de cartons.

— Redresse-toi, m'ordonne Grann. Tu vas te déformer la colonne vertébrale, si tu continues à t'avachir comme ça.

Je ferme les yeux deux secondes. Je pourrais être enterrée, là, maintenant. Je pourrais être au fond d'une tombe et Grann serait en train de m'habiller pour mes funérailles. Mais je respire encore. Je suis vivante.

— OK.

Je tends la main pour récupérer la robe et l'enfiler.

Elle est trop petite, comme la robe que portait cette fille quand on l'a sortie de l'incendie. Grann manifeste en sourdine sa désapprobation et me prend par les épaules pour me retourner. *Elle fermera pas. Elle fermera pas, j'en suis sûre.* Mais Grann force quand même.

— Rentre le ventre, me dit-elle. Voilà qui est mieux.

Le curseur remonte centimètre par centimètre, m'éraflant la peau, jusqu'à ce qu'il finisse par atteindre le haut du col. C'est si serré que je peux à peine bouger. Pendant un moment, le grenier flotte et se fractionne, ici et ailleurs, moi et une autre, et tout le scénario qui se rejoue en boucle, encore et encore, et j'ai tellement le vertige que je dois me retenir au mur pour pas tomber.

— Viens là, dit Grann en reculant. Approche que je te voie.

Je sais pas trop ce qu'elle va pouvoir voir avec le peu de lumière générée par cette simple ampoule, mais je me plante devant elle et la laisse regarder. Et qu'elle croie donc que, si mon corps vacille, c'est pas dû à un simple vertige. Qu'elle croie m'avoir déstabilisée – c'est pas pire que les pyjamas de Maman, que son lit, que sa chambre et que toute cette baraque.

Je finis par m'impatienter :

— C'est bon, là ?

Mais Grann fait juste une moue pensive, sans arrêter de me reluquer.

— À quelle occasion ta mère l'a-t-elle portée ? Ça ne me revient pas…

À peine j'esquisse un geste pour défaire la fermeture que les mains de Grann se resserrent comme un étau sur mes épaules. Je sens que ça tire sur les coutures.

— C'est un peu plus habillé que ce qu'elle aimait à porter, en général. Ton baptême, peut-être ?

Je me fige.

— J'ai eu droit à ça, moi ?

— Si l'on veut. (Grann secoue la tête.) Non, ce n'était pas pour ça. (Et puis elle sourit, repousse d'un geste caressant mes cheveux derrière mon oreille.) Ah oui !

Je m'en souviens, à présent. C'était quand je l'ai emmenée à la clinique.

— La clinique ?

— Absolument. (Le regard de Grann vacille pas. Son visage est calme ; sa mine, impassible.) Pour l'avortement.

— Pardon ?

J'ai failli m'étouffer.

— Elle a changé d'avis, manifestement. Ils venaient juste de lui administrer l'anesthésique quand elle est ressortie. (Grann me tapote le menton et s'éloigne pour se mettre à rempiler les cartons.) Tu en as de la chance, n'est-ce pas ?

Ma respiration de plus en plus faible, haletante. Je savais que Maman m'avait pas prévue. Elle a jamais dit un mot de mon père, comme si, en me cachant son nom, elle pouvait prétendre qu'il existait pas. Mais c'était pas seulement pour nier son existence, en fait, hein ? C'était pour nier la mienne. Parce qu'elle m'a jamais voulue du tout.

— Qu'est-ce qui lui a fait changer d'avis ?

J'ai la voix éraillée, détachée, lointaine presque. Peut-être qu'elle a entendu mon cœur battre et qu'elle a pas pu le faire, et peut-être que j'ai toujours fait partie de sa vie. Mais Grann se retourne même pas pour me répondre.

— Je ne sais pas vraiment, dit-elle, en levant le dernier carton pour le poser sur le dessus de la pile. Je ne lui ai jamais demandé.

Et elle me plante là. Elle redescend l'escalier, avec la lumière qui projette son ombre sur le sol, la déforme, la tord et la lacère, jusqu'à ce qu'il reste plus que moi dans la chaleur moite, moi qui tremble dans ma petite robe bleue.

Et maintenant je sais. Voilà comment Grann punit. Voilà de qui Maman tient ça. Sauf que c'est différent ici, plus doux et plus cruel à la fois, et je me demande comment elle a fait pour résister aussi longtemps, parce que je peux plus respirer, moi, je peux plus continuer, je peux pas rester ici une seconde de plus.

J'essaie d'arracher la robe, tâtonne comme une folle par-dessus mon épaule pour trouver la fermeture. Une des coutures craque quand je me tords pour l'atteindre, tire sur le tissu jusqu'à ce qu'il se déchire le long de la fermeture et glisse le long de mes jambes. J'ai le corps en feu, la peau qui brûle, qui pique, qui me démange de partout, mais j'ai viré la robe qui tombe sur le sol. J'enjambe le tissu déchiré, le rejette d'un coup de pied quand il s'entortille autour de ma cheville.

Il fait froid, tout à coup, la sueur me laisse un goût de sel dans la bouche. Je reste comme ça deux secondes, le temps de reprendre mon souffle, ma peau si pâle que ça fait comme un halo. C'est pas normal. Y a quelque chose chez moi qui n'est pas normal. Grann et Fairhaven, et j'ai laissé ça arriver, se refermer sur moi. J'ai préféré fermer les yeux et faire semblant, alors qu'évidemment que cette fille vivait ici, et évidemment que Grann la connaissait, et, évidemment qu'elle l'a aimée et qu'elle l'a laissée mourir.

Je me rhabille à toute vitesse, dévale l'escalier, le palier, me précipite au rez-de-chaussée, fais claquer la contre-porte et jaillis dans le soleil. Pliée en deux, les mains sur les cuisses, je sens une brûlure acide dans mon estomac. Mais non. Hors de question. Les larmes me piquent les yeux, la bile reflue dans ma gorge… Rien de tout ça ne passera. Jamais de la vie. Et merde ! Marre de cette famille, marre de cette baraque. Plus rien me retient ici.

VINGT

Mme Miller n'a pas l'air surprise de me voir débarquer sur son perron, à bout de souffle et au bord des larmes. C'est bientôt l'heure du déjeuner et, par-dessus son épaule, j'aperçois, la table déjà mise pour deux, avec l'argenterie qui brille. Mais elle hésite pas une seconde avant de m'inviter à entrer et de me demander si j'ai faim.

— Non, merci. (J'ai la gorge tellement serrée que c'en est gênant.) Je suis désolée d'arriver comme ça sans prévenir.

— Ne dis pas de bêtises. Tu es toujours la bienvenue, m'assure-t-elle en me faisant asseoir sur un des canapés du salon, avant de retourner dans la cuisine.

J'entends un bruit de glaçons qui s'entrechoquent et, moins d'une seconde plus tard, elle est de retour avec un verre d'eau pour moi. Je le prends d'une main tremblante et j'essaie de pas le laisser tomber quand elle me lisse le front de son pouce.

— Je vais appeler Tess.

Je n'ai pas revu Tess depuis notre petite virée au poste. J'ai même pas repensé à elle, sauf pour me demander si elle s'en était sortie sans problème. Mais, à en croire le sourire de Mme Miller en quittant la pièce, tout va bien pour sa fille chérie.

Dès que je me retrouve toute seule, le silence m'oppresse, écrasant. Ma mère qui m'attend, quelque part à Phalène. Grann à Fairhaven. Et moi, ici, chez les Miller, avec une famille dont les racines remontent presque aussi loin que les miennes : une famille qui peut m'aider.

— Salut ! me lance Tess, en arrivant dans le couloir au pied de l'escalier, sa mère sur les talons.

Une seule socquette aux pieds, Tess est en train d'enfiler l'autre, en équilibre précaire sur une jambe, avec sa queue-de-cheval qui se défait.

Je me lève, en vérifiant du coin de l'œil que j'ai pas taché le beau canapé blanc.

— Eli n'est pas avec toi ?

J'ai des trucs à demander à Tess, et j'ai pas envie d'avoir ce genre de conversation avec les oreilles d'Eli qui traînent dans les environs.

— Oui, justement, renchérit Mme Miller, j'allais te poser la même question.

— Non, il est chez lui.

Elle répond d'un ton léger, détaché, mais son sourire a quelque chose de crispé que je suis sans doute pas censée remarquer. Est-ce qu'elle aurait eu des problèmes, en fin de compte, à cause de notre incursion au poste ? J'étais pourtant sûre qu'elle en ressortirait blanche comme neige.

— Tu m'as dit de demander, la prochaine fois qu'il resterait. J'ai rien demandé. Donc, non, il n'est pas là.

— Tiens donc, commente Mme Miller.

Tess soupire.

— Je suis une fille très obéissante, tu sais.

— Une fille très obéissante qui va sauter le déjeuner, je présume ?

— Pas impossible.

D'un coup de menton, Tess désigne, derrière la table de la salle à manger, les portes-fenêtres qui donnent sur la terrasse couverte à l'arrière de la maison.

— Envie de prendre l'air, Margot ? Ou, plus exactement, envie de ne pas rester ici ?

Si c'est censé être une blague, c'est pas l'effet que ça fait. Je coule un regard coupable vers Mme Miller, mais elle semble pas s'en formaliser.

— Je vous laisserai des assiettes, annonce-t-elle.

Et, avant que j'aie le temps de répondre, Tess ouvre les portes-fenêtres et me tire à l'extérieur.

C'est exactement comme à Fairhaven. Ou comme Fairhaven devait être à une époque. Le même genre de panorama, la même lumière dans la cuisine derrière moi. Sauf qu'ici on est dans une ferme toujours en activité avec des machines agricoles, là-bas, en attente, et un trio de silos assez loin pour ressembler à des jouets. Grann a dû couper Fairhaven en deux quand elle a vendu cette parcelle aux Miller.

— Je vais pas te demander ce qui s'est passé, me dit Tess, et je sursaute. Mais, si tu veux me raconter, je suis prête à t'écouter.

J'avais oublié sa présence, là, juste à côté de moi, dans un sweat-shirt qui doit appartenir à Eli et un short de basket qui peut être qu'à lui. L'air incroyablement sérieux, les yeux rouges, battus.

— Ça va ?

Elle balaie la question d'un revers de main, et se laisse choir sur le bord de la terrasse, étirant ses longues jambes sur la pelouse striée de traces de tondeuse encore fraîches.

— Super. Allez, raconte. Tu as l'air à ça de craquer.

Je la rejoins, laissant sciemment un espace entre nous, qu'elle s'empresse de combler, se tournant de côté pour s'adosser à un des montants et calant ses pieds sur ma cuisse, les genoux relevés contre la poitrine. Pendant un bon moment, elle me regarde sans broncher et je lui rends son regard droit dans les yeux.

Je sais pas ce que c'est. Cet élan dans ma poitrine. Je croyais l'avoir reconnu quand je l'ai rencontrée. Le truc habituel : cette attirance que m'ont fait éprouver certaines filles au lycée. Mais c'est pas ça. Tess est... quelqu'un qui sait. Je veux pas sortir avec elle. J'ai juste besoin de quelqu'un qui me comprenne, et Tess me comprend.

— Aujourd'hui, ma mère est venue me chercher. (Je me détourne, et poursuis, les yeux sur l'horizon – c'est plus facile comme ça.) Je l'ai laissée à Calhoun pour venir ici. Et j'aurais jamais cru... je m'attendais pas à ce qu'elle rapplique ici. Mais elle est venue.

— Et ?

— On est pas comme toi et ta mère. Enfin, je sais rien de vos affaires, et je sais que tout le monde a ses emmerdes, mais...

— Je comprends. Pas de souci.

— Elle est tout pour moi. (Je le savais. Ça fait longtemps que je le sais, mais le dire à haute voix, c'est autre chose.) Et ça fait un bout de temps qu'on se bouffe la vie, mais je crois qu'au fond de moi je pensais que, quelque part, j'étais tout pour elle aussi.

Tess effleure mon bras. À peine un frôlement, comme si elle savait que toute tentative plus appuyée de me réconforter risquerait de me faire fuir. Quand je tourne la tête vers elle, elle a le menton posé sur les genoux et il y a de la douceur dans ses yeux. Elle me laisse juste raconter. Elle veut juste savoir. C'est un vrai cadeau. J'aurais même jamais su comment lui demander un truc pareil.

— Et puis aujourd'hui… aujourd'hui, elle revient pour moi, et je crois que j'avais raison, je crois avoir enfin la preuve que je cherchais.

Jusqu'au grenier. Jusqu'aux cartons. Jusqu'à la robe. D'accord, elle m'a gardée. Mais le passage à la clinique, la culpabilité qu'elle m'a collée sur le dos tous les jours de ma vie : elle m'a jamais pardonné d'exister, en fait. Le péché originel dont je serai jamais lavée, jamais.

— Tu n'es pas partie avec elle, pourtant.

— Non, parce que… (Je ne sais pas comment dire ça. J'essaie quand même.) Le truc c'est que, je commence à comprendre des tas de choses, beaucoup plus que je comprenais avant. Sur elle. Sur pourquoi elle est comme elle est.

Tess se rapproche de moi.

— Mais ?

Ça sort tout seul, dégoulinant d'ingratitude et de méchanceté. Et ça me bouffe d'être comme ça, ça me bouffe de savoir que j'ai la chance de pouvoir comprendre quelqu'un et de voir ce que je suis capable d'en faire.

— Est-ce que c'est parce que je la comprends que je dois lui pardonner ?

Silence. Je repousse mes cheveux derrière mon oreille et risque un coup d'œil vers Tess. Elle a le regard fixe qui porte au-delà des champs, l'air songeur.

— Je ne crois pas, non, finit-elle par répondre. Peut-être que ça aide. Mais peut-être que c'est encore pire.

Je bascule la tête en arrière pour regarder le ciel. Pire, de savoir que Maman a souffert comme moi, qu'elle avait une mère comme la mienne, et de savoir que, malgré tout ça, elle a pas fait mieux avec moi.

— Ouais, peut-être.

Pendant un temps, on reste juste assises là. Je peux sentir le corps de Tess qui se raidit, sentir cette tension qu'elle dégage. Elle pense à quelque chose. J'ai bien envie de lui demander à quoi, mais elle m'a fichu une paix royale, elle. Elle m'a juste procuré ce sentiment de sécurité dont j'avais besoin, et je peux faire pareil pour elle. Si elle a envie de parler, elle peut. Mais je la forcerai pas. Pas avec tout ce qui se passe déjà.

Et c'est vrai, je me suis précipitée ici sans réfléchir, à l'instinct. « Pas Fairhaven », c'est tout ce que j'avais en tête. « N'importe où, mais pas ici. » N'empêche, j'ai tout un tas de questions sur le bout de la langue qui se battent en attendant leur tour, et Tess peut m'aider à trouver les réponses.

Je me lance en tentant un :

— T'as pas eu de problèmes pour sortir du poste ?

Elle hausse les épaules.

— C'est à toi que je devrais poser la question.

La fille à la morgue et Connors qui me regarde pendant que je tente de comprendre ce que je vois. Son air imperturbable : pas la moindre surprise quand je pète un câble en apprenant pour Katherine. Il savait. Mais je me demande si cette histoire s'est transmise au-delà de la génération de Maman. Si elle est arrivée jusqu'aux oreilles de Tess.

Je finis par lâcher :

— J'ai appris pour l'incendie dans le verger. Et j'ai aussi découvert l'existence de Katherine.

C'est un test. Un de ceux que j'ai fait passer à Grann : sais-tu mentir sans ciller, alors que tu me regardes droit dans les yeux ?

Tess fronce les sourcils.

— Qui ?

— Tout le monde est au courant. (Ma voix est trop cassante, trop près de se briser.) Je comprends. Pas la peine de faire l'innocente.

— Non, sérieux. De quoi tu parles ?

Je laisse sa sincérité lever peu à peu mes doutes, la laisse dénouer le nœud dans ma poitrine. Qui est mieux placé que moi pour savoir comment on nous cache des choses, là, sur l'étagère la plus inaccessible, dans une chambre fermée à clef ? Jo, figure de la légende locale. Katherine, bien rangée au fond d'un carton et remisée au grenier.

— La sœur jumelle de ma mère.

Et la surprise sur le visage de Tess est bien réelle.

— Je suis tombée sur son nom dans un des dossiers, au poste, et, quand j'ai posé la question à ma grand-mère, elle m'a dit que Katherine était morte. Mais elle a menti aux flics. C'est juste que… (Je laisse tomber ma tête dans mes mains, appuie mes paumes contre mes paupières.) Ça colle pas.

— Qu'est-ce que tu veux dire ?

Je veux dire la fille à la morgue. Je veux dire que j'ai besoin de savoir comment l'appeler : sœur, cousine ? Rien de tout ça ne marche.

— Connors m'a montré le corps. La fille de l'incendie.

Tess penche la tête de côté. Ses cils accrochent les rayons du soleil.

— Quel rapport avec Katherine ?

Je pense à la note dans la bible, au croquis de la radio. La coïncidence avec le rapport de la morgue.

— Je sais pas trop. Mais j'arrête pas de trouver des correspondances, des trucs qui sont forcément liés. Entre cette époque-là et aujourd'hui. Sauf que…

— Sauf que quoi ?

— Je me suis dit que cette fille aurait pu être la fille de Katherine. (C'est presque gênant, en un sens.) Une cousine. Mais elle semblait avoir exactement mon âge, et, même si Katherine l'avait eue juste avant que ma mère m'ait moi, même si Grann l'avait cachée tout ce temps, ou même si elle venait juste de débarquer, y avait un truc de bizarre chez elle. (Je soupire, regarde obstinément mes mains.) Son corps. Elle avait l'air… Je sais pas. Pas normale.

— Comment ça, « pas normale » ? (Tess se penche en avant.) Elle avait l'air bien sur la route. Enfin, morte, mais morte normale.

Je lâche un rire étranglé et surprends une lueur de triomphe chez Tess, là, au coin de ses lèvres – même s'il y a toujours cette crispation en dessous. Elle voulait me faire rire. Dommage qu'y ait absolument rien de marrant là-dedans.

Je sais pas vraiment comment lui expliquer, mais je fais de mon mieux pour tenter de lui décrire. Les yeux, comment ils dégoulinaient sur ses joues. La drôle de cicatrice sur son mollet.

— Connors m'a demandé si j'avais déjà vu un truc dans c'genre avant, et forcément que non. Mais il est resté à me regarder comme ça. À attendre. Putain ! tout le monde ici croit que je sais des trucs qu'ils savent pas.

— Eh bien… quelqu'un doit bien être au courant de quelque chose.

— D'accord, mais…

— Véra doit bien savoir, je veux dire. (Il y a une étincelle dans ses prunelles, si vive qu'elle réveille cette angoisse au creux de mon ventre.) Elle t'a bien dit que Katherine était morte, non ? Comment elle peut en être si sûre alors qu'on a jamais retrouvé le corps ?

C'est bien la question que je me pose. Mais ça fait pas le même effet quand c'est moi qui la pose : y a pas cette excitation, ce côté palpitant.

— Elle le sait, c'est tout. (C'est cette avidité avec laquelle Tess me regarde qui me fait dire ça, qui me pousse à prendre la défense de Grann – qu'elle le mérite ou non.) Après tout, elle a vu l'incendie. Peut-être que le corps a brûlé, qu'il a été réduit en cendres, ou…

— Ou peut-être qu'il n'y a jamais eu de corps, me coupe Tess. Peut-être que Katherine a vraiment fugué. Peut-être…

— Arrête !

C'est un avertissement. C'est pas à toi d'écrire le scénario, là. C'est pas ton histoire.

— Non, peut-être que c'est Joséphine qui est morte, poursuit-elle, s'emballant de plus en plus. Et que ta mère, en fait, c'est Katherine.

J'en rirais presque. Mais la colère me noue trop la gorge. Arrête de jouer, Tess ! C'est pas un film, ça. C'est la réalité.

— OK. OK, tu t'es bien amusée, mais, maintenant, sérieux, arrête !

— Je croyais qu'on essayait de démêler le truc.

— Oui, de démêler le truc. Pas d'inventer n'importe quoi.

Je suis pas loin de lui aboyer dessus.

— Oh, ça va, dit-elle en me donnant un coup de coude. Pas la peine de t'énerver pour si...

— Pour si peu ? (Je me lève d'un bond et elle me regarde avec de grands yeux, effrayée presque.) Parce que tu bousilles ma famille ?

Elle lève les mains. C'est comme un geste de capitulation. Et ça devrait me calmer. Ça fait que mettre de l'huile sur le feu.

— Pourquoi m'avoir demandé, si tu t'en foutais, en fait ? Ça t'amuse ?

Parce que, moi, ça m'amuse pas. C'est ma vie, là. C'est tout ce que j'ai. Démolis ça et qu'est-ce qui me reste, à moi ? Rien.

— J'essaie juste de t'aider, plaide Tess. (C'est presque jouissif ce ton désolé qu'elle prend.) Je comprends pas, Margot. Pourquoi tu réagis comme ça ?

— Comme ça comment ?

— Comme... (Elle hésite, se replie sur elle-même, épaules voûtées, mains plaquées sur le ventre.) Je sais pas. Comme ta grand-mère.

Je m'attendais pas à celle-là. Et c'est une telle gifle que j'en ai le souffle coupé. Comme ma grand-mère. Comme Maman. Est-ce que je suis vraiment comme ça ? À chercher le conflit avec Tess comme ces femmes ont constamment cherché le conflit avec moi ?

— Je...

Mais je trouve rien à lui dire. Parce qu'elle a raison.

— C'est ça, oui, dit Tess en se levant. Alors quoi ? Tu veux t'excuser ?

Je devrais. Je devrais reconnaître que les événements de la journée m'ont secouée, m'ont poussée à surréagir. M'ont changée. Mais je crois qu'ils ont fait que me montrer qui j'ai toujours été. Je reste muette, ferme les yeux pour empêcher les larmes de couler.

— Bon d'accord.

Une énorme déception dans sa voix. J'entends Tess se lever, entends la porte s'ouvrir. Elle soupire.

— Rentre chez toi, Margot.

Et je veux pas. Je veux pas rentrer à Fairhaven. Mais j'irais où, sinon ? J'ai nulle part où aller.

VINGT ET UN

Je suis la route qui me ramène à Fairhaven avec un goût de terre dans la bouche. Enfin, à quelques pas, la terrasse couverte à l'arrière de la maison. Où Grann se tient adossée au montant, les bras croisés. Je me demande depuis combien de temps elle m'attend.

— Contente de te revoir, me lance-t-elle, impassible.

Pendant un bon moment, on reste juste à se regarder. Est-ce que je vais avoir droit à un sermon parce que je suis partie ? Ou est-ce qu'on va faire comme s'il s'était rien passé ?

— Tu as faim ? me demande-t-elle alors. Ou Sarah t'a-t-elle offert le couvert ?

Je pense au déjeuner que j'ai raté chez les Miller. Ç'aurait été mille fois mieux que tout ce que Grann aurait pu préparer, c'est clair. Mais j'ai le ventre vide, et, si Grann me propose de le remplir…

— Je mangerais bien quelque chose.

Elle me fait asseoir à la table de la cuisine et je la regarde s'activer aux fourneaux. Elle casse deux œufs dans une poêle en fonte, les remue avec une fourchette.

Aucune de nous deux n'ouvre la bouche. Peut-être qu'elle est étonnée de me voir revenir.

Grann racle la poêle pour déposer les œufs brouillés dans une assiette. Pendant qu'ils sont encore chauds, elle ouvre le congélateur et récupère un abricot dans un des sacs stockés à l'intérieur. Je fronce les sourcils. Elle a bien dit que c'était pas pour moi, ça, non ? Mais le congélo est déjà refermé et elle me tourne le dos pour ouvrir l'abricot et récupérer le noyau avant de le jeter à la poubelle dans le placard sous l'évier.

Elle finit par se retourner et vient déposer l'assiette devant moi. Les œufs, avec une fourchette plantée dedans, et l'abricot ouvert en deux sur le bord. Ce spectacle me lève le cœur. Je ne sais pas trop pourquoi.

Le fruit est encore congelé. Je le laisse de côté pour m'attaquer aux œufs. Grann me regarde prendre une bouchée après l'autre.

— Finis ton petit déjeuner, m'ordonne-t-elle. Tu n'as pas l'air dans ton assiette.

On peut dire ça comme ça.

Ça devrait m'énerver, cette surveillance rapprochée, cette espèce de méfiance avec laquelle elle m'observe pour être sûre que j'avale bien tout ce qu'elle m'a préparé. Mais c'est un soulagement, en fait. J'ai qu'une chose à faire, pour le moment : rester assise là et ingurgiter une bouchée après l'autre. Pas de questions. Pas de brouillard dans ma tête. Pas de cadavre avec mon visage. Juste quelqu'un qui a dû être une mère, un jour. Et moi.

Quand j'ai fini mon assiette, Grann va la mettre dans l'évier avant de revenir s'accroupir devant moi, si près que je peux voir le petit cercle couleur noisette au centre de ses yeux sombres. Comme les miens et ceux de Maman.

— Je ne t'aurais pas parlé de la clinique, dit-elle d'un ton que, dans sa bouche, on pourrait qualifier de « bienveillant », si je n'avais pas estimé que tu devais savoir. Ta mère peut bien être venue ici, et elle peut bien avoir dit qu'elle attendrait, mais elle n'en pense pas un mot, et je ne voudrais surtout pas que tu la croies. Tu te ferais du mal pour rien.

Je réponds pas. Je peux pas. Grann a sans doute raison. Maman est venue ici, non pas pour me sauver, pas pour me ramener à la maison, mais pour marquer un point dans le conflit qui l'oppose encore à sa mère et qui les opposera toujours, quoi qu'il arrive. Si elle est bien restée en ville, c'est pas pour moi, en fait. Grann voulait juste que je le comprenne. C'est pour ça qu'elle m'a fait enfiler cette robe. Pour étouffer jusqu'à la dernière lueur d'espoir. Pour m'obliger à regarder la réalité en face.

— Tu la connais, poursuit-elle, d'une voix de plus en plus douce. Tu sais à quel genre de petits jeux elle se livre. Ne te laisse pas abuser par ses boniments. Tu es bien trop intelligente pour ça.

Je ferme les yeux pour essayer de revoir l'expression de ma mère. Elle avait l'air sincère, pourtant, quand elle m'a demandé de repartir avec elle. Aussi sincère que moi j'étais fière de pouvoir la rembarrer.

Le geste prudent, Grann pose délicatement la main sur mon genou. Je tremble, chancelle vers elle avant de pouvoir me rattraper.

— Et je sais, reprend-elle, les choses ont été compliquées. Mais ta place est ici, Mini. Ne l'oublie pas. Tu es bien mieux sans elle.

C'est pas une consolation. Pas une menace non plus. Juste la vérité. Je la sens s'ancrer en moi, me demande si, quand je vais me regarder dans la glace, ce sera écrit sur mon front, dans ces marques que mes cloques crevées ont commencé à laisser. C'est la seule place pour une fille comme moi.

— J'oublierai pas. (Et parce que j'ai enfin tout compris.) Rien que toi et moi.

Personne d'autre voudra de moi. Personne d'autre me donnera la moitié de ce qu'elle a à m'offrir.

— Exactement. (Et, quand elle m'embrasse sur le front, ses lèvres sont aussi rêches que des feuilles d'épis de maïs.) C'est exactement ça.

Elle me laisse, alors, pour disparaître dans les profondeurs de la maison, et je reste là, dans la cuisine, avec le cœur qui bat trop vite et mon petit déjeuner qui me pèse horriblement sur l'estomac. Jusqu'à ce que, prise de nausées, je sois obligée d'ouvrir en catastrophe le placard sous l'évier pour me plier au-dessus de la poubelle. Mais rien ne vient. J'attends quand même un peu, les yeux soudain aimantés par quelque chose de petit, niché dans les coquilles d'œuf de mon petit déjeuner. Luisant et blanc.

Une dent.

Pendant un moment, je bouge pas. Je fais que regarder, et regarder, en sentant une drôle de curiosité détachée monter en moi, puis se dissiper. Alors, je ferme les yeux, m'assois sur mes talons. Je sais pas quoi faire de tout ça. J'ai besoin de quelqu'un pour gérer ça, ici, avec moi. Je me dis que ce pourrait être Tess, mais j'ai déjà tout foiré de ce côté-là.

Et je sais ce que je devrais faire. Des réponses, j'arrête pas de dire que je veux des réponses : je devrais retourner cette baraque. Je peux pas, pourtant. Pas quand c'est tout ce qui me reste, pas quand je suis terrifiée à l'idée de ce que je vais trouver.

J'aimerais en avoir le courage. J'aimerais être plus forte. J'aimerais être meilleure.

Je suis rien de tout ça.

Je me relève, monte l'escalier, retourne dans ma chambre, là où la bible de Katherine m'attend sur la table de nuit. Peut-être que, par-delà les années, par-delà les secrets qui nous séparent, elle peut me tendre la main. Peut-être qu'elle peut revenir.

J'ouvre le bouquin à la page de la dernière note que j'ai lue et continue à feuilleter, passe les chapitres où les pages ont été arrachées, passe les annotations sur les Écritures, les commentaires sur les disputes que Katherine a eues avec Grann, sur cet été de plomb et à quel point elle aimerait que Grann se décide à faire installer la clim. Jusqu'à... là ! Je la reconnais tout de suite, aussi sûrement que je me reconnais dans la glace : la panique.

Il y avait quelque chose de chaleureux dans les autres notes que j'ai lues. On y percevait bien un peu de tension, un peu d'inquiétude, peut-être, mais rien qui ressemble à ça. Ici, l'écriture est torturée. En plusieurs endroits, la plume passe à travers le papier et je suis obligée de bien lisser la page à plat pour réussir à la déchiffrer.

je sais pas quoi faire je sais pas quoi faire merde !
y a quelque chose qui cloche chez mini

Je vais pas plus loin. Je suis obligée de m'arrêter. « Y a quelque chose qui cloche chez mini » : y a quelque chose qui cloche chez *Maman.*

ça fait déjà un bon moment que je le sais, et tout le monde en ville a de quoi raconter là-dessus ça c'est sûr

mais franchement c'est pas évident parce que des fois c'est juste qu'elle dit pile les trucs que je veux dire, qu'elle fait pile les trucs que je veux faire et des fois je la reconnais plus du tout

ça n'a pas vraiment l'air pareil tout ça hein

mais en gros si

c'est juste que mini a toujours été plus voyante, plus brillante et la marrante de la bande enfin elle le serait si on avait des copains je veux dire et c'est libérateur ou je sais pas quoi de la voir s'engueuler avec maman et partir en courant dans le verger et hurler hurler y a qu'elle pour hurler comme ça et j'ai rien contre non franchement c'est pas de ça que je veux parler

ce que je veux dire c'est que voilà je me suis réveillée et elle était plus là et OK OK elle peut faire ce qu'elle veut je dis pas qu'elle doit rester avec moi 24 h/24

mais je suis descendue la chercher parce que j'avais envie d'une de ces nuits comme on faisait avant quand on était petites et qu'on allait s'asseoir sur la terrasse jusqu'à ce que le soleil se lève sans jamais rien dire à maman

j'avais juste envie de ça

et je descends et j'arrive pas à la trouver et voilà qu'elle est dans la salle à manger et qu'elle a toutes ces photos étalées sur la table des photos de nous

Impatiente, je tourne la page dès que l'écriture s'interrompt. Au verso, il y a un début de mot, à présent rayé, et le récit reprend sur la page de droite, là où l'encre a pas traversé.

elle a arrêté dès que je suis entrée et elle a commencé à tout remettre dans ces boîtes qu'elle avait trouvées dans le bureau de maman

c'est là que sont tous les albums photos

et elle a même pas dit un mot elle a pas essayé de donner des explications rien mais j'ai bien vu évidemment que j'ai vu

elle grattait le papier pour effacer ma tête sur toutes les photos

elle avait même pris celle du mur celle de maman d'elle et moi quand on devait avoir dans les quatorze ans celle qu'on avait prise pour mettre sur le mur à côté du reste de la famille

elle avait même décroché celle-là pour m'effacer avec un couteau oui oui un vrai couteau et je lui ai demandé ce qu'elle fabriquait et elle ne voulait pas me répondre alors je

j'ai fait une bêtise je crois je veux dire je sais ça maintenant mais j'ai tendu la main vers elle et je l'ai touchée je jure que c'est tout ce que j'ai fait et si jamais elle essaie de raconter que j'ai fait je ne sais pas quoi d'autre je lui montrerai ça parce que je jure que j'ai juste touché son bras c'est TOUT

et elle a perdu la tête elle a disjoncté jamais je l'ai vue dans cet état-là avant et je l'ai vue dans tous les états je suis née en même temps qu'elle et chaque seconde depuis je l'ai vécue à côté d'elle et j'ai

elle s'est mise à hurler si fort j'ai cru qu'elle allait réveiller maman et elle m'a pas frappée mais c'était vraiment pas loin et c'est ridicule parce que jamais elle ferait ça. jamais elle me ferait du mal comme ça. mais y avait un couteau sur la table et j'étais terrorisée et c'est horrible c'est horrible d'avoir eu peur d'elle d'avoir eu peur de ma propre sœur c'est comme si j'avais peur de moi

c'est pas juste

tu m'as fait peur mini merde t'as pas le droit

On dirait que ça s'arrête là, mais, pour être sûre, je tourne la page ; et c'est pas fini. Cette fois, l'écriture est appliquée, soignée et seulement dans les marges pour que ce soit facile à lire.

aujourd'hui on a seize ans (on en a de la chance) et comme cadeau on a eu droit à un sermon de maman sur la responsabilité et elle nous a appris à conduire

et puis on s'est assises à la table de la cuisine c'est-à-dire là où on fait tout maintenant que maman a vu les entailles que mini a faites sur celle de la salle à manger et non je lui ai jamais dit ce qui s'est passé mais je sais que mini croit que si

et bref elle nous a fait un gâteau ce qu'elle ne fait jamais mais seize ans c'est spécial c'est ce que tout le monde dit du moins

et elle nous a raconté cette histoire qu'elle nous raconte chaque fois et que je vais rapporter ici pour la postérité (salut mon moi du futur oui c'était aussi bizarre que dans ton souvenir)

l'histoire c'est qu'on est nées dans le verger.

maman était enceinte mais ça se voyait pas beaucoup et notre père – qu'il repose en Je-sais-pas-où-et-j'm'en-fous – était parti depuis longtemps. un jour, elle était dans le verger à récolter les abricots, qui poussaient encore (à peu près) normalement à cette époque, quand elle a perdu les eaux. elle a pas eu le temps de rentrer à la maison, encore moins d'aller à l'hôpital.

et tadaaa !

deux bébés

on a toujours cru que c'était une blague (enfin moi en tout cas) ou que si elle avait perdu les eaux dans le verger, alors elle avait sauté dans le pick-up pour aller à l'hôpital avec cet indéfectible esprit pratique qui la caractérise

aujourd'hui je pense qu'elle ne plaisantait pas du tout et voilà pourquoi

elle a allumé quatre bougies et elle les a mises sur le gâteau et elle a posé le gâteau au milieu de la table et comme j'avais peur que mes cheveux prennent feu j'ai laissé mini se pencher pour les souffler

(je décris tout ça très précisément. je veux être sûre que c'est bien fidèle au souvenir que j'ai. c'est le genre de truc qu'on peut vite transformer. mais voilà ce que j'ai vu.)

maman était derrière mini et retenait ses cheveux dans son dos parce qu'il faut bien que je tienne mes névroses de quelqu'un n'est-ce pas mais mini a quand même trouvé le moyen de se brûler le doigt

elle a vu une des bougies qui basculait et elle s'est brûlé le doigt en essayant de la redresser et elle n'a rien dit parce qu'elle savait que maman en ferait une maladie

mais j'ai bien vu sur sa peau là où le feu l'a brûlée

comme des petites lignes ou des cicatrices peut-être qui couraient sur sa peau toutes partant du même point pour rejoindre le bord de la brûlure en décrivant des spirales je l'ai vu que quelques secondes

et puis elle a mis un pansement dessus et elle ne l'a plus enlevé et peut-être que c'était rien

peut-être que c'est juste les brûlures qui sont comme ça

mais je ne crois pas

Je m'adosse à la tête de lit sans quitter la page des yeux, les sourcils froncés. Est-ce que Maman a une brûlure comme ça au doigt ? Ça me revient pas. Pourtant je devrais me rappeler.

Ce qui est bien clair dans ma mémoire, par contre, c'est la fille à la morgue. Les spirales blanches sur sa peau brûlée. La description de Katherine y ressemble carrément. Encore un maillon de la chaîne : tout est lié. C'est juste que je ne vois pas comment.

Je repense à Maman se penchant au-dessus de la flamme de la bougie, comme Katherine le décrit. À la cicatrice qui doit se trouver au bout de son doigt, cachée parmi tous ces souvenirs secrets. À Maman repliant ma main sur mon premier briquet. Me disant : « Ne laisse jamais le feu s'éteindre. Le feu, c'est ce qui sauve. »

Me sauve de quoi ?

D'elle ?

Je pousse un soupir fébrile et poursuis ma lecture. Si Katherine avait réussi à recouvrer un minimum de sang-froid pour cette note, elle l'a reperdu dans la suivante, griffonnée sur la page opposée avec la même encre.

mini est malade elle est pas sortie de notre chambre depuis hier après le gâteau et maman a transféré toutes mes affaires dans la chambre d'ami et m'a dit de prier pour mini elle a dit que mini avait une tête de déterrée ce qui n'est pas très rassurant et maintenant je suis en panique parce qu'elle peut pas mourir alors qu'elle m'en veut c'est pas possible

on se dispute tout le temps forcément qu'on se dispute on est sœurs mais c'est plus que ça plus qu'être juste chacune la moitié de l'autre

parfois je ne sais pas laquelle des deux je suis oui ça va jusque-là

parfois on est juste mini et parfois on est quelque chose de complètement différent

si on meurt ce sera ensemble si elle meurt je pars avec elle

Je referme la bible. Katherine qui se raccroche à Maman. Et y a qu'à voir où elles en sont maintenant. Une des deux morte et l'autre qui est qu'à moitié vivante.

Grann a dit que c'était à Maman de me raconter comment Katherine est morte. Et Maman m'a pas donné grand-chose, mais ça suffit. « Je suis ce qui lui est arrivé », elle m'a dit dans l'allée ce matin. Maman qui gratte une photo au couteau pour effacer le visage de sa sœur. Maman folle de rage et de jalousie. J'ai bien peur de comprendre ce qu'elle voulait dire.

Je suis plus en sécurité ici. Plus en sécurité sans elle. Et ce que Grann a à m'offrir, si peu que ce soit, c'est tout ce que je mérite.

VINGT-DEUX

Je passe le reste de l'après-midi dans ma chambre, saute le dîner et essaie de dormir, essaie d'enfouir le souvenir de cette journée au fin fond de ma mémoire. Mais elle revient me hanter toute la nuit. Maman, et la robe bleue qu'elle portait à la clinique, et Tess, et moi allongée là, les yeux grands ouverts, jusqu'à ce que le soleil se lève encore une fois et que je sois tellement crevée que la fatigue finit par l'emporter. Elle me tombe dessus comme une masse, me plonge dans les abysses, m'entrave de rêves lourds et fiévreux, me maintient sous l'eau jusqu'à ce qu'un coup frappé à la porte de ma chambre me réveille en sursaut.

Je me lève, titube, désorientée. J'ai la tête qui tourne. Je marmonne :

— Une minute !

Et j'entends la voix de Grann répondre quelque chose que j'arrive pas à comprendre.

Quand j'ouvre la porte, Grann se tient sur le seuil, une robe à la main : imprimé pimpant à petites fleurs bleues, manches papillon et jupe corolle – trop ample à mon goût.

— A-t-on idée de dormir si tard ? grommelle Grann en passant devant moi d'un air affairé. Nous devons être en ville à dix-sept heures, insiste-t-elle, en agitant la paire de sandales blanches qui se balancent par la bride à son poignet.

Je jette un œil au réveil. Il est seize heures passées. J'ai l'impression que je pourrais encore dormir un jour entier. Tout, depuis mon arrivée à Phalène, me fait l'effet d'un poids qui m'enfonce toujours un peu plus dans le matelas.

— Allez, allez, debout !

— Hein ?

Tout ça est trop normal. Je sens encore la main de Grann sur mon genou quand elle m'a dit que ma place était et serait à jamais ici. Et la voilà maintenant. Avec une robe. Comme si c'était pas justement à cause d'une autre robe que j'étais partie en courant, pour commencer.

Grann se tourne pour me faire face, tenant le vêtement contre elle comme si elle voulait voir comment elle lui allait.

— La soirée des donateurs pour la police. Une éternité que les Miller l'ont programmée.

À l'entendre, c'est bien la dernière chose qui lui viendrait à l'idée. Je sais ce qu'elle pense de Phalène. Et ce que Phalène pense d'elle. Et je n'ai certainement pas envie de voir les flics, si je peux faire autrement. Ils en ont après Grann, et ils veulent que je les aide à l'enfoncer. Et, s'ils me demandent encore, j'ai bien peur d'être tentée. Non, mieux vaut les éviter, c'est plus sûr.

— Et pourquoi on irait ? (Je m'assois dans mon lit, rabats les couvertures et balance mes jambes par-dessus.) C'est pas comme si on allait être super bien accueillies.

On a qu'à rester ici. Voilà ce que j'ai envie de lui dire. *Rien que toi et moi jusqu'à la fin de nos jours.* Je serais pas obligée de revoir Tess. Je serais pas obligée d'assumer la façon dont je l'ai traitée.

— C'est précisément pour cette raison que nous y allons. (Grann pose les sandales par terre, étale la robe sur le lit et se campe devant moi.) Nous allons leur montrer que leurs ragots ne nous atteignent pas.

Y a un truc qu'elle me dit pas, j'en suis sûre. On irait en ville juste pour se faire voir ? Impossible. Pas après l'histoire du cadavre et l'incendie. Et moi.

— OK.

Ça vaut pas le coup de se prendre la tête pour si peu, surtout en ce moment.

Grann a l'air contente et désigne la robe du menton.

— Mets-la. Je l'ai achetée exprès pour toi à Crawford.

Je fronce les sourcils.

— Quand est-ce que tu as trouvé le temps de faire ça ?

— Après ton départ, lorsque tu as quitté si précipitamment la table du petit déjeuner chez les Miller, répond-elle, d'un ton juste assez pincé pour me faire comprendre qu'elle l'a toujours pas digéré. J'ai dû deviner ta taille. Rejoins-moi dans ma chambre quand tu auras fini de t'habiller. Je m'occuperai de ta coiffure.

Et puis elle me laisse. Je me lève, reluque la robe. Je sais pas si c'est une excuse pour la robe bleue du grenier. Ou si c'est pour mieux me la rappeler, au contraire. Un avertissement. « Tu as déjà perdu ta mère : tu veux me perdre aussi ? »

Non. Je ferme un instant les yeux, fort, puis je descends le zip. Tout est pas nécessairement négatif. Après tout, elle a acheté cette robe pour moi, alors que je l'ai quand même plantée là chez les Miller. C'est une marque d'affection, ça. C'est quelque chose qu'il faut garder précieusement, un truc auquel me raccrocher.

La robe glisse sur ma peau à vif quand je l'enfile, mais je prends trop de précautions pour que ça risque de me faire mal. J'attrape les sandales que Grann a apportées pour aller avec et remonte le couloir. La porte de sa chambre est ouverte, laissant se déverser un flot de lumière couleur de miel avec un fond musical assourdi.

Je perçois chaque irrégularité du plancher sous mes pieds nus et l'entends grincer quand je m'approche de la porte.

— Cesse donc de lambiner ! m'interpelle alors Grann. Entre.

À l'intérieur, le lit est fait au carré, comme la dernière fois, et Grann est assise devant sa coiffeuse, face au mur du fond, ses longs cheveux gris déployés sur ses épaules. Elle porte une copie de ma robe, mais en rouge – je la vois dans le grand miroir ovale. Armée d'un fer à friser, elle enroule l'extrémité de chaque mèche pour obtenir de parfaites anglaises. On dirait qu'elle vient d'un autre âge, qu'on est allé la pêcher dans le passé et qu'on l'a collée dans cette chambre juste pour que je l'y trouve.

— Margot, dit-elle, en croisant mon regard dans la glace, n'es-tu pas ravissante ? Une vraie peinture.

— Une peinture de qui ?

Grann se lève pour traverser la pièce, les pieds gainés de nylon – je parie qu'elle porte des mi-bas –, et vient tirer sur le devant de ma robe, pour lisser un pli.

— De ta mère.

C'est dingue comme tout, dans ma vie, est toujours à la fois un don et une malédiction. Chaque caresse, une blessure. Quand y aura-t-il un seul truc qui sera rien d'autre que ce qu'il est ?

— Viens ici, m'ordonne-t-elle, que nous mettions quelques boucles dans ces cheveux.

Il fait trop chaud là-dedans, pire que dans ma chambre, même avec le ventilateur qui tourne au plafond. Les stores sont tirés, si bas que je peux même pas voir un rayon de soleil ni un bout de champ dehors. Je suis Grann pour aller m'asseoir devant la coiffeuse. Le siège est une petite banquette en velours capitonnée, d'un luxe qui tranche avec le reste de la maison où tout est rustique et fonctionnel. Pas grand-chose sur la coiffeuse en dehors d'un vieux parfum, qui a laissé un dépôt marron sur les parois du flacon, et trois tubes de rouge à lèvres. Je tends le bras pour en prendre un.

Grann me tape sur la main.

— Ces couleurs-là ne t'iront pas.

Je reste sans bouger pendant qu'elle enlève mon élastique et défait ma tresse, déposant si délicatement chaque mèche sur une de mes épaules que je ferme les yeux. J'ai trop peur de pleurer.

— Aujourd'hui est un jour important, m'annonce Grann à l'oreille, ses mains d'une douceur infinie contre mon crâne. Je compte sur toi pour savoir te tenir.

J'ouvre les yeux, croise son regard dans le miroir.

— Me tenir ?

— Autrement dit : ne gâche pas la soirée.

Elle répartit mes cheveux en plusieurs sections et les coiffe avec une grosse brosse dure pour les lisser. Je la regarde faire dans la glace, la vois dégager mes tempes, mettre mes mèches grises bien en évidence. Je sais pas pourquoi – ça m'est jamais arrivé avant –, mais ça me fait piquer un fard. Grann pose le dos de sa main, si fraîche par contraste, sur ma joue soudain brûlante.

— Une vraie Nielsen, commente-t-elle d'une voix rêveuse, avec quelque chose de nostalgique dans le ton.

Elle attrape alors le fer à friser et le temps semble s'arrêter tandis qu'elle le passe dans mes cheveux, mèche par mèche, méthodiquement. Ses gestes lents, le ronron du ventilateur, la caresse de l'air sur ma peau... C'est ça, être la petite-fille de Véra Nielsen. C'est ce que je voulais.

Je laisse ce sentiment m'imprégner, envelopper mon cœur comme un cocon, jusqu'à ce qu'elle ait fini mes boucles et repose le fer à friser. Je m'abandonne contre son ventre. Robes assorties, coiffures assorties.

— Regardez-moi ça ! chuchote-t-elle.

Elle se penche pour déposer un baiser sur le dessus de ma tête en me tenant par les épaules, si fort que je sens déjà les bleus s'incruster sous ma peau.

Ça m'est égal. Il est grand temps que l'amour laisse son empreinte sur moi.

Une fois mes anglaises refroidies, Grann m'entraîne aussitôt dehors pour me faire monter dans le pick-up. J'ai toujours aucune envie de quitter Fairhaven, mais elle se montre intraitable. Et puis j'aime bien ce que je ressens quand je marche comme ça à côté d'elle, avec ce look qui fait tout de suite de moi sa petite-fille. C'est ce que je voulais, ce que je suis venue chercher ici.

Grann retire ses chaussures à talons pour conduire et je les prends sur mes genoux pendant qu'elle nous fait emprunter la grand-route et passer devant les champs brûlés pour gagner le centre-ville. Phalène a pas changé et paraît pourtant complètement différent, vu par la vitre du pick-up de Grann. Je sais que rien lui échappe et que, dans tout ce qu'elle regarde, elle voit autre chose. Elle voit le Phalène du temps jadis, à l'époque où la ville appartenait aux Nielsen.

Est-ce que ça a fait le même effet à Maman en arrivant, quand elle est revenue ici ? Je sais qu'elle sera pas à la soirée – je vois vraiment pas ce qu'elle y ferait –, mais je me sens un peu nerveuse. Et si je la voyais dans la rue ? Et si on passait devant l'endroit où elle s'est installée – un motel ? –, ou juste devant notre vieille guimbarde stationnée le long de la place centrale ? Qu'est-ce que je serais censée faire dans ces cas-là ?

Mais où qu'elle soit, on se gare sur le parking sans l'avoir vue. Et puis j'ai d'autres problèmes à régler, pour le moment. Tess, déjà – j'ai encore notre prise de tête d'hier sur le cœur –, et les flics, ensuite. Le poste de police est juste là, de l'autre côté de la rue, et, sur le moment, je me demande si c'est pas là que Grann m'a amenée, en fait ; si elle a pas toujours eu l'intention de me laisser à la morgue, couchée à côté de cette fille qu'elle a laissée brûler. Mais mon angoisse se dissipe quand elle m'entraîne dans la direction opposée. On passe devant l'église avec son escalier monumental en marbre et son haut portail en arcade. À côté, la mairie paraît minuscule et insignifiante : juste un bâtiment d'un étage, sa porte décorée avec deux malheureux ballons en berne et maintenue ouverte par une benne à ordures.

J'aurais pu penser qu'on était pas au bon endroit, si y avait pas ces gens, là, dehors, tous endimanchés comme

Grann et moi. Un peu plus loin, sur le trottoir, une mère parle sèchement à sa fille qui porte une robe à peu près aussi large que la fille est haute. À proximité de la porte, une petite bande de garçons de mon âge en pantalon à pinces beige et blazer bleu font tourner une cigarette. Tous des inconnus pour moi, et je crois bien que j'ai jamais vu autant de gens dans cette ville. Je me demande s'ils savent qui je suis. Si ça les intéresse, comme ça semble passionner tous ceux que j'ai rencontrés dans ce bled jusqu'ici.

Je suis vite renseignée. Quand Grann me fait passer devant eux au pas de charge en me tenant fermement par le coude, les mecs nous regardent approcher avec de grands yeux écarquillés, et, au moment où on les croise, une volute de fumée s'échappe de la bouche de celui qui est le plus proche de la porte quand il fait des messes basses à ses petits copains.

Véra Nielsen, en chair et en os.

Je sais ce que ça leur fait.

Grann daigne pas leur accorder un seul regard. Elle me fait entrer et traverser un hall miteux blanc sale, comme l'y invite l'affiche collée au mur avec une flèche pointée sur une autre porte. J'ai à peine le temps d'apercevoir les bureaux qui donnent sur le hall qu'on est déjà dans la cage d'un escalier en béton, où seul résonne le bruit des talons de Grann à chacun de ses pas.

— Je suis censée faire quoi, moi, à ce truc, au juste ? (Je rectifie le tombé de ma robe.) « Ne gâche pas la soirée », c'est un peu vague.

Grann me fait descendre une deuxième volée de marches qui débouche sur une petite entrée avec un néon tremblotant au plafond. Une porte marron à moitié gondolée est juste entrouverte et j'entends d'ici le brouhaha des voix et de la musique à l'intérieur.

— Thérésa et toi, dirais-tu que vous êtes amies ? me demande Grann en me faisant pivoter pour lui faire face.

Je sais pas trop où on en est, avec Tess, après notre engueulade d'hier. Je sais pas vraiment ce qu'on était avant, déjà. Je la connais que depuis deux jours et peut-être que j'aurais dû être plus prudente, garder mes distances. Mais j'étais complètement flippée, et Tess était une vraie bouée de sauvetage pour moi, alors je me suis raccrochée à elle. Et, maintenant, peut-être que le courant passe plus. Comme quand on ferme un circuit électrique en surtension : ça saute.

— Amies ? On peut dire ça comme ça, j'imagine.

Je peux pas faire mieux.

Grann remet une de mes boucles en place.

— Tant mieux. C'est important que les gens te voient ici, qu'on te voie avec elle. Je dois avoir certaines conversations plutôt difficiles et la famille de Thérésa peut faire beaucoup pour me faciliter les choses. (Elle m'adresse un sourire, sincère et chaleureux.) Je te parle comme à une adulte, là, Margot. J'ai besoin de ton aide. Peux-tu faire ça pour moi ?

C'est vrai que c'est tentant, je peux pas dire le contraire. Cette façon qu'elle a de me faire participer à ses affaires, de m'inclure, de m'accueillir dans sa tribu, son clan. Comme si elle savait que je ferais n'importe quoi pour ça.

— Oui. (C'est sorti tout seul, avant que je puisse me retenir.) Oui, je peux faire ça.

Grann recule.

— Bien, dit-elle avec un hochement de tête approbateur. Droit dans la fosse aux lions, alors.

La salle est bondée. Des tables rondes, un lino gris, avec deux buffets surchargés dans le fond et un garçon à peu près de mon âge qui a l'air de s'ennuyer ferme à son poste, derrière une petite table haute avec un portable branché à une paire d'enceintes diffusant un jazz entraînant. Sur les murs sont accrochés des dessins d'enfants et des posters édifiants comme si, prévenu au dernier moment, quelqu'un les avait décorés avec ce qui lui tombait sous la main.

Tout Phalène doit être là. Les mères calmant leurs gamins turbulents, les pères par grappes sur le pourtour de la salle, pendant qu'un quartet de couples d'un certain âge danse à pas mesurés au centre. Une table à l'écart est prise d'assaut par des adolescents qui seraient sans doute dans ma classe si j'allais au lycée ici. Toutes les forces de police locales semblent avoir été mobilisées, rassemblées près de l'entrée, où l'un des flics est en train d'installer une boîte pour les dons.

La robe que Grann m'a fait mettre me serre les côtes comme un étau, et je sens la fermeture à glissière qui frotte au creux de mes reins. Je repère Eli en retrait, sur un des côtés de la salle. Tess est pas avec lui. On dirait qu'il la cherche, lui aussi. Il parcourt la foule des yeux, plissant le front, visiblement soucieux.

Il faut que je parle à Tess. Il faut que je lui demande pardon, que je me rattrape.

Je croise le regard d'Eli et lui adresse un petit signe de la main. Sur le moment, je vois bien qu'il hésite à faire celui qui m'a pas vue. Mais il répond finalement à mon salut avec un sourire qui traduit tous les efforts qu'il fait pour être poli.

— Je peux... ?

J'ai pas le temps de demander la permission que Grann me coupe déjà la parole :

— Retour au pick-up à dix-huit heures, dit-elle, tranchante. Fais-moi honneur, Mini.

On dirait presque un fauve quand elle traverse la piste pour se diriger vers un groupe d'hommes, tous penchés les uns vers les autres, en grands conciliabules.

Mini. Ça devrait être agréable à entendre. Ça l'est presque.

Préférant éviter tout contact avec ces messieurs de la police, je file droit sur Eli qui est en train de rééquilibrer deux assortiments de fromages empilés sur sa petite assiette en carton avec une précision mathématique.

— Salut, me lance-t-il sans daigner lever les yeux. Attends deux secondes. Ce travail d'orfèvre exige la plus grande délicatesse.

— Bien sûr.

Je devrais déjà être contente qu'il m'adresse la parole sans que Tess soit là pour l'y obliger, j'imagine.

— OK, finit-il par dire.

Je le regarde embrocher un cube de fromage sur un pic et me le tendre, écrasant entre ses doigts les frisottis en plastique bariolés à l'autre extrémité.

— Cheddar ?

Je hausse les sourcils.

— Non, merci. T'as pas vu Tess ?

Il secoue la tête. Eli garde ses distances avec moi, comme s'il voulait montrer à tout le monde que ma présence le met mal à l'aise.

— Non. Mais je suis sûr qu'elle va pas tarder.

Je jette un regard circulaire, mais je vois que la foule des invités, avec les flics qui sortent du lot à cause de leurs uniformes noirs. Anderson et Connors doivent être là, quelque part. J'avais oublié que la police de Phalène se limitait pas à eux deux. À l'autre bout de la table de buffet, je reconnais le troisième flic présent sur la scène de l'incendie. Il semble occupé à se faire un sandwich au pastrami.

Pas de Tess. Pas de Miller. Je me retourne vers Eli.

— Tu lui as parlé aujourd'hui au moins ?

Eli récupère la couche supérieure de la pile de fromages sur son assiette et l'enfourne direct.

— Elle m'a envoyé un texto hier soir. Mais ça ne voulait pas dire grand-chose.

Peut-être qu'elle lui a dit ce qui n'allait pas.

— Je peux voir ?

L'hésitation d'Eli est trop longue : la réponse est non.

— Laisse tomber. (Je parie que c'était sur moi.) Je vais la chercher.

Il jette un coup d'œil par-dessus mon épaule et écarquille les yeux.

— Je ne crois pas que ce sera nécessaire.

VINGT-TROIS

Je me retourne. Et voilà Tess qui passe la porte, ses parents sur les talons. Elle porte une robe en crêpe, à la jupe évasée et au corsage moulant, avec de fines bretelles qui sont tombées de ses épaules. Elle a les cheveux lissés en chignon et, vu de loin, sa coiffure semble avoir été particulièrement soignée. Mais, quand elle détourne la tête, le regard étrangement vague et les yeux injectés de sang, je peux voir un élastique vert fluo qui la retient en équilibre précaire.

M. et Mme Miller présentent quant à eux nettement mieux. Encadrant leur fille, ils sont tous les deux en tenue d'été chic : pour lui, chemise à rayures et pantalons de lin et, pour elle, robe bleu ciel qui ressemble à une copie de celle de Tess, taille comprise. Ils ont beaucoup plus d'allure qu'elle, c'est clair, mais, à y regarder de plus près, on détecte cette même rougeur dans leurs yeux, cette même raideur dans leurs épaules.

C'est quoi cette histoire ? Tess était bien un peu vaseuse hier, c'est vrai, mais elle était loin de faire cette tête. Et Mme Miller non plus.

Eli les observe, lui aussi. Et il fait la grimace.

— Hmmm, c'est mauvais signe, marmonne-t-il.

Ils passent devant nous pour se diriger vers le fond de la salle. Je remarque alors la main de Mme Miller dans la nuque de Tess, la manière ferme qu'elle a de la guider alors qu'ils rejoignent le groupe de policiers. Son regard se pose sur Eli et j'en reviens pas de la froideur avec laquelle elle le toise. Pas de signe de la main, pas un sourire pour le meilleur ami de sa fille.

— Oh, génial, maugrée-t-il. Ses parents ont dû la choper en train de faire un truc complètement con et elle m'a encore collé ça sur le dos. Comme d'habitude.

C'est pas impossible. Mais je me souviens hier, la tension qu'on percevait dans ses épaules…

— Je sais pas… Je crois que c'est plus grave que ça.

— On ne va pas tarder à le savoir, j'imagine.

Un agent en uniforme vient de faire son entrée, ôtant sa casquette de flic et passant la foule en revue façon rayon laser. C'est Connors. Je croise involontairement son regard et me tourne brusquement vers Eli, qui fronce le nez en voyant ma réaction.

— Oh ! vachement naturel, persifle-t-il. Bon, OK. Moi, je vais me ravitailler.

— Attends !

Si je suis toute seule, Connors va venir vers moi pour essayer de me soutirer des infos, infos que je n'ai pas. Mais c'est déjà trop tard. Eli se dirige vers le buffet et Connors est trop près pour que je puisse prétendre pas le voir me saluer de la main.

— Sympathique, cette soirée, me dit-il en prenant la place qu'Eli vient de quitter.

Mon regard tombe sur sa main gauche, attiré par l'éclat de son alliance. Je me demande à quoi ressemble sa femme, laquelle de toutes celles qui déambulent dans la pièce ça peut bien être. Si Connors lui parle du cadavre, de Véra, quand il rentre chez lui le soir. Quelle réalité tout ça peut bien avoir pour les autres. Ou si c'est juste moi.

— Très.

Je regrette de pas avoir un verre à la main, ou n'importe quel truc pour me donner une contenance. Faute de mieux, je me mets à triturer le bout de mes anglaises sans quitter Tess des yeux. Elle a pris place à la table de ses parents, assise entre eux, regardant droit devant elle. Pas un muscle de son visage ne bouge. À peine si elle cligne des paupières. Je sais pas ce qui s'est passé, mais ça l'a complètement retournée.

— On ne t'a pas vue en ville hier, dit Connors. Tout va bien à Fairhaven ?

Je quitte Tess des yeux à regret pour le regarder.

— Allez-y. (Je croirais entendre Grann, sens son influence dans l'inflexion de ma voix.) Posez-la carrément, votre question. Vous voulez savoir si j'ai changé d'avis. Si j'ai quelque chose à vous dire sur ma grand-mère.

Connors a l'air abasourdi.

— Non ! Je veux juste savoir si tu vas bien. C'était du lourd, cette petite séance au poste. Et puis tu es juste une gamine, toute seule, là-bas, avec Véra. Ce n'est pas exactement le genre d'endroit que je choisirais pour me remettre de mes émotions, tu vois ?

Sur le coup, je réponds pas. Je peux pas. Il m'a traitée de gamine. Je me suis pas considérée comme ça depuis je sais pas combien de temps. Dix-sept ans, mais je me suis élevée toute seule. Quoi que je me demande parfois si je me suis pas contentée de survivre, plutôt.

— Ça va. (Et puis parce que c'est trop tentant et parce que Connors est le seul à avoir vu ce que j'ai vu.) C'est juste que j'arrête pas de penser à cette fille. À ses yeux. À cette brûlure qu'elle avait à la jambe.

— Moi aussi.

Une femme passe alors devant nous avec une coupe de glace qu'elle vient de se servir au buffet des desserts. Le truc dégouline de sauce chocolat.

— De quoi vous dégoûter à vie de certaines choses, commente-t-il avec un petit rire, alors qu'y a vraiment rien de marrant.

— On sait pas ce qui a provoqué ça ?

Il hésite. Il est sans doute pas censé discuter de ça avec moi – ni avec personne d'autre, d'ailleurs. Mais, pour une fois, je parle, alors que je refusais d'ouvrir la bouche avant, et je vois d'ici les rouages qui tournent dans sa tête : peut-être que c'est comme ça qu'il réussira à me brancher sur Grann. Les flics sont pas revenus à Fairhaven depuis ma première journée là-bas, mais, après ma petite virée dans les archives au poste, c'est plus qu'une question de temps, ça paraît évident. Et il voudra engranger un max de munitions avant.

— Si.

Il recule à l'écart des autres invités et baisse la voix. Je suis le mouvement.

— La légiste étudie certaines anomalies qui pourraient l'expliquer. Un truc dans son sang qui n'a rien à faire là. Je ne sais pas ce que c'est, Margot.

Ce qui vient après est sous-entendu : « Mais ta grand-mère le sait, elle. »

Je fais celle qui a pas capté.

— Un truc dans son sang ?

Connors agite la main et puis la tend pour attraper au vol un verre d'eau sur le plateau d'une fille habillée en serveuse – je reconnais une des copines de Tess dans son uniforme de location tout froissé, celles qui étaient avec elle sur la pelouse de la place à mon arrivée.

Il attend qu'elle se soit éloignée pour continuer :

— Un produit chimique. On vient juste de recevoir les résultats. C'est un truc utilisé en agriculture, pour planter des hybrides stériles. La ridicine. Tu en as déjà entendu parler ?

Je secoue la tête. C'est censé me dire quelque chose ?

— Ça a été interdit en… (Connors se frotte la mâchoire d'un air songeur.) Il y a une quarantaine d'années, je dirais ? Deux ou trois personnes exposées en sont mortes au Kansas. Ça a fait un sacré battage dans les journaux. Alors qu'est-ce que ce poison fait dans le sang de cette fille ? On n'en a aucune idée.

Un produit chimique. J'ai vu le rapport pendu à la poignée de ce tiroir à la morgue. Je laisse mon regard divaguer en me concentrant sur ce souvenir précis. Mais j'arrive pas à faire ressurgir l'image. Et voilà que, d'après Connors, ce truc a été interdit. Bien longtemps avant que cette fille soit née, en plus.

— Mais elle avait mon âge, cette fille, non ?

— Apparemment. (Connors prend une gorgée d'eau, la mine sombre.) C'est bien ce que je dis.

On a pas le temps d'aller plus loin. De l'autre côté de la salle, Tess se lève d'un bond, bousculant la table des Miller avec fracas, renversant une carafe de limonade et faisant tomber un verre qui vole en éclats sur le sol. Mais elle semble même pas s'en apercevoir.

— Je vous l'ai dit ! hurle-t-elle. Je vous l'ai dit et redit.

— Thérésa…

Mais Tess coupe déjà sa mère :

— Ce n'est pas Eli. Mais, bordel, qu'est-ce qui se passe ? J'y comprends rien !

Horrifiée, sa mère lève les yeux vers elle, bouche bée. Elle reste figée quand Tess quitte la table comme une furie, avec l'eyeliner qui coule, entraîné par les larmes inondant ses joues.

Connors fronce les sourcils, fait un pas en direction des Miller, mais un agent est déjà venu s'accroupir entre les parents de Tess et deux autres sont en train de récupérer des rouleaux d'essuie-tout pour réparer les dégâts. Je profite de cette diversion pour longer furtivement le périmètre de la salle et suivre Tess qui a ouvert la porte du fond à toute volée et disparu.

J'arrive au pied d'un escalier qui monte au rez-de-chaussée. Je trouve Tess assise sur la dernière marche, le front sur les genoux. Je suis assez près pour remarquer une trace de sang sur le côté de sa robe et la cuticule déchirée qui doit l'avoir provoquée. Je laisse la porte se refermer toute seule dans mon dos.

— C'est moi.

Tess relève la tête. Elle a de grands cernes sous les yeux et le teint cireux. On dirait qu'elle a pas dormi depuis des siècles. Je vais pas lui demander si ça va : je connais déjà la réponse. Elle était comme ça hier aussi. Avant que je foute tout en l'air.

Je tente plutôt :

— Qu'est-ce qui se passe ?

Pendant un moment, elle réagit pas. Et puis elle soupire, se plie en deux, appuie de nouveau le front contre ses genoux.

— J'arrive pas à le croire, dit-elle d'une voix étouffée. J'arrive-pas-à-le-croire.

Je m'assois à côté d'elle, en prenant bien soin de laisser un espace entre nous.

— À croire quoi ?

D'un geste excédé, elle se redresse. Ses cheveux s'échappent de son vieil élastique vert. Je la vois glisser une main sur son ventre.

— C'est que… (Elle s'interrompt brusquement et se met à rire, un rire incrédule et nerveux, plein de rage et pas loin de virer à la panique… ou pire.) J'avais mal au cœur hier. Ça fait plusieurs jours que ça dure. Genre un coup avec, un coup sans. Rien quoi. Tout allait parfaitement bien. Sauf que ma mère flippait à cause d'Eli qui restait tout le temps dormir à la maison parce qu'apparemment ça voulait dire qu'on couchait ensemble. Et elle m'a fait faire un test et… Bingo !

Oh.

Oh !

— T'es…

Je préfère laisser des points de suspension : j'ai pas envie d'être celle qui lâche la bombe.

Tess s'en charge pour moi :

— Enceinte. Dans l'attente d'un heureux événement. En cloque, débite-t-elle, de plus en hystérique à chaque mot.

— Hum… Félicitations, je suppose ?

— Va te faire foutre ! me réplique-t-elle, mais toujours avec ce rire qui sonne horriblement faux, le souffle court.

Et puis elle bascule contre moi. D'accord, on s'est pris la tête. Mais, maintenant, on est là, ensemble, et je peux jouer ce rôle pour elle. Je veux être quelqu'un sur qui elle peut compter.

— Donc, c'est pas Eli. (Je revois ces mecs en blazer dehors. J'arrive pas à imaginer Tess avec l'un d'entre eux – avec personne, en fait.) Alors, c'est q… je peux te demander qui c'est ?

— Demande toujours, marmonne Tess dans le creux de mon épaule. Et, si tu trouves la réponse, dis-le-moi.

Je sens mes yeux qui s'écarquillent. Je cherche mes mots pour lui demander si elle va bien, si elle risque rien. Je veux qu'elle sache que je ferai tout ce qu'il faut, que si elle a besoin de quoi que ce soit… Mais elle enchaîne avant que je réussisse à les trouver.

— C'est juste que je comprends pas. Je vois pas comment ça peut m'arriver.

— Qu'est-ce que… qu'est-ce que tu veux dire ?

Il y a un truc qui cloche là, quelque chose qui m'échappe.

— Je veux dire que c'est physiquement impossible.

Elle entortille sa jupe dans ses poings, si serrés que ses articulations deviennent toutes blanches. Je m'écarte pour pouvoir mieux la regarder.

— Je me suis dit que le test devait se planter, hein ? poursuit-elle. Mais ma mère m'en a fait faire quatre, et ils donnent tous le même résultat. Je suis la putain de Vierge Marie, moi, dans cette histoire, littéralement !

Je devrais la rassurer. Mais j'arrive pas à digérer le choc. Elle est sérieuse. Elle est vraiment enceinte, et, si je la comprends bien, elle affirme qu'il y a pas de père. Rien du tout. Juste… elle.

La lumière de la cage d'escalier éclaire ses joues, plongeant ses yeux dans l'ombre. Elle a les ongles tout rongés, le vernis rogné à coups de dents. Elle laisse échapper un rire amer et suraigu.

— Comment ça peut arriver, un truc pareil ?

— OK. (Je fais de mon mieux pour prendre le ton calme de la fille qui maîtrise – il en faut bien une sur nous deux.) On va tout recommencer depuis le début. Tu as dit que ta mère t'a fait faire des tests ?

Elle hoche la tête, les yeux fermés, et laisse échapper un soupir.

— Ce matin.

— Et y a carrément… aucune chance pour qu'il y ait… un père ?

J'y vais progressivement. Ses paupières se soulèvent brusquement et elle me jette un regard mi-las, mi-désespéré.

— S'il te plaît, me supplie-t-elle, ça n'a déjà aucun sens pour moi. Alors ne me demande pas d'en trouver un pour toi. C'est trop, là. J'ai maman qui me questionne sur Eli et mon père qui ne veut même plus me regarder, mais il n'aurait surtout pas fallu qu'on rate cette putain de soirée, Dieu nous en préserve ! et…

Elle s'interrompt en entendant frapper. Je me retourne. Grann pointe la tête par l'entrebâillement de la porte. Elle s'est composé la même expression bienveillante qu'elle avait quand je suis arrivée à Fairhaven.

— Tout le monde va bien par ici ? lance-t-elle d'un ton à la fois enjoué et apaisant : Par-fait.

Voilà la grand-mère que je suis venue chercher ici, la grand-mère qui m'a coiffée, habillée… Sauf que, là, ça me fait flipper. C'est juste une représentation. Je m'en rends compte, maintenant. Et, si elle joue ce rôle de composition, c'est pour une bonne raison.

Tess renifle et s'essuie le nez sur son bras.

— Tout va bien, répond-elle. Désolée d'avoir fait une scène.

— Ne t'en fais pas. (Grann passe la porte et la referme derrière elle, s'adossant même au battant – interdisant ainsi aux autres d'entrer, peut-être. Ou nous empêchant de sortir…) Ils sont déjà en train de nettoyer. Dans une minute, tout sera rentré dans l'ordre. (Elle adresse un petit sourire à Tess, un sourire chaleureux, engageant ; d'autant plus crédible qu'il est discret.) Vu de l'extérieur, on a pu penser à une crise de nerfs. Évidemment, il y a eu… eh bien, disons quelques commentaires que j'ai cru saisir. À propos d'une certaine… situation dans laquelle tu pourrais te trouver…

— Pardon ?

Une « situation » ? Mais Grann ignore totalement mon interruption.

— Ma fille était très jeune aussi quand elle est tombée enceinte, poursuit-elle.

Je la dévisage, sidérée. Comment elle a pu deviner ?

Elle s'accroupit aux pieds de Tess, et je la vois poser la main sur son genou avec commisération. Comme elle l'a fait avec moi, dans la cuisine.

Exactement le même geste. Un malaise vertigineux me submerge, laissant une cascade de frissons dans son sillage. Il y a quelque chose d'anormal.

— Grann…

Elle m'envoie balader d'un revers de main, les yeux toujours rivés sur Tess.

— Je l'ai aidée à traverser cette épreuve, reprend-elle. Je peux t'aider aussi. Tu as le choix. Quoi que tu décides de faire, des millions de possibilités s'offrent à toi.

C'est pile le discours qu'il faut tenir. Pourtant, ça sonne carrément faux. Parce que Grann dit pas ça pour jouer les bonnes âmes ou par gentillesse. Pourquoi déciderait-elle tout à coup de s'occuper de Tess, alors qu'à mon avis, elle l'a jamais fait avant ?

— Et le père…, poursuit-elle. Qui qu'il soit, il te soutiendra, au moins financièrement. Nous y veillerons, crois-moi.

Non ! C'est comme un cri d'alarme, strident, pressant, qui se fraie un chemin à travers les méandres de mon cerveau embrumé. *Non, Tess, ne fais pas ça.* Mais Tess ouvre déjà la bouche.

— C'est bien là, le problème, soupire-t-elle.

Le front de Grann se plisse.

— Que veux-tu dire ?

— On devrait y retourner. (Cette fois, je m'interpose, resserre l'étreinte de mon bras autour de la taille de Tess et essaie de l'entraîner aussi discrètement que possible. *Pas un mot de plus. Lui fais pas confiance. Elle te fait le même coup qu'à moi.*) Tes parents veulent sans doute te parler.

Tess croise mon regard. Je vois alors ses yeux s'écarquiller : elle a compris.

— Oui, tu as raison.

On se lève toutes les deux en même temps et on se faufile derrière Grann en direction de la porte.

— Non, attends une minute ! (Grann se redresse et lisse d'invisibles plis sur sa robe.) Y a-t-il un père, Thérésa ?

« Y a-t-il ? » Pas « qui est » le père ? Comment Grann peut savoir ? Alors que moi, j'en suis encore à essayer d'imaginer comment c'est seulement possible un truc pareil. Comme si elle était déjà au courant.

Tess tourne la tête. Sa voix s'enraye, s'étrangle dans un murmure.

— Pourquoi cette question ?

Et Grann. Elle me jette ce coup d'œil…

Un truc infime. Le temps d'une fraction de seconde et elle détourne les yeux. C'est si rapide. Je me dis qu'elle a pas pu faire exprès. Mais ça résonne en moi, trouve un écho dans ces espaces vides où mon propre père a jamais vécu. C'est là une question que j'ai même jamais eu envie de me poser. Pourquoi je l'aurais fait ? J'avais déjà bien assez de ma mère à gérer.

— Je ne suis pas persuadée de bien saisir ce que tu entends par là, lui répond Grann. Je m'assure simplement que vous allez bien, les enfants. Retournons donc à la fête. Notre absence pourrait intriguer.

J'ai à peine le temps de m'écarter que, déjà, elle ouvre la porte du coude et nous escorte dans la salle, une main au creux de nos reins, ferme et impérieuse. La musique est trop forte, l'atmosphère trop chargée d'un mélange de parfums, plus entêtants les uns que les autres. J'ai besoin d'air. J'ai besoin d'échapper à la surveillance oppressante de Grann, comme si elle attendait constamment de voir ce que je vais faire.

Et, plus encore, j'ai besoin de retrouver Maman. Grann m'a pas quittée des yeux une demi-seconde que je me rue vers la sortie.

VINGT-QUATRE

Dehors. Le soir qui tombe. Je pique un des vélos parqués dans les arceaux sur la place pour traverser la ville. Respiration haletante, vision déformée chaque fois que je cligne des yeux. Rien n'est comme ce que je croyais. Pas de père, pas de père, et ça m'a jamais posé de problème. Et, d'accord, je me suis bien interrogée sur son existence, s'il était quelque part dans les parages, et, d'accord, il m'est arrivé de me demander à quoi il pourrait ressembler, quels traits pouvaient s'être mélangés à ceux de Maman et disparaître aussi radicalement.

Pas de visage du tout. Juste elle, et puis moi. Est-ce que…

J'appuie plus fort, essaie de tout écraser sous mes pédales. Les Nielsen sur ces photos, dans la salle à manger. Ils se ressemblaient pas comme Maman ressemble à Grann, comme on se ressemble toutes les trois. Et il y a un truc, là, un truc qui attend juste que je le regarde en face. Mais je peux pas faire ça toute seule. Maman. J'ai besoin de Maman.

Je sais pas vraiment où elle est, mais j'imagine qu'il y a pas des tonnes de motels dans un bled pareil. J'ai vu tout l'ouest de la ville ou presque avec Tess, ou dans le pick-up de Grann. Alors je suis la route vers l'est. Droit devant, un peu plus loin, j'aperçois un bâtiment tout en longueur, blanc avec des parements bleus et un petit parking en terre battue. Une enseigne clignote, alternant entre « CHAMBRES À LOUER » et « COMPLET ».

C'est le seul motel que j'aie vu dans tout Phalène : elle peut être que là. Je fonce, tangue en passant sans freiner par-dessus le parterre de fleurs – sans fleurs.

Le break est pas sur le parking pour m'indiquer quelle chambre elle occupe. Est-ce qu'elle est partie s'acheter à manger ? Ou me chercher, peut-être ? J'abandonne le vélo sur le trottoir et déboule dans le hall d'entrée. Un garçon un peu plus vieux que moi est assis à la réception. Il sirote une bière, les pieds posés sur le caisson d'un de ces gros ventilos rétros.

— Merde ! jure-t-il, se redressant brusquement quand il me voit débarquer. Je jure que j'ai l'âge légal.

Les cheveux gris. Ça marche à tous les coups quand les gens font pas très attention.

— D'accord. Je cherche ma mère. (Pas la peine de donner de nom : y a qu'à me regarder.) Elle est dans quelle chambre ?

— Votre mère ? (Il fronce les sourcils.) Il y avait bien quelqu'un dans la dernière chambre du fond, mais…

— Merci.

Je dévale l'allée, passe devant l'enfilade de portes bleu délavé. J'atteins enfin la dernière. La porte est entrouverte. Je ralentis même pas avant d'entrer tête baissée.

Je m'arrête net. J'ai dû me tromper de chambre. Celle-là est vide. Pas de sacs, pas d'affaires, rien. Les draps ont été enlevés et empilés dans un coin comme si on s'apprêtait à changer le lit.

Je suis au bon endroit, pourtant, parce que, là, au beau milieu du matelas... la bible. Celle que j'ai laissée dans notre appart de Calhoun. La jumelle de celle de Katherine, restée à Fairhaven.

Maman *était* ici. Mais elle y est plus.

La panique qui monte dans ma gorge, expulse l'air de mes poumons. Ses affaires doivent toujours être là. Elle peut pas être partie. *Ça va. Ça va.* Il faut que ça aille.

Je me précipite sur la commode, arrache quasiment les tiroirs. Vide, vide, vide. OK, Margot. On respire à fond, maintenant. Elle aurait pas fait ça. Elle t'aurait pas fait la seule promesse qu'elle t'ait jamais faite pour la rompre aussitôt, comme ça, sans prévenir.

Je vais vérifier dans la salle de bains. Les étagères sont vides, les serviettes de toilette jetées dans la baignoire. Elles sont mouillées. La bouteille de shampoing couchée sur le côté et encore ouverte. Elle *était* là.

— Maman ? (Je m'égosille. Je sais que c'est ridicule. Je sais qu'elle répondra pas. Mais je *veux* pas le savoir.) Maman !

Juste l'écho de ma voix qui résonne sur le carrelage. Je retourne en trombe dans la chambre. Les lettres dorées sur la couverture de la bible qui scintillent dans les dernières lueurs du jour. C'est comme une provocation. C'était sa chambre. Mais toutes ses affaires ont disparu. Parce qu'elle a plié bagage. Parce qu'elle a pas attendu. Elle est partie. Et elle a tout emporté avec elle.

Tout, sauf moi.

Chaque inspiration est comme une nouvelle déchirure au fond de moi, plus douloureuse de seconde en seconde. Elle est partie. *Maman est partie, putain !* Elle a fait son sac et elle reviendra pas.

Elle avait promis. Elle avait promis qu'elle resterait. Et je l'ai crue. Comment j'ai pu être aussi bête ? J'ai vraiment cru qu'elle serait toujours là quand je serais prête à revenir. J'ai vraiment cru que ce serait différent, cette fois, que, peut-être, on pourrait enfin se comprendre.

Sur le moment, je sais pas quoi faire. Quoi faire de cette colère qui vibre dans mon corps comme un essaim bourdonnant enfermé au creux de mon ventre. Alors, je me dis que c'est une chance. Qu'elle m'a finalement donné ce que j'ai toujours voulu : ma liberté, loin d'elle. Ça se fête, non ?

Et puis cette rage qui brûle en moi m'embrase comme une torche. J'attrape la table de nuit, la fracasse contre le mur. C'est une merde, ça vaut rien, et elle vole en éclats. Après, c'est le tour de la bible. Je la balance dans le miroir au-dessus de la commode. Les bouts de verre brisé s'éparpillent sur le sol. Et qu'est-ce que ça peut faire si ça m'entaille les pieds ? C'est juste une autre façon de saigner.

Comment elle a pu me faire ça ? Tout ce temps passé à s'entre-déchirer, mais on est restées. On est restées ensemble. Et, maintenant, elle se barre ? *Maintenant,* au moment où j'ai le plus besoin de réponses ? Maintenant, alors que j'ai tant besoin d'aide ?

Elle peut pas être partie. C'est impossible. C'est impossible. Si quelqu'un devait partir, ç'aurait dû être moi, mais pas vraiment en fait, parce que jamais je l'aurais laissée tomber, moi, pas tant que j'aurais pu faire autrement. Et je disais que je voulais qu'elle me laisse respirer, je me disais ça tous les jours à l'appart, espérant et priant pour un seul jour sans entendre sa voix dans ma tête. *Mais je le pensais pas, putain !* Parce qu'elle est ma mère et que je l'aime, et je pleure tellement que tous mes muscles tremblent, tellement qu'on dirait un hurlement.

Ma mère, ma mère, ma mère qui a jamais voulu de moi.

— Reviens !

Je m'entends murmurer. *Reviens !*

Quand je relève la tête, il fait presque nuit et une petite brise fraîche pénètre par la porte ouverte. Il a dû m'entendre, le garçon de la réception, mais il est pas venu voir ce qui se passait. C'est pas moi qui le lui reprocherais : je l'aurais pas fait non plus.

Je me relève lentement, essuie la morve et les larmes sur mes joues avec un coin de la couette. Je peux toujours casser tout ce que je veux, en fin de compte, la seule chose qui me reste à faire, c'est de recoller les morceaux. De redresser la tête et de trouver les réponses que je cherche toute seule. Ça fait des années que je fais ça. Je peux encore le faire.

Je ramasse les morceaux de verre par terre, récupère les bouts de bois de la table de nuit en miettes, juste les plus gros, et les jette dans la poubelle près de la porte. J'étends les serviettes sur la tringle du rideau de douche pour qu'elles sèchent plus vite. Je m'asperge le visage d'eau froide pour éteindre le feu de mes joues et coince mes boucles derrière mes oreilles jusqu'à ce que je ressemble vaguement à quelque chose.

De retour dans la chambre, je jette un dernier coup d'œil avant de partir. Je devrais m'arrêter à la réception pour faire des excuses... Quelque chose m'attire l'œil.

Un carré blanc qui dépasse de la bible ouverte à l'envers, là où elle est tombée. C'est pas la photo de Maman devant Fairhaven – je l'avais emportée en quittant Calhoun –, et c'est pas l'argent que je lui avais laissé. C'est... autre chose.

Je m'accroupis, prends appui sur le bord du lit et le ramasse. C'est une enveloppe. « Margot », là, sur le dessus, et c'est son écriture. Tremblotante et bancale, si différente de celle de Grann.

Je lance un regard circulaire – *ce chantier que j'ai mis !* –, et ravale cette honte cuisante qui me submerge. Elle m'a laissé un message. Non pas que ça change quoi que ce soit. Mais elle m'a quand même laissé quelque chose.

Ce quelque chose se trouve être une photo. Maman et Katherine encadrant Grann et posant sur le perron de Fairhaven, L'une des deux est en short et tee-shirt, ses longs cheveux lâchés. L'autre porte une robe toute simple à larges bretelles. J'en ai le souffle coupé. La tête de la fille en robe a été effacée, le papier gratté, si rageusement que ça a traversé et troué le cliché.

De l'autre côté de leur mère, la fille en short regarde sa sœur avec quelque chose de farouche, une sorte de férocité que je reconnais pour l'avoir éprouvée. Ça doit être Maman. La Maman du journal de Katherine, celle qui a rayé le visage de sa sœur sur les photos, et qui a conservé celle-là parce qu'elle est fière de ce qu'elle a fait.

Sauf que. J'examine le cliché de plus près. Je connais le visage de ma mère mieux que le mien. Et il y a un truc qui colle pas. Ça se joue à pas grand-chose, mais ça va pas. Je sais ! Tout est du mauvais côté. La tache de rousseur près de son œil, l'implantation de ses cheveux sur le front.

J'ai la bouche sèche, tout à coup. C'est pas ma mère, ça. C'est Katherine. Et la fille sans visage, c'est Joséphine.

Brusquement, tout s'éclaire. Chacun de ces mots écrits dans la bible de Fairhaven, c'est le sien. Chaque aveu de culpabilité et de crainte, c'est le sien. C'est Katherine qui a gratté ces photos au couteau. Katherine qui a cassé le bras de ma mère, et pas le contraire.

Mes mains tremblent quand j'ouvre de nouveau l'enveloppe pour en sortir le reste : une liasse de feuilles toutes froissées, la texture du papier si fine et si familière sous mes doigts. Un des bords est déchiré. Les pages couvertes de lettres soigneusement calligraphiées à l'encre noire entre les lignes des Saintes Écritures. C'est celles qui ont été arrachées à la bible de Fairhaven. Cette même bible qui, dans mon esprit, pouvait appartenir qu'à Katherine.

Les pages se déplient et je les étale sur la moquette. Maman avait laissé le reste du bouquin là-bas, dans son ancienne chambre. Mais elle avait emporté ça. Elle avait emporté la bible de sa sœur comme une relique. Et elle avait pris ces pages-là dans la sienne. Qu'est-ce qu'elles contiennent pour qu'elle ait tant voulu les garder ?

Je respire un bon coup et commence à lire.

Ça devait arriver

et je l'ai fait. Je suis tellement tellement désolée. Je l'ai fait. Je l'ai tuée. Je regrette tellement mini. Je regrette, je regrette, je regrette, je regrette mini

il faut que tu pardonnes

katherine

katherine katherine katherine Katherine Katherine

KATHERINE KATHERINE KATHERINE

Maman a tué sa sœur. Elle a tué sa sœur et elle l'a écrit. C'est pas une surprise, pas vraiment. Pas après ce qu'elle a dit dans l'allée. Mais c'est pas ça qui rend le truc plus facile à avaler.

Je pose mes doigts à l'endroit où le nom de Katherine se délite sous l'effet du chagrin. Tout ce que j'ai lu à Fairhaven, c'était à Maman, ses peurs et ses angoisses, et, si j'étais à sa place, si j'avais vu ce qu'elle a vu, peut-être que je finirais comme elle. Je bous encore de colère et j'ai mal, mais il est toujours là en moi. Cet élan. Ce besoin de la comprendre.

Eh bien, voilà. J'ai ce que je cherchais. Que ça me plaise ou non, je crois qu'on a marché sur la corde raide toute notre vie, le crime qu'elle a commis attendant juste là, sous nos pieds.

Je me redresse, carre les épaules et reprends ma lecture.

Pourquoi maman n'a pas vu pourquoi elle n'a pas compris pourquoi elle m'a mis la responsabilité de faire un truc pareil sur le dos

il faut que je le dise il faut que je le dise à quelqu'un mais maman ne veut rien entendre et personne ne veut rien entendre parce que personne ne l'aime comme je l'aime

je sais que ça devrait être aimais au passé maintenant et tout ça mais ça ne sera jamais du passé, pas vraiment

j'aimerai toujours ma sœur et je regretterai toujours qu'on ne soit pas mortes ensemble je regretterai toujours que ça n'ait pas pu être juste nous pour toujours

Et tout ce qu'elle a eu à la place, c'est moi. Tu parles d'un lot de consolation pour remplacer la sœur avec laquelle elle voulait mourir !

on a fêté nos dix-huit ans, c'est important. Je le sais même si je ne sais pas pourquoi

ça faisait un moment déjà que ça n'allait plus entre nous mais c'était notre anniversaire. C'était le jour où on est devenues deux, le jour où on est devenues nous. Je n'allais pas laisser passer ça : c'était notre fête à nous et rien qu'à nous.

On faisait chambre à part, elle dans notre ancienne chambre et moi dans la chambre d'ami à l'autre bout de la maison, depuis l'histoire des photos (et tout ce qui a suivi). Je me suis réveillée et je me suis habillée avec ce vieux truc à elle, une robe qu'elle n'aimait plus et dont j'avais eu envie, on a toujours été de la même taille, toujours tout pareil.

Je croyais que ça lui ferait plaisir. Il faut que je le dise dès maintenant. J'ai cru que ça lui ferait plaisir de me voir dans un truc qui lui appartenait.

Je suis allée dans sa chambre. ~~Mini~~ katherine dormait encore. Elle dormait tellement depuis qu'elle était malade. Maman dit que ça fait un an, qu'elle va en cours par intermittence, que les gens parlent de ces filles Nielsen et de leur Nielsen de mère, mais je ne suis pas dupe, c'est depuis notre seizième anniversaire, c'est à ce moment-là qu'il lui est arrivé quelque chose. C'est à partir de ce moment-là qu'elle a commencé à ne plus pouvoir tenir debout, à ne plus pouvoir rien avaler sans vomir et qu'elle a commencé à cracher un truc qui n'était pas vraiment du sang.

Donc je l'ai réveillée. J'avais juste envie de la voir, envie de lui parler. Je me serais bien glissée sous les draps pour passer toute la journée au lit avec elle. Mais elle était tellement furax. Elle voulait juste dormir en paix, ou juste ne pas être avec moi, ou les deux. Je sais pas. Je le saurai jamais.

J'ai bien essayé de la faire au moins s'asseoir. On pourrait convaincre maman de nous laisser regarder la télé, je lui ai dit je crois, et elle s'est juste mise à pleurer. Elle s'est levée et elle avait les jambes si flageolantes et la peau si pâle c'était comme si elle disparaissait sous mes yeux.

Le plus gros de ce qu'elle a dit je l'ai oublié (je préfère l'oublier), mais elle m'a bien dit qu'elle détestait tout ça, qu'elle détestait notre anniversaire parce qu'il ne faisait que lui rappeler encore plus à quel point on est différentes maintenant. Ce n'était pas la première fois qu'on se disputait pour ça. Mais jamais comme ça. Elle n'a jamais parlé des radios avant. Franchement, je croyais qu'elle avait oublié. Erreur fatale.

« on est différentes jusqu'au plus profond de nous » ça je m'en souviens parfaitement. Ça faisait des années qu'on le savait. Qu'on est comme des reflets l'une de l'autre, tout inversé, et ça ne m'a jamais posé de problème, jamais de la vie.

Mais ~~c'est~~ c'était important pour elle, parce qu'on ~~est~~ était jumelles jusqu'à… ce qu'on le soit plus, jusqu'à ce qu'elle tombe malade et pas moi.

« tiens », elle a dit, et elle a pris le cierge que maman avait allumé pour elle et laissé sur la commode et elle a dit :

« je sais ce qui m'arrive. »

elle devait parler du feu. Je l'ai bien vu le jour de notre seizième anniversaire. Je le savais, j'avais raison. Je le savais.

Et puis elle a dit :
« viens là »
et j'y suis allée. Je serais allée n'importe où pour elle. Je l'ai vue lever le cierge. J'ai vu cette brûlure sur son doigt, celle de notre seizième anniversaire, j'ai vu ces spirales blanches qui s'entortillaient là et je jure que je ne mens pas quand je dis que j'aurais voulu les avoir à sa place, si ça pouvait la rendre heureuse, si ça pouvait faire qu'on se retrouverait comme avant.

Elle a écrasé la flamme sur ma joue comme on éteint une cigarette. Je sens encore la brûlure. La peau commence à cicatriser, mais je ne crois pas que ça disparaîtra un jour.

J'ai crié. Je suis sûre que j'ai crié. Elle a reculé, et je suis partie, je me suis enfuie, plutôt.

Elle n'est pas descendue de la journée. Je ne l'ai pas revue. Maman n'a pas dit un mot sur notre anniversaire ni rien mais elle m'a fait asseoir dans la cuisine et m'a soigné la joue d'une main douce mais ferme et ça me fait encore mal.

Je lui ai raconté comment ces entailles sont apparues sur la table de la salle à manger. Je lui ai tout raconté. J'ai dit, je me rappelle lui avoir dit : « y a quelque chose qui cloche chez elle. » voilà ce que j'ai dit. maman savait de quoi je voulais parler.

et ce qu'elle m'a répondu alors c'est que quelqu'un allait devoir arrêter ça. « le plus tôt sera le mieux. elle ne pourra qu'aller de plus en plus mal. c'est le plus beau cadeau que tu peux lui faire. » ces mots-là résonneront dans ma tête jusqu'à la fin de mes jours. je me demanderai toujours ce qu'une autre mère aurait dit.

ça m'a pris toute la nuit avant de me décider.

ça aurait dû me prendre plus longtemps.

quand je me suis réveillée je ne savais pas comment j'allais m'y prendre. je savais rien du tout. j'aurais sans doute dû me préparer. mais je suis allée directement dans sa chambre et cette fois quand je l'ai réveillée elle avait l'air comme avant. comme moi. et elle a à peine ouvert les yeux qu'elle a dit : « je suis désolée. »

je lui ai demandé de se lever. je lui ai dit que j'avais un cadeau pour elle.

c'était la première fois de ma vie que je lui mentais

elle était en pyjama. j'ai le même. maman nous les a achetés pour notre anniversaire l'année dernière – mais je n'ai jamais porté le mien. il était trop grand pour elle (donc trop grand pour nous deux) alors elle avait roulé le bas du pantalon et les manches. je pouvais voir la peau de son ventre par les espaces entre les boutons. ça me faisait horreur.

elle m'a demandé où le cadeau était et j'ai répondu qu'il était dehors et elle m'a crue. elle m'a suivie. on est descendues et on est allées sur la terrasse derrière la maison et j'apercevais le verger au loin, qui faisait une tache plus sombre sur le ciel. c'était presque l'aube.

quand on était petites on pouvait rester toute la nuit à bavarder sur la terrasse. j'ai pensé que ça pouvait être le cadeau que j'allais lui offrir. un petit bout de notre ancienne vie qu'elle pourrait garder en souvenir, mais c'était trop près de la maison et de la lumière que maman laissait allumée sous la hotte de la gazinière. alors je lui ai dit qu'on devrait aller dans le verger.

c'était notre repaire quand on était encore assez jeunes pour que je m'amuse à donner aux gens le mauvais pré-

nom. alors pour moi c'était là où il fallait aller, tout me paraissait ce qu'il fallait faire, que je faisais bien de le faire, je veux dire.

le verger est à environ mille cinq cents mètres de la maison. on a fait le chemin ensemble, pieds nus sur le chemin qui coupe à travers les champs de maïs. on en avait déjà fait la moitié quand elle m'a pris la main et l'a serrée si fort que nos poignets étaient collés l'un à l'autre. oui elle a fait ça. je ne veux jamais l'oublier, ma sœur et moi marchant côte à côte dans la nuit, son pouls battant contre le mien.

mais on a fini par arriver.

là d'où on venait, d'après ce que raconte maman.

le verger a cette odeur particulière que je ne sais pas comment décrire. on dirait toujours qu'il vient juste de pleuvoir. ça sent la terre humide, et quelque chose de sucré. cette nuit-là, elle était si forte qu'elle a imprégné mes cheveux pendant des heures, jusqu'à ce que je prenne un bain dans la salle de bains au carrelage noir de la chambre d'ami et que je me change en mettant des vêtements de maman.

katherine avait l'air contente. on est entrées dans le premier bosquet d'abricotiers et elle a poussé ce profond soupir. comme si elle retenait son souffle depuis je ne sais pas quand. depuis la dernière fois qu'on était venues là, peut-être, et – ça je m'en souviens et là-dessus je ne peux pas me tromper – elle a dit « merci ».

c'était ça le cadeau. l'amener là, c'était ça le cadeau que je lui faisais.

si elle n'avait pas dit ça peut-être que je n'aurais pas pu. mais j'ai eu l'impression qu'elle me donnait la permission. comme si c'était le meilleur moyen que ça s'arrête pour elle.

alors je l'ai laissée s'enfoncer dans le verger toute seule. je l'ai laissée passer devant. et j'ai ramassé un gros caillou entre les racines d'un abricotier. j'avais l'intention de la frapper derrière la tête pour qu'elle meure sans même s'en rendre compte.

mais j'ai mis trop longtemps ou elle m'a entendue ou je ne sais pas vraiment. tout ce que je me rappelle c'est son profil qui se découpait quand elle a regardé par-dessus son épaule, la mienne, la mienne et la sienne. ma mini.

je n'ai pas pu. pas comme ça. il fallait pourtant que je le fasse.

j'ai placé mes mains de chaque côté de son cou et elle s'est retrouvée couchée sur le dos, avec mes genoux de chaque côté. je pleurais et mes mains n'arrêtaient pas de glisser. mais elle était si faible que ça ne changeait pas grand-chose.

il faut que j'arrête là. c'est trop. je peux juste dire que je me souvenais de la brûlure sur son doigt. et je peux juste dire que j'ai cassé les épis de maïs morts dans les champs pour les empiler sur son corps, sur place, dans le verger. je peux juste dire que je suis allée chercher un briquet dans la cuisine et que le feu l'a consumée.

maman a appelé les pompiers. ils sont venus. ils ont éteint le feu. la police a posé des questions et on leur a raconté que c'était entièrement la faute de katherine, ce qui n'était pas vraiment un mensonge. on leur a raconté qu'elle avait disparu, ce qui n'était pas vraiment un mensonge non plus.

et je comprends pas comment, mais quand ils ont cherché le corps, il n'y avait plus rien à trouver.

voilà, c'est la fin de l'histoire. il fallait que ça s'arrête. mais ça fait trois semaines maintenant, trois semaines et sept heures depuis que j'ai fait ce que j'ai fait, et y a quelque chose qui ne va pas dans mon corps.

au début j'ai cru que c'était elle qui prenait ce qu'elle avait voulu, qui nous rendait pareilles jusqu'au plus profond de nous, jusqu'au bout. mais c'est pas ça. non, c'est pas ça. j'ai déjà sauté un mois. j'ai déjà commencé à avoir des nausées tous les matins.

ce sera une fille.

je n'ai pas de père et j'ai une mère que je ne peux pas voir en peinture et c'est le seul endroit où je peux demander de l'aide. par pitié. j'ai péché. c'est ce qu'on dit quand on se confesse. j'ai péché. mais pas ma fille.

C'est arrivé à Maman. Exactement comme pour Tess, enceinte sans savoir comment. J'aurais tellement voulu pas mélanger les deux histoires, mais c'est la même chose, en fait, hein ? Le passé et le présent, qui arrivent en même temps.

Je reste scotchée sur la dernière phrase avec l'écriture de ma mère. Moi. C'était moi. C'était pour moi qu'elle voulait bien faire. Moi qu'elle a gardée, même si elle était terrifiée, même si elle avait rien demandé. Même si j'étais qu'un vague rappel de sa sœur. Et pas de père en vue, ni pour elle ni pour moi. Juste une décision à prendre.

Et c'est à mon tour maintenant. Grann a tout mis sur les épaules de Maman en lui disant que quelqu'un devait régler le problème. Maman a fait de son mieux, mais il y avait tant de choses qu'elle pouvait pas faire. Plus qu'elle pouvait en porter. Alors elle m'a passé le flambeau, m'a dit de toujours garder un feu allumé et s'est refermée sur elle-même, barricadée à jamais.

Je ferme les yeux, me revois à la table de la cuisine chez Grann. Elle a fondé sa famille sur du sable et s'est contentée de la regarder se désagréger. Pas moi. Je serai pas comme ça. C'est pas arrivé par hasard, tout ça. Il doit y avoir une logique, une raison. Et elle est ici, à Fairhaven, n'attendant que moi pour la trouver.

OK, Margot. Il est temps de rentrer à la maison.

VINGT-CINQ

Je réussis à rentrer à Fairhaven juste avant la tombée de la nuit. Avec la photo de Maman et de Katherine dans la poche de ma robe. L'allée est déserte. Alors, je vais me poster sur la terrasse, à l'arrière de la maison, et j'attends. Grann va pas tarder. Chaque seconde s'étire, interminable, tout entière occupée par Jo et Katherine. Par moi, la fille sans père. La fille qui a poussé toute seule dans le ventre de sa mère. Pas l'avoir décidé ? Pire, pas savoir comment c'est arrivé ? Moi aussi, je serais allée à la clinique. Et je suis pas sûre que j'aurais changé d'avis.

Là-bas, la maison des Miller qui brille, illuminée comme un sapin de Noël, et, plus je la regarde, plus j'ai des crampes d'estomac. Tess. Il est arrivé la même chose à Tess. Je sais pas ce qui provoque ça, mais c'est pas seulement dans notre famille. C'est pas juste une histoire de Nielsen qui a mal tourné, comme toutes les histoires de Nielsen.

Un moteur qui tousse et le bruit de ferraille d'un vieux pick-up qui approche. Grann. Mais elle vient pas de la route. Je me prends ses phares en pleine face. Elle vient de l'allée des Miller, celle qui longe la limite de Fairhaven. Je me lève, les sourcils froncés. Peut-être qu'elle a ramené Tess après la soirée. Ou peut-être qu'elle est allée chez les Miller pour jouer les médiateurs avec ses parents. Peut-être qu'elle a fait une bonne action, pour une fois.

J'attends, suivant à l'oreille le parcours du pick-up qui fait le tour pour se garer à sa place habituelle, sur le côté de la maison. Moteur coupé, extinction des feux. J'entends la portière claquer et Grann marmonner quelque chose que je comprends pas.

— Par ici !

Au fond de moi, j'espère bien que je lui ai fait peur.

Une hésitation. Et puis Grann contourne la terrasse, ses chaussures à talons à la main. Les motifs de sa robe paraissent plus sombres dans le crépuscule. Je cligne des yeux pour tenter de percer la pénombre.

— Qu'est-ce que tu fabriques assise là dans le noir ? me lance-t-elle.

Je hausse les épaules.

— Rien. Je t'attends.

Elle passe devant moi et ouvre la contre-porte, si violemment que le cadre en bois claque contre le mur. Elle entre dans la cuisine, balance ses chaussures dans un coin. Je la vois alors se diriger droit vers l'évier, sans prendre la peine d'allumer la lumière, et se pencher pour se laver les mains. J'ose pas toucher à l'interrupteur. Si elle l'a pas abaissé, c'est qu'elle a ses raisons, et je tiens pas à la contrarier : il faut pas que je me la mette à dos si je compte obtenir des réponses à mes questions.

— Nous ne parlerons même pas du fait que tu as quitté la soirée sans prévenir pour aller Dieu sait où, lâche-t-elle, élevant la voix pour couvrir le bruit de l'eau qui coule.

OK, c'est comme ça qu'elle veut la jouer. À sa façon de dire ça, il faut croire que je suis censée lui en être reconnaissante. Elle me met d'emblée en position d'infériorité : je lui dois quelque chose. Et, pourtant, j'ai beau voir la manœuvre, ça n'empêche pas cette bouffée de gratitude que je suis obligée de refouler.

— Très généreux de ta part.

— Ne me réponds pas sur ce ton, Margaret !

Je fais celle qui n'a pas entendu.

— Tess est enceinte. Elle est tombée enceinte exactement comme ma mère. Et tu le sais très bien.

Elle s'essuie les mains sur le torchon pendu à la poignée du four et se tourne vers moi, les bras croisés. Elle a un truc accroché dans les cheveux, des points sombres sur les tempes, mais, dans le noir, je peux pas voir ce que c'est.

— Je réfute totalement ce postulat.

Cette fois, impossible de me retenir. J'éclate de rire. C'est ridicule. On est pas en cours de rhétorique. C'est la réalité, là. Ça m'arrive à moi, à la fille morte, à Tess, et je laisserai pas Grann me balader. Cette fois, je céderai pas.

— Qu'est-ce qui se passe, Grann ? (Je m'approche, les poings serrés, avec toutes les frustrations de ces derniers jours, chaque minute de colère rentrée, qui remontent à la surface.) Et qu'est-ce qui s'est passé à l'époque ? Qu'est-ce qui est arrivé à maman ? À Katherine ?

— Ça, me répond-elle d'un ton clairement menaçant, ça ne te regarde pas.

— Comment ça, ça me regarde pas ? (J'en ai tellement marre de ce petit jeu-là : qu'on m'exclue et qu'on m'implique de force en même temps.) J'ai trouvé le journal de maman. Je sais ce qu'elle a fait à Katherine. Je sais qu'elles avaient pas de père. Et je sais qu'il n'y en a pas non plus pour Tess. Et ça n'arrive pas comme ça. C'est pas normal. C'est pas comme ça que ça marche.

Grann retourne devant l'évier et recommence à se laver les mains, en prenant bien soin de se curer les ongles, cette fois. Et ça y est, ça recommence, ce truc qui me monte, qui hurle en moi. *Regarde-moi ! Mais regarde-moi : je suis là !*

Mais je continue, ignorant délibérément son silence :

— Tout ce qui se passe en ce moment, tout aboutit ici. Tout ramène à toi. Tess et maman et cette fille... Tu sais, celle dont t'as jamais entendu parler, tu disais.

Elle tressaille même pas. Elle attrape juste le torchon et le mouille avant de tamponner un truc sur le bas de sa robe avec.

— Mieux vaut laisser ces choses-là tranquilles, me répond-elle finalement.

— Pourquoi ? (Je tremble, le corps tout entier vibrant de colère.) Elle vivait ici, Grann ! C'est pas possible autrement.

— Je t'ai dit de laisser ces choses-là tranquilles.

Mais j'ai épuisé mes dernières réserves de patience. La question m'arrache la gorge, directe et désespérée, presque un cri :

— C'est toi qui as mis le feu ? C'est toi qui l'as tuée ?

Grann soupire – un long soupir las –, se retourne et s'appuie lourdement contre le plan de travail, en laissant le robinet couler.

— Tu ne te rends pas compte de ce que tu me demandes. Est-ce que c'est vraiment tuer, alors qu'elle n'était pas…

Elle laisse la phrase en suspens, hausse les épaules.

— Qu'elle était pas quoi ?

La fille de… la sœur de… Mais elle venait bien d'ici, et j'ai vu le rapport à la morgue. Son cœur inversé, tout comme celui de Katherine. Et quelque chose d'autre aussi. Ce produit chimique dans son sang.

— Grann, c'est quoi la ridicine ?

Elle change de visage, blêmit tellement que, même dans le noir, je le vois. Je vois tout : sa stupeur, sa peur.

— Où as-tu entendu parler de ça ?

Si j'avais pensé que la panique la fragiliserait, comme ça peut nous arriver à Maman, ou à moi, je me faisais des illusions.

— Réponds-moi sur-le-champ, Margot ! Où ?

Je relève le menton, carre les épaules.

— Connors. Il a dit que c'était un produit chimique, un truc interdit. Tu t'en es servi ? (Je désigne les champs de maïs d'un large mouvement de bras, tous ces plants avec leurs épis qui pourrissent sur pied.) Est-ce que c'est ce qui a provoqué ça ?

C'est trop lourd pour moi. Je sais même pas trop ce que je veux dire. Mais je me trompe pas. Je sais que j'ai raison.

Grann me dévisage. Longtemps. Et c'est pas de la douleur que je lis dans ses yeux. C'est autre chose. Quelque chose qui remonte à loin, quelque chose de plus profond. Je crois que je suis toujours deux personnes pour elle et Maman : moi et le fantôme de celle qui m'a précédée.

— J'ai dû assumer mes erreurs, finit-elle par dire doucement. Tout comme Jo. Nous avons fait comme nous avons pu. Et ça n'a absolument rien changé.

Je la regarde, déroutée, quand elle tire une épingle à cheveux de son soutien-gorge et rassemble ses boucles en chignon pour les attacher dans sa nuque.

— Certaines choses ne font qu'aller de mal en pis, n'est-ce pas, Mini ?

Ce maudit surnom ! Ça me bouffe qu'elle m'appelle encore comme ça.

— Arrête ! Je ne suis pas elles !

— Ah non ? persifle-t-elle d'un ton railleur, mais ça manque de conviction. Tu es bien venue ici, non ? Tu as renvoyé ta mère. Tu m'as choisie.

C'est vrai. Je me suis donné tant de mal pour qu'elle m'accepte. Pour que *quelqu'un* m'accepte, puisque Maman voulait pas de moi.

— Je l'ai « renvoyée » parce que je sais ce qu'elle a fait

C'est pas tout à fait vrai : je le savais pas, à ce moment-là. Mais je le sais maintenant.

— Oh ! Mais encore ?

— Elle a tué Katherine.

C'est sorti tout seul. Quel soulagement de le dire tout haut, de reconnaître Maman pour ce qu'elle est. D'arrêter de prétendre qu'elle pourrait m'aimer comme toutes les mères sont censées aimer leurs enfants. Maman a passé dix-sept ans à se terrer, à se cacher de ce qu'elle avait fait, et pendant tout ce temps, elle m'avait constamment sous les yeux. Moi, avec mon visage comme un reflet du sien. Un sosie de Katherine. Comment aimer la pire chose qu'on ait jamais faite ?

— Oui, répond Grann, avec une sorte de fierté, bizarrement. Elle l'a tuée. Voilà de qui tu tiens. Voilà quel est ton sang : celui des Nielsen.

— Non. Non, je serai pas comme elle. Je serai pas comme toi.

— Tu l'es déjà. (Elle me désigne d'un geste de la main qui m'englobe de la tête aux pieds.) Tu as fait exactement comme nous. Tu as fait passer ta famille en premier, en digne héritière de la lignée.

Elle a raison. J'ai décidé que protéger Fairhaven était une priorité. Je l'ai laissé refermer ses bras sur moi parce que rien ni personne ne l'avait jamais fait avant. Mais ce n'est pas parce qu'on veut bien de moi qu'on est quelqu'un de bien. Grann est pas mieux que Maman. Je la revois, à genoux sous mes yeux, me disant que je faisais partie de la famille : une vraie Nielsen. Mais c'était juste l'autre côté de la médaille.

Un jour, je me dis, *un jour, il faudra que tu réussisses à te détacher de tout ça.* Et peut-être que ce jour-là, c'est aujourd'hui.

— Tu as raison. C'est vrai. (Et, comme Grann hausse les sourcils, j'ajoute :) Mais c'était la dernière fois.

Et je fais volte-face pour franchir la porte. Je traverse la terrasse et poursuis mon chemin dans l'herbe, droit devant. Un coup d'œil au pick-up de Grann, à l'angle de la maison : une pelle et un fusil de chasse sur le plateau à l'arrière. Je pourrais le prendre pour aller récupérer Tess et filer. Mais Grann a probablement gardé les clefs. En plus, je saurais pas le conduire. Pas grave. Je suis partie, c'est l'essentiel.

Oui, je m'en vais. Je vais passer chercher Tess et on ira direct au poste, et on leur expliquera la situation telle qu'elle est, et enfin on fera bouger les choses. Le chemin s'étire devant moi, long ruban de terre, avec la maison des Miller tout là-bas, devant. Ça paraît si loin. Mais je suis prête à marcher aussi loin qu'il faudra, tant que je laisse Fairhaven derrière moi.

— Margot !

Non. Ne te retourne pas. Je sens cette terrible envie de faire demi-tour qui me tire en arrière, mais je continue. *T'es pas obligée de rester quelque part juste parce que quelqu'un veut que tu restes.*

— Margot, tu ne peux pas partir.

Grann est tout près de moi, maintenant. On doit avoir l'air ridicule, chargeant toutes les deux dans la nuit avec nos belles robes de fête, et cette colère qui crépite entre nous comme un arc électrique.

— Et pourquoi pas ?

Encore un pas. Avance, Margot. Juste un pas après l'autre.

— Je t'en prie,

Ah ! le pouvoir de ces mots-là. Ces mots-là qui m'arrêtent net. Je perçois si bien ce que ça lui coûte de le dire. À quel point ça lui arrache la gorge.

— Tu n'es pas obligée de me regarder, me dit-elle au bout d'un moment. Tu n'as qu'à écouter.

Alors, j'écoute. Et j'entends le froissement de sa robe quand elle se rapproche.

— Si ça s'est propagé aux Miller, se lance-t-elle en me voyant attentive, immobile, c'est que ça s'aggrave, C'est avec moi que ça a commencé, tu comprends ? Alors, c'est à moi d'y mettre fin.

« Ça » quoi ? Je voudrais bien la questionner. Mais je sais que si je me retourne, je suis fichue. Alors, je jette juste un coup d'œil par-dessus mon épaule. Tout ce que je peux voir d'elle, c'est le mouvement de sa jupe, sa main légèrement tendue vers moi.

Je finis par lui demander quand même :

— De quoi tu parles ? Mettre fin à quoi ? Comment ?

— Je dois finir ce que j'ai commencé, répond Grann.

Ce n'est pas vraiment une réponse, mais il y a un truc qui ne me plaît pas dans sa voix trop rauque. Je fronce les sourcils.

— Ce que tu as commencé ? Comme quoi ?

— Tess, répond-elle. Moi. (Elle prend une longue inspiration saccadée.) Toi.

Le courant d'air, les étoiles d'un blanc aveuglant et le noir de la douleur m'engloutit quand Grann balance la pelle et me frappe, fort, en pleine tempe.

VINGT-SIX

Je reviens à… rien : un vague ciel noir entraperçu à travers une couche de terre. J'en ai partout : sous les ongles, dans la bouche, et je suffoque, étouffée par mes propres cheveux. C'est une tombe. Je suis dans une tombe.

Grann veut m'enterrer.

La terreur me saisit. Elle doit me croire morte, sinon elle m'aurait pas laissée comme ça, à moitié ensevelie. Et elle est pas là – elle m'aurait vue bouger. Il faut que je me sorte de ce trou, que je me sauve, et j'ai intérêt à le faire maintenant, pendant qu'elle est partie. Avant qu'elle revienne finir le travail.

Le sol est encore meuble et la terre glisse sur les côtés quand je me débats pour me libérer à coups de griffes, jusqu'à ce que je puisse enfin respirer sans en avaler une bouchée. Je prends appui sur mes bras pour me redresser, sens quelque chose s'enfoncer sous mes doigts. C'est mou, trop spongieux pour de la terre. C'est… autre chose. J'en ai l'estomac retourné. Je ravale pourtant mes nausées. *Continue. Il faut que tu te sortes de là.*

Je finis par ramper à plat dos hors de mon trou et bascule sur le flanc pour me retrouver bientôt à quatre pattes. Une brise sur mes joues. J'ai mal à la tête. Après ce coup reçu à la tempe, la douleur est encore vive. Mais je suis vivante. Je suis toujours vivante.

Et c'est pas ce que voulait Grann. Je l'imagine brandissant la pelle à deux mains. J'imagine cette détermination farouche sur son visage, juste avant de lever son arme pour la balancer de toutes ses forces. « Finir ce que j'ai commencé », c'est ce qu'elle a dit. Un dernier détail à régler, voilà ce que je suis pour elle.

Je cligne des yeux, attends que le monde prenne forme autour de moi. Mais ça reste flou. Je porte la main à ma tempe juste sous l'impact ; quand je regarde mes doigts, ils sont pleins de sang. Il y en a partout : le long de mon cou, dans mes cheveux, recouvert d'une couche de terre. Sans parler des vertiges. J'en ai presque la nausée tellement ça tourne. Mais je peux pas rester ici en attendant que ça aille mieux.

Allez, Margot. Lève-toi. Il faut que tu te lèves.

J'inspire aussi profondément que je peux et m'agenouille, assise sur les talons. Longues respirations lentes, les mains sur les yeux, jusqu'à ce que je m'habitue à ces élancements sous mon crâne, tout au fond de mes orbites. Je soulève les paupières. Atmosphère lourde, courbe tortueuse des arbres... Des abricotiers : le verger !

Grann m'a jamais amenée ici, mais j'ai l'impression de le connaître d'après la description que Maman en a faite dans sa bible. Leur endroit : là où elles se retrouvaient toutes les deux en secret. L'endroit où Katherine est morte. L'endroit où Maman a brûlé son cadavre.

Je peux apercevoir, là-bas, les restes des arbres brûlés. Ceux qui sont autour de moi sont jeunes, chargés de fruits, mais, au fur et à mesure qu'ils s'éloignent de Fairhaven, ils deviennent bizarres, tordus, noircis de cendres. Le tronc creux, les branches trop courtes. Là-bas, la terre est couverte d'herbe drue d'un vert vif, mais ça suffit pas à cacher ce qui s'est produit ici.

N'empêche, tout ça, c'est du passé. Et je suis bien vivante, moi. Ça me demande tout ce qui me reste de force et d'énergie, mais je réussis à me mettre debout. Et, pour pas chanceler, je prends appui sur l'abricotier le plus proche – jeune et vigoureux, celui-là. Au même moment, mon regard tombe sur le trou dans lequel Grann voulait m'enterrer. Là, émergeant de la terre noire, blêmes et putréfiés, un bras, une main.

Je titube en arrière et laisse échapper un cri. Voilà ce que j'ai senti sous moi : un cadavre.

Je ferme les yeux. Peut-être que ce que je vois pas n'existe pas. *Mais t'as rien appris ou quoi ?* Il faut que je regarde les choses en face. J'ai déjà essayé de fuir et y a qu'à voir où ça m'a menée.

Je m'accroupis, rejette mes cheveux derrière mes oreilles, en ignorant la sensation collante et gluante de mon propre sang. Et je commence à creuser.

D'abord, de la peau. Un estomac, tout mou et plein de pus. J'ai un mouvement de recul, prise d'un violent haut-le-cœur. Reflux acide de bile et sanglots qui me remontent dans la gorge. Je suis à deux doigts de craquer, mais il faut que j'aille jusqu'au bout. Il le faut. Alors, je me repenche en avant, de la terre jusqu'aux coudes, le front baigné de sueur, et j'essuie son visage.

Mon visage. Notre visage. Parce que, forcément, on est pareilles. Forcément, elle est moi autant que je suis elle.

Elle a le cou tordu, trop pour qu'il ait pas été brisé, et les yeux mi-clos. Sous ses paupières, je peux voir le liquide noir, la pourriture visqueuse qui agglomère ses cils, une dégoulinure collée à sa joue comme une larme de goudron. Exactement comme l'autre fille. Comme la fille de la morgue, elle est nue, sauf que, cette fois, je peux pas tirer un drap sur elle et passer à autre chose. Je dois regarder. Ses yeux, ses mains. Sa bouche, béante, tombant d'un côté de son visage, avec un trou comme une déchirure au bord de ses lèvres, si grande ouverte que je peux voir ses dents.

Tout le reste m'a paru si proche. Surzoomé, occupant tout mon champ de vision, tant et si bien que, j'ai beau essayer, je peux pas détourner les yeux. Mais ça... Je sais pas. Je suis à la fois là et pas là, et c'est pas ma main qui se tend, sûre, sans trembler. Pas ma main qui tape légèrement sur le blanc éclatant des dents de cette fille.

Sauf que si. Ça revient en rush, étourdissant et partout à la fois, avec plein de fourmis dans tout mon corps en même temps, comme après un engourdissement. Je peux pas me cacher pour y échapper. Pas même en moi-même.

Je referme ma main pour la blottir contre ma poitrine et baisse les yeux vers la fille. C'est comme ce moment sur la route. C'était mon premier jour ici. Une nouvelle fille, exactement comme celle-là. J'avais voulu donner un sens à tout ça. Cette fille-là pour Katherine et, pour Maman, moi. Oui, mais elle, alors, c'est qui ?

Ça me revient subitement. Ma première nuit ici, agenouillée sur la banquette sous la fenêtre du palier. Je regardais au loin, par-delà les champs de maïs, et j'ai entendu un cri. Je l'ai entendu s'arrêter net, je me rappelle. C'était elle. Ça pouvait être qu'elle. Cette fille au cou brisé, avec sa peau encore fraîche et rose. Une nouvelle Nielsen, venue de nulle part. Une autre. Encore une autre.

La terreur qui monte lentement, de plus en plus forte comme une sirène hurlante qui se rapproche. Il faut que je la déplace, même si je suis déjà horrifiée à l'idée de ce qui pourrait se trouver en dessous. Combien de filles sont venues ici ? Combien de fois Grann m'a-t-elle déjà tuée ?

J'ai à peine le temps de m'accroupir que j'ai déjà la tête qui tourne et mon estomac vide se tord. J'agrippe ses poignets et je tire, mes jambes flageolantes ployant sous l'effort. Elle est si lourde ! De la terre s'écroule sur son visage, tombe dans sa bouche. J'aimerais pouvoir lui dire que je suis désolée, mais elle mérite mieux que ça.

Je réussis juste à la sortir de la tombe, le torse couché dans l'herbe et le bas du corps toujours à moitié enseveli. Et là. Sous son corps. Une autre. Mon visage. Celui de Grann, de Maman et de Katherine.

Elle est habillée, celle-là. Elle porte un short et un tee-shirt. Rien à voir avec la « belle » robe toute tachée que j'ai toujours sur le dos. Mais c'est une tenue que je reconnais. Le même genre de fringues que dans la commode de ma chambre. Je me mords la lèvre et glisse la main sous sa nuque pour tirer sur l'encolure en coton. Là, pile au même endroit que sur le tee-shirt dans le tiroir de ma commode. Le nom de ma mère.

Cette fille est allée à Fairhaven. Grann l'a hébergée, l'a habillée et nourrie. Et puis, pour finir, elle s'est retrouvée là. Exactement comme moi.

Je le savais. Je le savais. Mais c'est pas ça qui rend le truc plus facile à supporter pour autant. Je sens la chaleur m'envahir et je pourrais vomir, mais j'ai plutôt envie de pleurer. Je ravale mes larmes et recommence à creuser jusqu'à ce que je puisse mieux la voir.

Elle est plus jeune. Comme moi quand j'avais treize ou quatorze ans. Elle a mes taches de rousseur avant qu'elles s'effacent, mes cheveux avant que les mèches grises poussent sur mes tempes. Mais elle a les yeux de la fille de l'incendie, de la fille enterrée au-dessus d'elle. Noirs et dégoulinants. Et les chairs gonflées et la peau qui craque, qui se fend. Les fringues en lambeaux, à moitié réduites en charpie. Et, pire que tout, la paume de sa main désagrégée qui part en petits morceaux, séparés comme les grains sur un épi de maïs. Certains se sont détachés pour s'éparpiller dans la terre autour d'elle. Rose à la racine, blanc et dur au sommet, le liquide noir se répandant comme du sang du moignon laissé derrière.

Comme la récolte, celle qu'on a rapportée à la maison, Grann et moi. J'essaie de respirer à fond. J'essaie de pas partir en vrille, de rester ancrée dans la réalité. Mais les arbres se resserrent autour de moi et le sol se dérobe sous mes pieds. C'est trop. J'ai supporté tellement de choses. Comment je suis censée comprendre un truc pareil ?

C'est plus facile de continuer que d'y penser. Et je suis si fatiguée, tellement, mais tellement fatiguée. Je me penche pourtant pour l'attraper par les bras. Ma sueur goutte sur son front. Je l'essuie, mais, à mon contact, la chair se décolle de l'os, se détache complètement de son crâne.

Je me tiens le ventre, recule pour essayer de me reprendre et plaque le dos de ma main sur ma bouche pour étouffer un hurlement d'horreur. Chaque fois que je fais quelque chose, c'est de pire en pire. Chacun de mes gestes sert qu'à faire du mal à quelqu'un. J'aurais jamais dû venir. J'aurais jamais dû sortir de cette tombe.

Mais je l'ai fait.

Et, contrairement à elles, j'ai survécu. Je suis encore là, et elles le sont plus. Et quoi qu'elles soient – sœurs ou autres –, je dois témoigner. Je dois les voir, comme je voulais tant que Tess me voie.

Je me retourne, me force à regarder. *C'est ce qui t'est arrivé.* Et c'est bel et bien arrivé par le passé. C'était réel alors, et c'est tout aussi réel aujourd'hui.

Je continue à creuser. Des cadavres, encore des cadavres, de plus en plus jeunes, entassés les uns sur les autres... si serrés, et pourtant... il y a quelque chose qui cloche : l'odeur devrait être insoutenable puisqu'elles se décomposent, et pas si chimique. Une fille avec des marques bleues autour du cou, la peau qui se décolle des os, l'enveloppant comme un linceul. Une autre, presque intacte, comme si elle était morte dans son sommeil, avec des asticots en guise d'anneaux aux doigts. Et plus je creuse profondément, moins il reste de traces d'elles. Les chairs qui se désagrègent, les racines des abricotiers s'insinuant entre leurs côtes. Jusqu'à ce que je trouve le dernier squelette. Si petit qu'il ne peut appartenir qu'à un tout jeune enfant.

Je m'assois sur mes talons. Ça y est, mes mains tremblent. Grann m'a mise là où elle a mis toutes les autres moi. Tous ces corps, pleins de vie un jour, cachés dans cette maison l'un après l'autre. Pas étonnant qu'elle m'ait si facilement balancé sa pelle en pleine tête. Elle a fait ça tant de fois déjà : élever ces filles et les tuer.

Tout comme elle croit m'avoir tuée. Et cette fille dans le champ de maïs, cette fille dont Eli a porté le corps ce jour-là. Elle non plus a pas échappé à la règle. Grann a parlé d'accident au sujet de l'incendie, mais je sais ce qu'il en est, moi. Un ultime recours. La seule façon pour elle d'attraper une fille en fuite.

Je m'arrache au spectacle macabre de la tombe et titube sur le sentier pour m'enfoncer dans le verger. Vers la partie noircie : tout ce qu'il reste des arbres calcinés. Les larmes me brûlent les yeux, mais je sais pas pourquoi je pleurerais, parce qu'il y a rien de réel, là-dedans, ça peut pas arriver. C'est impossible.

Je m'arrête net quand je l'aperçois. Une petite pierre blanche, plate, plantée là, toute seule, dans l'herbe. Pour indiquer l'emplacement d'une tombe, j'imagine. J'en suis sûre, tout à coup. Et j'ai pas besoin de creuser pour savoir qui est en dessous.

Katherine. La seule d'entre elles – *d'entre nous,* me chuchote une voix, *nous, nous, nous* – dont on ait voulu garder le souvenir.

Je m'agenouille près de la stèle et pose la main bien à plat sur la pierre, tressaille en me rappelant le contact de la chair molle des corps derrière moi. Au-dessus de nous, les arbres se penchent, certains carbonisés et d'autres chargés de fruits. Je tends la main vers le plus proche, cueille l'abricot qu'il me tend sur sa branche la plus basse.

Une centaine de ces fruits dans le congélateur de Grann. Pourquoi ?

Tout doucement, je cherche la rainure du bout des doigts pour l'ouvrir en deux. Là, nichée au cœur de la chair, dans la petite alcôve où devrait se trouver le noyau, se cache une parfaite petite dent blanche. Comme celle que j'ai trouvée dans la poubelle à Fairhaven. Y a pas de sang ni rien. Elle peut venir de nulle part que d'ici. Décidément, ces femmes Nielsen, il en pousse n'importe où !

Je me fige, hésite un temps et glisse dans le néant. J'ai les yeux grands ouverts, mais il n'y a plus rien devant moi.

Cette histoire dans la bible de Maman. Celle qui parle de Grann accouchant dans le verger, au milieu des abricotiers. Et pas de père, pas plus en ce temps-là que maintenant, jamais, et pas pour moi non plus. Est-ce qu'on vient toutes de là ? Est-ce qu'il y a une autre fille qui pousse dans la terre sous mes pieds ? J'ai lu le journal de Maman, le passage qu'elle m'a laissé, et c'est elle qui m'a donné la vie, du moins je le croyais. Mais… et si j'étais comme ces filles que j'ai déterrées ?

Ou comme Tess ? Comme Maman ? Est-ce que mon corps s'apprête à bourgeonner lui aussi ?

Tess. Je me relève, frotte ma robe pour enlever la terre et essaie d'apercevoir la maison des Miller à travers les abricotiers. Grann a découvert que Tess était enceinte. Elle a dit qu'il fallait arrêter ça maintenant, avant que ça se propage.

J'en rirais presque. Je suis exactement comme elle, pas vrai ? Tant que ça reste chez les Nielsen, tout va bien. Mais, dès que ça touche quelqu'un d'autre, ça va trop loin.

Il y a encore tant de choses que je comprends pas. Mais, avant que j'arrive à trouver les réponses, il faut que je trouve Tess. Le premier nom sur la liste de Grann, la liste des choses à « finir ». Et, maintenant, je sais ce que ça veut dire.

VINGT-SEPT

Les lumières sont allumées chez les Miller. Même si c'est plus près que Fairhaven, seuls les contours de la maison sont visibles, avec les fenêtres qui brillent dans le noir. Je me mets immédiatement en route, marchant aussi vite que je peux sans courir – pieds nus, ça fait super mal sur le chemin de terre.

J'aurais pas dû la laisser. Je suis partie parler à Maman, qu'était même pas là, et j'ai laissé Tess toute seule, seule avec ses parents. Et avec Grann. Mais je referai pas la même erreur. Je vais aller la chercher et on ira direct trouver Connors. On restera assises là, dans ce foutu poste de police, jusqu'à l'aube s'il le faut. On racontera tout à ceux à qui on aurait dû tout raconter dès le début. Et, après, j'espère bien qu'on fichera le camp d'ici.

Je me précipite vers le perron, monte l'escalier dans la foulée et écrase la sonnette. Je tambourine à la porte, appelle Tess, appelle ses parents. Et, si je débarque au beau milieu d'une crise familiale, tant pis. Mais les lumières restent allumées et la porte fermée, et je peux rien voir à travers le verre dépoli qu'ils ont eu le bon goût de choisir pour les fenêtres de part et d'autre de l'entrée.

C'est d'ici que Grann venait. J'ai regardé son pick-up remonter le chemin qui part de cette maison pour regagner Fairhaven. Si elle m'a devancée ici, avec cette liste de trucs encore à régler dans la tête…

J'inspire à fond pour me calmer et essaie sans conviction d'actionner la poignée de la porte. Elle tourne. La porte s'ouvre sans bruit. Ça fait bizarre de ne pas entendre Mme Miller m'accueillir aussitôt pour m'inviter à entrer, avec cette politesse fébrile qui frise la manie, chez elle. Ça fait bizarre d'être ici sans Tess. C'est trop calme, trop silencieux. *Pourvu qu'il soit rien arrivé ! Pourvu que je vienne pas trop tard !*

— Bonjour ! Pardon de débarquer comme ça. La porte était pas fermée, alors je…

Personne n'accourt. Personne s'insurge contre mon intrusion. Et il me faut pas une minute avant de comprendre pourquoi. Parce qu'il y a du sang plein le sol blanc, plein les murs blancs, plein les fleurs blanches dans leur vase blanc, là où il est posé, au centre de la petite table basse blanche.

Une sorte d'anesthésie qui monte de ma poitrine, se répand, m'engloutit tout entière.

C'est Mme Miller que je vois en premier, gisant dans l'entrée de la cuisine, sur le ventre. Une décharge de fusil de chasse dans sa jolie robe. Une chaussure abandonnée derrière elle, l'autre encore à moitié enfilée sur son pied gauche. Sa main gauche tendue en avant, vers son portable tombé par terre, écran intact vers le haut.

Grann. Revenant à Fairhaven, se lavant et se relavant les mains. Les motifs plus sombres sur sa robe. Un fusil de chasse à l'arrière de son pick-up. Le mal était déjà fait.

J'ai quitté la soirée pour aller trouver Maman, et, pendant ce temps, Grann a fait ça. J'ai laissé faire ça.

— Tess ?

Réponds. Je t'en prie, réponds.

Le silence, toujours le silence. Épais, cotonneux, et je dois me forcer à m'y enfoncer pour avancer. Je passe devant Mme Miller, devant son visage écrasé sur le côté, devant ses yeux grands ouverts au regard fixe. Je traverse le petit salon pour atteindre le couloir en suivant les empreintes sur le parquet. Les empreintes de Grann, avec le sang de Mme Miller.

Je suis passée par là, le jour de mon arrivée ici. Pour chercher M. Miller. C'est pareil aujourd'hui. Sauf que ça n'a rien à voir. Pourquoi Grann ferait une chose pareille ? Rien de tout ça n'aurait dû arriver. Il n'y avait aucune raison, aucune nécessité. Absolument aucune.

J'aurais jamais dû venir ici. À Phalène, à Fairhaven. J'aurais dû tourner les talons à la seconde où Tess m'a vue. Ou rester dans l'incendie, me laisser piéger par les flammes et mourir là, à côté de mon propre corps.

La piste ensanglantée me fait passer devant les toilettes où tout un tas de serviettes blanches tachées ont été jetées dans le lavabo. Des taches roses et rouges. Grann a dû se débarbouiller un peu avant de rentrer.

Puis, plus loin, elle me conduit jusqu'au bureau de M. Miller. Et, là, je m'arrête. Je compte les empreintes de pas, celles qui mènent à l'intérieur et celles qui ressortent. Il s'est passé quelque chose dans cette pièce.

Et je crois savoir quoi.

La porte est entrebâillée, me laissant apercevoir le bureau de M. Miller et l'écran noir de son ordinateur. Lentement, très lentement, je la pousse un peu plus.

Des meubles de rangement contre le mur du fond, un épais tapis à motifs géométriques sur le sol. Quand je franchis le seuil, j'en ai l'estomac retourné. C'est pire. Encore bien pire que Mme Miller, pire que de me réveiller dans ma propre tombe. Pire que tout.

— Tess ?

Je garde les yeux braqués droit devant moi. Je regarde pas sur ma gauche, là où deux portes de placard à claire-voie sont restées grandes ouvertes. *Regarde pas, regarde pas, regarde pas.*

Sauf que je le dois. J'inspire à fond. L'air arrive pas à passer dans ma gorge, comme si mon corps à l'intérieur essayait de le repousser. Je me raisonne. *Tess t'a regardée. Elle t'a vraiment regardée telle que tu étais. Alors tu dois regarder. Tu lui dois bien ça.*

Je tourne les yeux, serre les dents pour retenir un sanglot, le sens pourtant m'arracher les tripes, sec et déchirant. M. Miller est à genoux, de dos, écrasé contre le coin de son placard. La balle l'a traversé, si bien que je peux apercevoir des bouts d'os dans le sang sur le sol. Si je n'avais pas déjà vu ce que j'ai vu aujourd'hui, j'aurais plus le courage de tenir debout.

Et c'est pas tout. Derrière son corps avachi, l'ourlet de la robe en crêpe de Tess dépasse. La pâleur de sa jambe allongée. Il a voulu faire un rempart de son corps et ce sont les bras de sa fille qu'il a autour du cou, ses mains dénouées et molles qui pendent sur sa chemise.

Morts. Tous les deux morts. Une balle pour deux corps. *Ils étaient ensemble, au moins.* Et c'est là que je me mets à pleurer.

Tess. Tess, qui avait besoin de mon aide, qui m'a apporté la sienne si spontanément, juste parce qu'elle pouvait. Ça devrait être elle qui se tient là, elle me faisant ses adieux dans le verger avant de m'abandonner dans ma tombe.

Comment Grann a pu faire ça ? Comment elle a pu venir ici et transformer cette maison en scène de carnage ? Des vies, des gens, des choses bien réelles dans un monde bien réel, et Grann s'en est emparé comme si c'étaient des pions sur un échiquier, les a renversés parce qu'ils se trouvaient en travers de son chemin.

— Je suis désolée.

C'est tout ce que je trouve à leur dire. Mais c'est pas assez. Ce sera jamais assez. Je pourrai jamais leur rendre les hommages qui leur sont dus, le temps qu'ils ont perdu.

Ce que je peux faire, ce que je dois faire, c'est mettre fin à tout ça. Pour eux, mais pour moi aussi. Et je pense au briquet que j'ai trouvé dans ma table de nuit. Au rituel quotidien à Calhoun : une bougie brandie entre Maman et moi.

« Ne laisse jamais le feu s'éteindre. Le feu, c'est ce qui sauve. » C'était ce qu'elle disait toujours. Elle a essayé de me prévenir, jour après jour.

Cette fois, je l'écoute enfin.

VINGT-HUIT

Quand j'arrive à Fairhaven, la maison est endormie. Le perron est sombre et tous les rideaux en haut sont tirés.

Je monte les marches à pas feutrés et me faufile par la porte d'entrée en essayant de faire le moins de bruit possible. Une vieille chanson folk passe à la radio quelque part à l'étage. Comme si c'était juste une paisible soirée d'été au milieu de nulle part.

Il y a de la lumière dans la cuisine. Grann y est sans doute en train de dîner. Est-ce que c'est vraiment ce qu'on fait après avoir trucidé sa petite-fille et tous ses voisins ?

Je continue. Directement au premier pour aller chercher le briquet. La photo de Maman et de Katherine est toujours dans ma poche et j'y glisse la main pour la toucher en gravissant l'escalier. Maman est là, avec moi. Elles sont là toutes les deux.

Une fois dans ma chambre, je marque un temps d'arrêt, regarde la bible – celle qui, dans mon esprit, appartenait à Katherine. Il doit y avoir encore beaucoup de Maman là-dedans. J'en suis même sûre. Mais elle a pas choisi de partager ces trucs-là avec moi. Je décide de la laisser sur place. J'ouvre le tiroir de la table de nuit et récupère le briquet.

Et maintenant ? Maman avait mis le feu au verger, mais elle devait savoir que ça réglerait pas le problème. Elle devait savoir que quelqu'un d'autre serait bien obligé de poursuivre ce qu'elle avait commencé, obligé de déterrer les racines et de les arracher.

Et c'est à moi de finir le travail, maintenant. Et c'est par Grann que je vais passer pour y arriver. Oh, je serais ravie de jamais la revoir de ma vie. Mais elle détient les infos dont j'ai besoin. Et puis qu'est-ce qu'elle peut encore me faire ? Pour chaque coup de fusil qu'elle a tiré, chaque coup de pelle qu'elle m'a balancé, y avait aucun témoin, personne pour la regarder. *Eh bien, regarde-moi droit dans les yeux, Grann, et on va voir jusqu'où tu iras.*

Je redescends. Sans plus faire aucun effort de discrétion, cette fois. Je traverse l'entrée, franchis le seuil de la cuisine. Une lumière est allumée au-dessus de la gazinière et un plat de ragoût mijote au four. Un verre de jus d'orange à moitié plein est posé sur la table. Et, devant, une silhouette voûtée : Grann.

Je savais bien qu'elle serait là. N'empêche. Je me fige.

Elle se redresse, le visage soudain baigné de lumière jaune, et braque les yeux sur moi.

— Margot. (Sa voix est grave, rocailleuse.) Je pensais pas que je te reverrais un jour.

J'en rirais presque. Mais je préfère me caler nonchalamment contre le montant de la porte. Mon estomac gargouille – l'odeur du ragoût.

— La vie est pleine de surprises.

On reste juste à se regarder un moment en silence. Les seules Nielsen qui ont tenu le coup. Les seules Nielsen assez solides pour ça.

— Ta tête, dit-elle subitement, en me pointant du menton. Ça fait mal ?

— Bien sûr que ça fait mal. (Je suis tellement crevée que j'ai à peine la force de me tenir debout, avec tout ce sang qui coule toujours dans mes cheveux.) Tu m'as balancé un coup de pelle.

Elle a un petit reniflement dédaigneux.

— Pas assez fort.

Elle voulait me tuer. Comme elle a tué les Miller. Comment cette femme peut-elle être la meurtrière qui a fait un pareil carnage ? Toutes les deux encore dans nos jolies robes, toutes les deux couvertes de sang. Et elle, tranquille, dans la cuisine. En train de boire un jus d'orange.

Elle reprend son souffle, comme si elle s'apprêtait à dire autre chose. Et puis, elle se contente d'un haussement d'épaules.

— Quoi ? Allez, vas-y.

— Rien.

— Dis.

— Je suis étonnée que tu sois revenue ici, c'est tout. Si j'étais toi, si j'avais survécu, j'aurais pris mes jambes à mon cou.

J'ai déjà eu un tas de conversations bizarres, mais, dans le genre, celle-là bat tous les records.

— J'avais des trucs à régler, moi aussi.

J'en ai marre de comprendre les choses qu'à moitié, juste assez pour pouvoir continuer.

Je tire de ma poche la photo que Maman m'a laissée et m'avance jusqu'à la table pour la déplier devant elle, là, entre nous deux. Katherine avec son short et son tee-shirt et Maman dans sa jolie robe avec sa tête effacée. Le regard de Grann s'adoucit. Elle suit les silhouettes du bout du doigt, s'attarde sur Katherine.

— Regarde-moi ça comme elles étaient jeunes ! souffle-t-elle – comme si j'étais pas là, on dirait.

— Qu'est-ce qui leur est arrivé ? (J'en ai assez de biaiser, assez d'essayer de trouver juste la bonne intonation qui la fera parler.) Qu'est-ce que tu as fait ?

— J'avais vingt et un ans quand j'ai hérité de Fairhaven, dit-elle sans quitter la photo des yeux.

Ce n'est pas vraiment une réponse, mais je me retiens pour pas l'interrompre.

— Nous gagnions bien notre vie, à l'époque. Toutes ces terres à l'est de Phalène étaient cultivées. Tous ces pas-de-porte en ville étaient loués. (Elle s'adosse à sa chaise, repousse la photo vers moi, en détournant les yeux comme si elle ne pouvait plus la regarder.) Mais j'étais jeune, et mes parents n'étaient plus là. J'ai pris de mauvaises décisions, comme n'importe qui aurait pu le faire à ma place.

« N'importe qui ». Va savoir pourquoi, je crois pas que « n'importe qui » en serait arrivé là.

Comme le silence s'éternise, j'essaie de la relancer :

— Et ?

Un clignement de paupières. Elle secoue la tête avant de relever les yeux vers moi.

— Et… Je ne m'en souviens pas exactement, alors tu ne m'en voudras pas si je me trompe dans les dates. Je crois que ça devait être en 1981.

— Ça devait être en 1981 que… que quoi ?

— Ça n'a pas été une bonne année pour les récoltes. À cause de la sécheresse, nous n'avons pas pu planter grand-chose et ce que nous avons réussi à faire pousser a été ravagé par les insectes. (Elle se frotte la figure à deux mains et je vois ses épaules trembler.) Il y a beau temps que je n'ai pas remué tout ça, tu m'excuseras.

Si c'est censé m'émouvoir, c'est raté.

— Ça n'explique pas…

— Je sais. (Sur le coup, elle se braque, cassante, mais ça ne dure pas.) Nous avons beaucoup perdu, cette année-là. Nous avons été obligés de nous séparer de nombreux employés. Mais ce n'était qu'une récolte. Et nous avions largement de quoi tenir.

Je jette un coup d'œil aux champs derrière la maison par la porte de la terrasse.

— Mais ça n'a pas été la seule mauvaise récolte, hein ?

Grann se marre. Un rire sourd et amer.

— Tous les ans après ça. De pis en pis. J'ai vendu la moitié des terres aux parents de Richard en espérant qu'ils pourraient les maintenir en culture. De telle sorte que, si je plongeais, il resterait des emplois.

Richard. M. Miller. Comment elle peut dire son nom aussi spontanément, comme si elle venait pas de laver son sang coagulé sous ses ongles ?

Elle se lève brusquement, prend son verre de jus d'orange pour se diriger vers l'évier et le finit d'un trait avant de le rincer. Mon regard s'attarde sur la rondeur de ses épaules voûtées, sur la blancheur de ses articulations exsangues.

— En 1981, j'avais déjà perdu la moitié de ce qui me restait. À l'est d'ici, plus rien ne voulait pousser, alors…

— Alors ?

Elle pose son verre dans l'évier et se tourne pour me faire face. Avec la lumière au-dessus de la gazinière qui éclaire que ses cheveux, je vois plus d'elle qu'une silhouette noire.

— Alors, j'ai entendu parler de la ridicine. Tu m'as déjà demandé ce que c'était. C'est un produit de synthèse. C'est censé être utilisé sur les variétés hybrides. Il arrive que l'on croise deux espèces et que l'on obtienne un jeune plant stérile. Alors on le traite. Avec de la ridicine, par exemple.

— Mais c'est un produit interdit.

Elle se tourne plus franchement vers moi, cette fois.

J'enfonce le clou.

— Et tu t'en es servi quand même.

Elle retient son souffle, et, sur le moment, je crois qu'elle va nier. Et puis elle relâche sa respiration. Très lentement, tout doucement.

— Oui.

— Pourquoi ?

Connors a dit que ça pouvait tuer les gens. Je comprends pas ce que ça pouvait lui apporter pour que ça vaille la peine de prendre un risque pareil.

— Elle était réservée aux conditions in vitro, en laboratoire. On traitait une variété hybride au niveau cellulaire. À dose infinitésimale.

C'est pas ce qui s'est passé ici, c'est clair.

— Mais il fallait que mes terres produisent, poursuit-elle, d'une voix plus forte tout à coup, comme si elle s'animait. Il fallait que je récupère Fairhaven, tout le domaine tel qu'il avait été. Les gens dépendaient de moi. Cette ville dépendait de moi.

Je revois les champs les plus proches de la maison. Ils sont pas comme les autres. Le maïs est encore vivant sur ces parcelles-là. Vivant, mais pas normal. Pourri. Comme ces corps dans le verger.

— Ça stimulait la pousse. (Elle est sur la défensive, à présent. Ça se voit à son attitude, dans chacun de ses mots.) Ça rendait fertiles les plants stériles. Et, oui, c'était dangereux. Je le savais. Mais c'était juste moi. C'était pas grave. Il fallait que j'essaie.

Non, il ne fallait pas.

— J'ai traité mes terres avec. Pendant au moins deux ans, sans qu'il se passe rien. (Elle s'essuie la joue d'un geste rageur, et je comprends qu'elle doit pleurer, cachée dans l'ombre que crée la lumière verticale de la gazinière.) Mais, quand on traite n'importe quel endroit assez longtemps, ça commence à s'accumuler. (Elle s'interrompt pour enfiler une paire de gants et tire le plat du four, avant de le poser sur l'égouttoir de l'évier pour qu'il refroidisse un peu. C'est tout Grann, ça : continuer comme si de rien n'était.) La ridicine s'est accumulée dans la terre. Elle s'est accumulée en moi aussi. (Elle se met alors à rire, avec quelque chose qui ressemble à de l'aigreur.) Le croiras-tu ? Je ne me préoccupais pas beaucoup des Saintes Écritures avant tout ça.

— Les Saintes Écritures ?

Qu'est-ce que ça vient faire dans l'histoire ?

— Non, vraiment, insiste-t-elle. J'allais bien à l'église de temps à autre, mais… Bref. J'ai passé deux bonnes années à me démener, là, dehors. À tenter de travailler la terre toute seule. À tenter d'obtenir d'elle quelque chose pour le prix de mes efforts. Et puis, un jour, elle m'a exaucée. Elle m'a donné Jo.

Voilà. Voilà ce que je cherche. Voilà ce qui pourra m'aider à comprendre ce que je suis, à comprendre Tess et toutes ces filles dans le verger.

— Comment ça, elle t'a donné Jo ?

Grann pousse un soupir excédé.

— Dois-je t'expliquer comment naissent les bébés, Margot ?

— C'est toi qui parles des Saintes Écritures…

Mais, déjà, elle enchaîne :

— La ridicine a fait ce qu'elle était censée faire : dupliquer les gènes. Sauf qu'elle l'a fait en moi. (La main de Grann passe sur son ventre.) J'ai eu ta mère ici même, dans le verger. Je n'ai pas compris ce qui se passait avant qu'il ne soit trop tard. Il y a eu beaucoup de sang…

— Mais c'est juste une. Et c'étaient des jumelles.

— Oui. (Sa voix est si lasse. Elle a l'air épuisée.) Katherine n'est pas venue au monde de la même façon. Je suis retournée dans le verger le lendemain et je l'ai trouvée là. À moitié ensevelie. Un minuscule bébé. En tout point semblable à sa sœur.

Quelque chose vient de s'ouvrir dans ma poitrine, quelque chose que je sais depuis que j'ai vu ces filles enterrées. Katherine et Jo. Les jumelles inversées. Une née de Grann et une née de la terre. Les pièces s'emboîtent, tout ce que j'ai vu et tenté d'ignorer, tout ça s'imbrique dans le même puzzle.

Du sang sur la terre des Nielsen. Donne-lui-en assez et elle pourrait bien te donner quelque chose en échange.

— C'est pour ça ? C'est pour ça qu'elles étaient différentes ?

Pour ça que Katherine est tombée malade et pas Maman. Pour ça que le feu a consumé l'une et sauvé l'autre.

— Je ne le saurai jamais vraiment, répond Grann – et je dois étouffer l'exaspération qui monte tellement c'est frustrant. Mais les produits chimiques sont instables. Ils se décomposent. Et c'est sans doute ce qui est arrivé à Katherine. Pas à Jo, en revanche. J'ai toujours pensé que ça devait agir différemment chez elle. Que ça se transmettait. (Elle me désigne du menton.) Après tout, tu es bel et bien là. Sortie de ta mère exactement comme elle est sortie de moi.

Moi oui, mais pas les filles du verger. En même temps, que la ridicine soit restée dans l'organisme de l'une ou transmise par l'autre à la suivante, ça change rien. Dans tous les cas, le mal est fait, et on s'est toutes retrouvées ici, pour finir, non ?

Je secoue la tête – ignore l'atroce élancement qui en résulte –, et je me lève pour aller m'appuyer contre le plan de travail à côté d'elle.

Grann tourne les yeux vers moi. Dans la lumière jaune, elle a le teint cireux, plus que la peau sur les os. Avec des traces de larmes encore humides sur les joues et des rides au coin des paupières. J'ai l'impression de la voir pour la première fois.

— Je suis désolée.

Je ne l'avais encore jamais entendu parler comme une vieille femme. Ça me serre le cœur, une douleur que je reconnais pour avoir vécu des années avec Maman.

— Sincèrement, renchérit-elle en tendant la main pour effleurer le bord de la plaie sur ma tempe.

La blessure qu'*elle* m'a infligée.

Je recule. C'est pas ce que j'attends d'elle. J'attends des explications.

— Elles sont pas arrivées en même temps que Katherine et maman, les autres, si ?

— Non. Non, il n'y avait que les jumelles, répond-elle d'une voix sourde. Jusqu'au décès de Katherine. Jusqu'à ce que ta mère la remette dans le verger. C'était un peu comme planter une graine, je suppose.

La vérité sur ce qui s'est réellement passé est comme un grand trou noir au bord duquel on tourne toutes les deux. Katherine est pas juste morte : Maman l'a tuée. Et elle l'a tuée parce que Grann avait dit que quelqu'un devait s'en charger.

— Mais maman a mis le feu au verger.

Une façon pour moi de pas oublier que Maman aura essayé. Qu'elle aura réellement essayé.

Grann hoche la tête.

— Elle a cru qu'en faisant ça, c'en serait fini. Moi aussi, je le croyais. Mais le verger a repoussé et rien n'est jamais vraiment fini, n'est-ce pas ? Tu en es la preuve incarnée. Elles le sont toutes. (Grann se recale contre le plan de travail et son ombre s'étire au-dehors pour se confondre avec la nuit.) Ce n'était pas vraiment un souci quand elles étaient jeunes. Je pouvais les héberger ici, leur offrir quelques mois d'une bonne vie, avant de les rendre à la terre.

Je grimace. « Les rendre à la terre », c'est le cas de le dire.

— Mais elles devenaient de plus en plus grandes, poursuit-elle. Je les trouvais dans le verger et elles avaient déjà, eh bien, ton âge. (Sa voix devient de plus en plus tendue ; sa frustration, évidente.) Il y avait un ordre à respecter. Il y avait un processus. Je maîtrisais la situation. Tout était sous contrôle.

Elle a jamais rien maîtrisé. Pas une seule seconde. Elle comprend donc pas ? Les abricots, avec des dents en guise de noyaux ; les épis de maïs, qui poussent comme des êtres de chair et de sang : ce truc est partout. Un véritable système de reproduction, un organisme vivant tentaculaire dans lequel tout est lié. Elle a pris ces filles, fait de leur berceau une tombe, et le truc a juste continué à tourner en boucle et les filles, à s'empiler les unes sur les autres. De pire en pire. Mais elle voudra jamais l'admettre.

— Parfaitement, insiste-t-elle. Parfaitement sous contrôle. Et voilà qu'il y en a une qui s'échappe, juste au moment où tu arrives ici et… (Elle s'interrompt. Je la vois déglutir bruyamment, pour se ressaisir aussitôt.) J'allais avoir une seconde chance, avec toi. Je n'allais pas te perdre comme j'avais perdu Jo, après avoir perdu Katherine. Jamais je n'aurais imaginé la revoir ici. (Elle ricane, un rire dur qui sonne creux.) Mais quelle chance !

— « Chance » ?

Je n'aurais pas dit ça comme ça. Je n'ai jamais eu de chance dans la vie, pas une seule fois.

— Cette fâcheuse histoire avec le cadavre sur la route. Ta mère est revenue juste à temps. J'allais lancer la police sur sa piste et ils nous auraient laissées tranquilles. (Elle s'essuie les mains sur sa jupe, la défroisse et la rajuste.) Et voilà que Thérésa décide de faire une scène.

— Ça n'aurait pas marché, de toute façon. (Je m'accorde un sourire de pure jubilation, trop contente d'avoir l'avantage, pour une fois.) Maman est partie. Elle a quitté Phalène.

— Ce n'est pas vraiment une surprise, si ? Je suis plutôt étonnée qu'elle soit venue. Elle a à peine tenu deux mois, après le décès de Katherine. Je crois qu'elle ne supportait plus d'être ici. Surtout quand elle a su pour toi.

— Et c'est ce qui m'attend, alors ? Une autre fille Nielsen ?

Je vois bien ce coup d'œil furtif que Grann jette à mon ventre.

— Pas si nous mettons un point final à toute cette histoire. Précisément ce que j'essayais de faire, d'ailleurs. Je ne m'étais pas rendu compte que ça se propageait au-delà de mes terres. Si je l'avais su plus tôt... Enfin, soupire-t-elle, je ne le savais pas.

— Et tu avais besoin de tuer les Miller pour ça ? (Elle a l'air un peu prise au dépourvu, mais je continue.) J'ai vu. Je suis allée chez eux, Grann. Comment tu as pu...

— Pas tous, se défend-elle. Tess m'aurait suffi. Mais il y a eu des imprévus.

« Des imprévus » ! M. Miller faisant un rempart de son corps à sa fille. Le portable de Mme Miller tombé à quelques centimètres de sa main. Je ne le lui pardonnerai jamais. J'ai beau faire un maximum d'efforts pour tenter de comprendre tout le reste, ça, je n'essaierai même pas.

Miller : et un nom de coché sur sa liste des choses à finir. Le suivant, c'est le mien.

Il y en a un autre, pourtant. On le sait pertinemment toutes les deux. Le sien.

Je suis des yeux le moindre de ses gestes quand elle ouvre le tiroir à couverts et en sort une fourchette pour embrocher une bouchée de ragoût à même le plat. Il y a une immense lassitude chez elle, si lourde à porter qu'elle peut à peine tenir sur ses jambes.

Comme planter une graine, elle a dit en parlant de renvoyer Katherine d'où elle venait.

Mais, si c'était vrai, si Katherine était vraiment le point de départ, est-ce que toute cette histoire serait pas finie, depuis le temps ? Maman savait ce qu'elle faisait. Elle avait vu la marque sur le doigt de sa sœur. Elle avait vu ce que le feu pouvait lui faire. Et elle a brûlé le corps de Katherine.

Je suis venue quand même.

Il y a un autre truc, quelque chose qui manque. Je ferme les yeux, me revois dans le verger, dans le berceau des filles Nielsen. Toutes avec le même visage : le mien.

Mais ce n'est pas le mien, en fait, hein ? Et c'est pas celui de Maman non plus. J'ai toujours cru que je lui ressemblais, mais, en réalité, la vérité c'est qu'on ressemble toutes les deux à Grann. On a toutes les deux son visage.

Véra Nielsen, encore et encore. Chacune d'entre nous. Elle et seulement elle. Maman, Katherine, moi, toutes ces filles. Pas juste des enfants ressemblant étrangement à leur mère. Pas juste des sœurs jumelles. Plus bizarre que ça.

Et bien sûr que ça vient d'elle. De ses gènes, de son ADN, vicié par la ridicine, mais toujours le sien : pur et sans aucun apport extérieur. Grann et nous toutes. Branches issues de la même racine, motifs dans la même encre, calques. Copies de l'originale.

Je regarde Grann et c'est moi que je regarde, mon visage dans cinquante ans. Moi que je regarde me tourner vers l'évier pour essayer de me débarrasser du sang de Tess que j'ai sur les mains.

— Je suis… On est…

Je n'arrive pas à aller plus loin, mais Grann hoche la tête quand même.

Maman vivant avec sa propre copie pendant dix-sept ans. Est-ce qu'elle sait ? Est-ce qu'elle sait qu'on est juste une reproduction de Grann, toutes les deux ?

Et c'est là que se terre le pire, à ce moment-là que je dois ravaler le sanglot qui me noue la gorge. Parce qu'en fait peut-être que je ne suis pas sa fille du tout. Si on est la même personne, qui je suis, moi, par rapport à elle ? Toute ma vie, j'ai été qu'une chose : sa fille. Qu'est-ce qui me reste si je suis même pas ça ?

Mon regard tombe sur mes mains. Je m'attends à moitié à les voir devenir translucides et putréfiées comme les filles dans le verger. Mais non. Je suis toujours dans mon corps. Je suis toujours moi. Et je vais pas laisser ça me bousiller. Je suis qui je suis. Margot. Je suis Margot, c'est la seule vérité qui compte. J'ai souffert et j'ai aimé comme Grann le fera jamais. Je suis une personne à part entière.

Et elle… Elle, c'est autre chose. Elle est Grann : le cœur battant d'un organisme vivant. Grann, qui propage le fléau Nielsen un peu plus loin chaque fois qu'elle respire. Grann, assise là dans cette maison sans rien faire.

Elle est le début et la fin. Le seul moyen de tout arrêter. Le seul moyen pour que ce qui est arrivé à Tess se reproduise jamais. Le seul moyen pour moi de régler le problème. Et je crois qu'elle le sait aussi. Maman le savait, elle, en tout cas. Un briquet dans ma poche. Sa règle numéro un qui résonne dans ma tête.

Je suis venue ici pour Grann. Pour trouver une famille qui pourrait m'aimer. Et je pourrais l'avoir. Je pourrais rester ici, je pourrais me barricader derrière mon nom de famille et regarder ce bordel qu'on a créé engloutir toute la ville. Regarder ce qui est arrivé à Tess arriver à une centaine d'autres, et, un jour, un jour, avoir une fille à moi, et lui passer le flambeau familial. Est-ce que c'est pas justement ce que je veux ? Être à ma place quelque part, une place qui me revient, à moi et rien qu'à moi ?

Mais c'est pas aimer, ça, de passer ses blessures à quelqu'un d'autre. Je veux pas reproduire ce schéma. Je veux plus.

— Je m'en vais.

Et Grann se contente de me regarder. Inébranlable, impassible, et, si je savais pas ce que je sais, je dirais même qu'elle a l'air soulagée.

— Bon.

C'est tout ce qu'elle me répond.

Alors, je tire le briquet de ma poche. Clic, gaz ; clic, gaz.

Et je laisse la photo brûler.

VINGT-NEUF

Quand les pompiers arrivent enfin, il est déjà trop tard. Je suis au bout de l'allée, tremblante et pieds nus, et je sais, sans avoir besoin de me retourner, que l'incendie, parti de la terrasse en bois à laquelle j'ai mis le feu, a déjà gagné le premier. Avec toutes ces portes toujours ouvertes. Avec toutes ces fenêtres toujours fermées. Grann toujours à l'intérieur. Elle en sortira plus jamais.

Au poste, ils me font asseoir dans la salle de réunion, avec une couverture enroulée autour des épaules. Tout juste si l'agent Anderson arrive à me regarder. Il est assis de l'autre côté de la table, en face de moi. Les stores sont tirés. Il y a bien une salle d'interrogatoire au poste, mais personne voulait m'y mettre. Personne voulait faire de cette histoire une affaire dont ils allaient devoir se charger. Fairhaven réduit en cendres avec Grann à l'intérieur ? Les champs rasés, changés en désert calciné ? La ferme des Miller éclaboussée par les gyrophares au petit jour ? Trop compliqué. Trop lourd.

Je raconte à Anderson comment j'ai trouvé Grann à Fairhaven, en rentrant après la soirée des donateurs. Je lui raconte le coup de pelle en pleine tête. Il prend des photos de profil de ma tempe, de mes mains, de mes ongles noirs après avoir gratté la terre pour sortir de « ma tombe ». Et je la joue comme ça : je lui raconte que, après avoir repris mes esprits, je suis retournée à la maison et que j'ai trouvé Grann, bourrelée de remords pour ce qu'elle avait fait aux Miller. Tellement qu'elle a mis le feu à Fairhaven en refusant d'en sortir. Sa façon à elle de « faire pénitence ». Je peux pas dire si Anderson me croit, mais c'est pas comme s'il avait d'autres versions des faits à proposer.

— Pourquoi elle a fait ça ? demande-t-il quand j'ai fini. Est-ce qu'elle a dit quelque chose là-dessus ?

— Elle a dit qu'elle leur en voulait de réussir là où elle avait échoué.

Pas vraiment faux, mais à des années-lumière de la vérité. Quant à moi, j'ai l'air d'être à des kilomètres, avec cette voix sourde, étranglée. Le choc. Mais c'est pas parce que je le sais que ça m'aide à émerger de cette bulle, de ce calme prudent et étudié derrière lequel je me suis retranchée – ce qui m'arrange bien.

— Trois victimes. Et tout ça pour ça, crache Anderson, en contournant la table pour aller se rasseoir.

— Quatre. (C'est important. Pour personne d'autre, peut-être, mais ça l'est pour moi.) Vous l'avez pas comptée. (Je voudrais me coucher. Je voudrais fermer les yeux et me réveiller dans cent ans.) Et, maintenant, il se passe quoi ?

— Pour toi ?

Non. Non, pas pour moi. La police va appeler ma mère. Elle viendra pas me chercher. Ça, je le sais déjà.

— Pour les terres. Pour la ville.

Anderson hausse les sourcils, comme s'il avait même pas imaginé que ça m'intéresserait.

— Pour la ville, rien. Véra était dangereuse. On est bien mieux sans elle.

J'attends la bouffée de colère, ce torrent de mots pour défendre Grann qui va me venir spontanément à la bouche. Mais rien. Il se pourrait bien que, moi aussi, je sois mieux sans elle. Ou que je le serai, en tout cas.

— Et les terres ?

— Ton futur héritage, tu veux dire ?

Anderson me dévisage un long moment. On est bien loin de notre première conversation, ici même, dans cette pièce. Grann est plus là et il est épuisé, et je crois bien qu'il donnerait n'importe quoi pour être ailleurs. Mais certaines choses doivent être faites. Certaines questions doivent être posées. Ne serait-ce que pour se dédouaner : pour pouvoir affirmer qu'il l'a fait.

— On va dire ça.

Mon héritage m'a déjà été légué et sous une forme bien différente. Ça m'est jamais venu à l'idée de me préoccuper des terres, de l'argent, ou de quoi que ce soit que je pourrais toucher.

— Eh bien, il y a des testaments pour ce genre de choses, répond-il. À condition que celui de Véra soit pas parti en fumée. Mais j'imagine que ta mère et toi pouvez espérer…

— On en veut pas. (Ce que je veux, c'est que tout disparaisse. Que tout soit réduit en cendres à jamais. Que ça reste dans cet état pendant des années et des années avant de redevenir, d'une façon ou d'une autre, comme c'était avant.) Et les Miller ? Qu'est-ce que vous allez faire pour eux ? C'était ma grand-mère. Vous le savez bien.

— Oui. (Anderson ferme les yeux, bascule la tête en arrière.) Mais elle est morte.

Grâce à moi. Parce que j'ai fait ce qu'il fallait faire. Ce que ma mère m'a appris à faire.

C'est peut-être moi qui devrais l'appeler. Peut-être que c'est à moi de lui dire que j'ai fait ce qu'elle a jamais eu le courage de faire.

— Vous voulez que je vous donne son numéro ? Vous êtes sans doute obligés de l'appeler, non ?

Anderson referme son dossier et lève les yeux vers moi en fronçant les sourcils.

— Qui ? Ta mère ?

— Oui.

— On a pas besoin de l'appeler. (Il se lève, désigne une des pièces de l'autre côté de la vitre, une de celles qui donnent sur la « cage ».) Elle est déjà dans nos locaux.

J'ai l'impression d'être qu'à moitié là quand je le vois ouvrir la porte. Je le suis comme un zombie dans la salle voisine, les jambes flageolantes, les mains cramponnées à la couverture. *Elle est ici. Elle est ici. Elle est partie, mais elle est ici.*

La pièce dans laquelle Anderson me conduit est manifestement le bureau de quelqu'un, mais Maman y est toute seule. Elle est assise derrière la table, avachie dessus, et vu le nombre de canettes de Perrier qu'elle a devant elle, ça fait un bon moment qu'elle est là.

Combien de temps s'est-il écoulé depuis qu'ils m'ont ramenée de Fairhaven ? Ça pourrait aussi bien faire des années que quelques secondes.

— Mademoiselle Nielsen ? l'interpelle Anderson.

Ma mère se redresse en sursaut. Elle a de grands cernes, les cheveux tout poisseux. Dès qu'elle me voit, elle se lève d'un mouvement brusque, chancelle. Je peux pas détacher les yeux de ses ongles rongés au sang, de la peau à vif de ses cuticules. Une épave. Voilà ce qu'elle est devenue. Une épave.

Et on est pareilles. C'est moi qui me tiens de l'autre côté de cette table. Je suis elle. Et, au fond, on est toutes les deux Véra en réalité, et je sais pas comment concilier tout ça. Je sais pas comment regarder Joséphine Nielsen sans voir ma mère.

Anderson doit s'attendre à ce qu'au moins une d'entre nous dise quelque chose, j'imagine. Mais on se regarde juste sans un mot, avec la promesse qu'elle m'a faite et qu'elle a pas tenue qui résonne toujours entre nous et qui prend toute la place.

— Je vais vous laisser seules un moment, finit-il par déclarer. Si vous avez des questions, n'hésitez pas.

Juste quelques-unes.

Il ferme la porte.

— Bien. (Je me lance.) Bonjour.

Il y a encore trois jours, il aurait fallu me tuer avant que je fasse le premier pas. Ç'aurait été si important pour moi de l'obliger à céder la première. De l'obliger à être celle qui tend la main. Ça m'est complètement égal, maintenant.

— Bonjour, répond Maman.

Elle sonne le creux, sa voix rauque et monocorde. Quand j'ai trouvé sa chambre vide au motel, j'ai pensé qu'elle serait ravie de m'avoir abandonnée. C'est pas l'impression que ça donne.

C'est peut-être l'occasion de changer les choses entre nous. Après tout, elle est pas vraiment ma mère, pas quand on sort toutes les deux de Grann comme Ève de la côte d'Adam.

En même temps, c'est ce qu'on est. Maman et moi, avec l'empreinte de tout ça laissée au fond de chacune de nous deux. Pas moyen de revenir en arrière pour le changer. Il reste plus qu'à avancer.

Et puis, d'un coup, je lâche :

— T'étais pas obligée de revenir, tu sais. Je suis capable de me débrouiller toute seule.

Ses traits s'affaissent, genre tête de chien battu. Je préfère détourner les yeux.

— Je sais. Je sais que tu en es capable.

— Donc tu peux partir. (Je hausse les épaules.) Dire à Anderson que je suis bien comme ça. J'ai presque dix-huit ans, de toute façon.

Un ange passe. Et, sur le coup, je me demande si elle est pas à deux doigts de me prendre au mot. Mais, quand je reporte les yeux sur elle, c'est pas du tout ça. Elle se mord la lèvre. Elle est hyper nerveuse.

— Non. Non, je suis là.

Sa main tremble lorsqu'elle repousse ses cheveux derrière son oreille, et quelque chose se serre dans ma poitrine. Chez moi, chez Maman, chez Grann, tout est pareil, jusqu'au sang qui coule dans nos veines. Tout sauf ça, ces efforts que Maman fait encore et encore pour garder la tête hors de l'eau, pour se détacher du passé. Ça, c'est juste elle. Parce que Grann pouvait le faire – Grann le faisait tous les jours –, mais c'est dur pour Maman, et je vois bien tout le mal qu'elle se donne.

— Là, *maintenant*. Mais t'es allée où ? Quand tu as quitté le motel ?

— Hmmm. (Encore un blanc. Peut-être qu'elle veut pas me le dire.) Rapid City, je crois.

— Tu crois ?

— Ça a été... (Elle laisse sa phrase en suspens, regarde ailleurs – et ça me tue parce que je sais exactement ce qu'elle veut dire.) En fait, lâche-t-elle tout à coup, si fort que je sursaute presque, je t'ai rapporté quelque chose.

Elle se penche derrière le bureau pour récupérer un sac en plastique. Je le regarde fixement sans bouger. Après tout ce qu'on s'est balancé à la figure, après tous les scénarios qu'on s'est joués, j'aurais jamais imaginé un truc pareil.

— C'est un tee-shirt, précise-t-elle, en comprenant que je vais pas l'ouvrir.

Et elle sort du sac un maxi tee-shirt bleu marine avec « Rapid City » écrit sur le devant dans cette police stylisée qu'on voit sur les cartes postales.

— Tu m'as rapporté un tee-shirt de Rapid City.

C'est tout ce que je trouve à dire. Parce que... elle était censée rester ici. Elle était censée m'attendre. J'aurais largement préféré avoir ça qu'un *tee-shirt* !

— Je sais, dit-elle, en se ratatinant sur place. J'ai paniqué. J'ai reçu un coup de fil de ta grand-mère et j'ai juste... J'en suis pas fière.

Il y a une telle lassitude dans sa voix. Normalement, à ce stade, on se serait déjà braquées toute les deux. Mais on est aussi vidées l'une que l'autre. On a à peine la force de se parler. Juste se parler, comme le font les gens normaux. Peut-être que c'est ce qu'on aurait dû faire depuis le début : se parler.

— Je sais que ça compense pas. (Elle lâche le tee-shirt qui retombe dans le sac, se laisse tomber lourdement sur la chaise de bureau.) Je t'ai fait une promesse et je l'ai pas tenue. Je voulais juste réparer comme je pouvais, d'une façon ou d'une autre.

— Ce serait une première.

Elle accuse le coup, se replie sur elle-même. Et j'attends cette jouissive bouffée d'orgueil : un nouveau point de marqué. Sauf que ça vient pas. Elle a voulu réparer. Elle a essayé. Comme pour Grann, pour Fairhaven : elle a essayé de me prévenir.

— J'ai suivi tes règles. (Je frémis, frissonne, avec le menton qui a la tremblote. *Non, je ne pleurerai pas. Je-ne-pleurerai-pas.*) Jamais laisser le feu s'éteindre, hein ?

Elle en a le souffle coupé.

— Margot ?

— Je sais tout. Je l'ai fait, Maman.

Je la regarde s'étioler de soulagement, attends qu'elle me tende la perche pour le partager. Parce que c'est juste nous. On est les seules à savoir ce que ça signifie, ou ce que ça fait. Mais elle se referme sur elle-même, comme toujours. Et je comprends. Non, vraiment. Elle a passé toute ma vie à me regarder grandir, à me regarder devenir elle, devenir Grann, devenir la sœur qu'elle a tuée. Même si elle savait pas précisément jusqu'à quelle profondeur cette ressemblance s'enracinait, même si elle le sait toujours pas, c'est là, sous ses yeux, sur nos visages. Ce même écho, jusque dans nos voix. Je crois pas que je me tendrais la perche non plus.

Elle respire à fond, relâche son souffle lentement.

— Et la bible ? Les pages que je t'ai laissées. Tu les as trouvées ?

— Oui.

Je lui parle pas des autres passages. Elle aurait pas voulu que je les voie, j'imagine. Heureusement que je les ai lus, pourtant. Ça m'a fait tellement de bien d'avoir pu découvrir comment était ma mère quand elle était jeune, quand elle se moquait encore de Grann et quand elle aimait sa sœur plus que tout au monde.

— Tant mieux. (Elle baisse les yeux, se met à tripoter les crayons dans le pot sur le bureau.) Je sais que c'est pas facile à comprendre, mais…

— Ça va. (Et je suis sincère.) C'était la seule solution.

— Oui, répond-elle, avec un des pires rires que j'aie jamais entendus dans la voix. C'est vrai. On aurait jamais rien dû me confier. Ni Katherine. (Elle me regarde, maintenant, avec une telle détermination qu'elle est tendue comme un arc.) Ni toi. Et j'aimerais pouvoir te dire que je regrette de pas avoir su mieux faire, Margot. J'aimerais vraiment. Mais j'ai fait du mieux que j'ai pu.

J'essaie de me retenir. Mais c'est plus fort que moi.

— C'était pas encore assez.

— Je sais bien, reconnaît-elle tout simplement.

Moi qui craignais de la blesser, ça a vraiment pas l'air.

— Tu pourrais au moins dire que t'es désolée, non ?

Elle me dévisage pendant une bonne minute.

— Non, finit-elle pour répondre. Si t'avais eu l'enfance que j'ai eue, Margot…

— Mais je l'ai eue !

Si elle est même pas capable de comprendre ça, cette vérité fondamentale. Si elle est incapable de s'excuser, alors je vois vraiment pas ce qu'on fait là.

— J'ai grandi avec toi, Maman. Tu as pris tout ce que Grann t'a collé sur le dos et tu me l'as refilé.

Comme ces filles dans le verger. Cet éternel recommencement. Il faut mettre fin à ce cercle vicieux. Et c'est à moi de le faire. Comme je l'ai demandé à Tess : « Est-ce que c'est parce que je la comprends que je dois lui pardonner ? » Et je comprends Maman. Je sais qu'elle a vu ce qui arrivait à sa sœur. Je sais qu'elle a tué Katherine de ses propres mains. Je sais qu'elle m'a gardée, alors même qu'elle a dû se demander toute ma vie si elle allait pas être obligée de me tuer aussi. Je sais sur quelles braises elle a dû marcher, là, maintenant.

— Tu as raison, admet-elle. C'est vrai. Mais tu es plus forte que moi, Margot. Si. Tu as supporté ce que j'ai jamais pu supporter.

Et, en plus, je sais qu'elle croit me faire un compliment. Comme s'il y avait de quoi être fière. Pas pour moi, en tout cas. Parce que, oui, j'ai enduré tout ça. Oui, j'ai réglé le problème. Mais il y a une petite voix dans ma tête, une voix que j'ai jamais vraiment entendue avant, une voix qui dit : *Je n'aurais pas dû avoir à le faire.*

J'aurais pas dû avoir à être forte. Pas comme ça. J'aurais dû avoir le droit de craquer. Peut-être qu'un jour, je pourrai considérer toute cette force comme un cadeau que ma mère m'a fait, et plus comme le moyen de survivre à ce qu'elle m'a fait endurer. Mais je crois pas que ce soit pour aujourd'hui.

— Bon. (C'est tout ce que je trouve à répondre pour finir.) Merci d'être revenue.

Elle triture son sac en plastique sans me quitter des yeux.

— Et toi ? Est-ce que tu reviens ?

J'ai envie de répondre oui. Je voudrais que tout se termine bien. Mais, quoi qu'on fasse l'une et l'autre, aujourd'hui, pour colmater la brèche... ça ne tiendra pas. Pas quand chaque battement de cœur me rappelle la vie avec elle.

Alors, je réponds plutôt :

— Pas maintenant. Pas encore.

C'est tout ce que je peux dire en guise de « je t'aime ». C'est tout ce que je peux faire pour me préserver.

Sur le coup, je la vois se décomposer. Elle cligne des yeux pour retenir ses larmes et je sens les miennes me remonter aux yeux.

— Pas encore ? répète-t-elle.

Elle a du mal à avaler sa salive, serre les poings jusqu'à ce que ses articulations blanchissent. J'attends la confrontation. Parce qu'elle est là, tout près. Je la vois à la façon dont son corps tremble, dont elle ferme les paupières.

Mais elle dit :

— D'accord. (Puis :) Pas encore.

C'est le truc le plus généreux qu'elle ait jamais fait.

TRENTE

Les obsèques des Miller tombent un jour de canicule, le plus chaud de l'été jusqu'ici. On y assiste ensemble, Eli et moi, côte à côte, au premier rang, à quelques pas de l'endroit où les trois cercueils sont alignés, à l'avant de l'église.

— Ne me raconte rien, jamais, m'a-t-il ordonné ce matin, quand je suis arrivée sur les marches de l'église dans la robe noire que sa mère m'a prêtée. Je te poserai la question. Mais ne me dis jamais ce que tu as vu chez eux.

Ça fait une semaine, mais c'est comme si c'était hier. Mme Miller tentant toujours d'attraper son portable. M. Miller faisant un rempart de son corps à sa fille, s'interposant entre elle et le fusil. Grann m'a dit qu'elle y était pas allée pour eux trois, juste pour Tess. Il aurait pu s'écarter, mais il l'a pas fait.

— Promis.

C'est pas une promesse difficile à faire : je veux plus jamais y repenser.

Grann a pas eu droit à des funérailles. Maman a quitté Phalène le soir même. Elle est retournée à Calhoun retrouver notre vieil appartement. Quand je repense à elles maintenant, je les revois ensemble, campées sur le perron de Fairhaven dans la lumière d'un éternel après-midi. Je suis trop loin pour discerner leurs visages, mais je sais qu'elles me regardent.

Je suis hébergée chez Eli. Je squatte sa chambre alors que lui doit se contenter du canapé. Chaque jour, Connors vient me chercher pour m'emmener au poste et, chaque fois, il m'annonce un nouveau truc. Comptes en banque à zéro, un jour. Dettes par-dessus la tête, le lendemain. C'est tellement facile de mettre ça sur le dos de Grann.

Mais c'est vrai, et c'est ce qui s'est passé. Grann a tué les Miller. Grann a traité la terre. Grann, Grann, Grann. Mais le feu a emporté la ridicine. Il a réduit les os en cendres, en moins que des cendres, et, quand j'ai dit à la police de regarder dans le verger, ils ont rien trouvé, rien du tout. Comme pour Katherine. Maman savait ce qu'elle faisait quand elle me disait ce qui me sauverait.

Ça fait drôle, quand même, de savoir que personne connaîtra jamais toute l'histoire. Pas même les chapitres qui me concernent…

À côté de moi, Eli s'éclaircit la gorge et se rapproche discrètement pour laisser passer Connors et sa femme. L'église est pleine à craquer. Tout Phalène s'est déplacé pour faire ses adieux à sa famille la plus éminente. À une époque, ç'aurait été les Nielsen – y a un bail, quand rien de tout ça n'était encore arrivé. Maintenant, la police veut pas lâcher ce qu'ils ont trouvé du corps de Grann. Et pourquoi ils devraient ? Pour que je puisse faire mon deuil ? Je le ferai très bien dans mon coin.

Le cercueil de Tess est au milieu, entre ceux de ses parents. Blanc, étincelant. Et, à côté, ce qui doit être sa photo de classe, agrandie et placée au centre d'une couronne de fleurs. Ça lui ressemble carrément pas. Mais Eli est scotché dessus, figé, comme s'il pouvait plus respirer. Alors, je tends la main pour lui étreindre le poignet, juste une petite pression des doigts pour qu'il sache que je suis là.

Le pasteur monte en chaire et l'office commence. Je ferme les yeux comme si je me plongeais dans la prière. Mais, en réalité, je suis plus là. Je suis là-bas, dans cet après-midi qui vit au fond de ma mémoire.

Encore trois semaines avant mon dix-huitième anniversaire. Encore trois semaines chez Eli, à l'aider à trier les affaires de Tess, à choisir des petits bouts d'elle à garder. Ils se sont trouvés, Eli et Tess. Ils se sont construit leur monde et ont décidé que ça valait le coup d'y habiter. Je sais pas ce qui m'attend après, mais je veux que ça ressemble à ça.

Le pasteur continue son prêche. Ce sera bientôt fini. Je passerai la porte et je pourrai aller où je veux, et je sais pas où ce sera, mais, maintenant, j'ai le temps d'y penser. Le temps de construire ma propre vie. Le temps de décider quelle place Maman aura dedans.

Un après-midi d'été, le soleil brille, la caresse de la brise, le vert du maïs qui pousse dans les champs. Fairhaven ripoliné de frais et deux… non, trois femmes sur le perron, toutes avec le même visage. Un feu à l'horizon.

Je pourrais vivre là pour toujours, dans le souvenir de quelque chose que j'ai jamais connu.

J'ouvre les yeux, sens un souffle qui se déploie comme des ailes dans ma poitrine.

Laisse tout ça derrière toi. Voilà ce que je me dis. *Laisse le feu approcher.* Je vais renaître de mes cendres.

REMERCIEMENTS

J'ai écrit ce livre tant de fois que c'est tout juste si je me souviens encore de ce qu'il y a dedans. Mais ce dont je me souviens parfaitement, c'est du soutien indéfectible que j'ai eu la chance de recevoir des gens qui m'entouraient. À commencer par celui de Krista Marino, ma si patiente et brillante éditrice, qui a lu et relu inlassablement ce livre et m'a laissée le mener dans toutes les directions dans lesquelles il n'était pas censé aller, avant qu'on ne finisse par trouver la bonne. Je ne sais pas où ce livre en serait sans vous – probablement entièrement à la seconde personne et totalement incompréhensible. Merci pour toute cette clarté que vous lui avez apportée.

Merci à mes agents, Daisy Parente, Kim Witherspoon et Jessica Mileo, et aux équipes de Lutyens & Rubinstein et d'InkWell pour leur merveilleux soutien et pour connaître la réponse à mes questions avant même que je ne comprenne ce que je demande.

Merci infiniment à Beverly Horowitz, à Barbara Marcus, à Monica Jean, à Lydia Gregovic et à tout le monde chez Delacorte Press pour avoir accueilli ce livre dans une si merveilleuse maison. Merci à Emma Benshoff d'être une fantastique attachée de presse et aussi quelqu'un avec qui je peux correspondre par mail sur les albums de Taylor Swift. Merci à tout le staff d'Underlined et du marketing : Elizabeth Ward, Kate Keating, Jenn Inzetta, Kelly McGauley, Jules Kelly, Josh Redlich, Kristin Schultz et tous les autres pour leur formidable esprit d'équipe, leur générosité, leur disponibilité, leur gentillesse et leur humour. Parce que, non seulement, j'ai une chance insensée de travailler avec vous, mais c'est un vrai bonheur.

Mon éternelle gratitude à Regina Flath, designer de génie, à Alison Reimold, l'artiste de mes rêves, et à Trish Parcell, qui se sont vraiment dépassés pour un résultat hors norme. Merci infiniment à tous les bloggeurs et Instagrammeurs de talent qui ont défendu tant *Wilder Girls* que ce dernier roman. Les contenus que vous créez, le travail et l'implication dont vous faites preuve dans vos posts ne laissent de m'impressionner.

Merci à Sara Faring pour avoir prêté une oreille attentive à une centaine de versions différentes de cette idée. À Diana Hurlbert, Rebecca Barrow et Maggie Soares-Horne pour avoir accepté de lire mes premiers brouillons et prétendu qu'ils ressemblaient à quelque chose de sensé. À Emma Theriault pour toutes ces heures de course effrénée et de souffrance partagée. À Christine Lynn Herman pour avoir enduré une avalanche de messages privés sur le maïs, et pour son indispensable soutien dont je n'aurais pu me passer. Et merci aussi à tous ces autres amis, si nombreux, auxquels je dois tant. Je vous aime tous.

À ma mère, qui répond toujours présent, quoi qu'il arrive. Merci de m'avoir rejointe ici.

Ce livre existe grâce au travail de toute une équipe.

Communication : Caroline Babulle, Solveig de Plunkett, Victoire Brulon, Inès Paulin, Adélaïde Yvert.

Coordination administrative : Martine Rivierre.

Studio : Pascaline Bressan, Barbara Cassouto-Lhenry, Joël Renaudat.

Fabrication : Muriel Le Ménez, Céline Ducournau, Bernadette Cristini, Sophia Paroussoglou, Isabelle Goulhot.

Commercial, relation libraires et marketing : Catherine Lauprêtre, Naïma Ruan, Anne-Laure Heugel, Élise Iwasinta, Armand Jamme, Julie Audouard, Joséphine Saint-Paul, Aurélie Scart.

Cessions de droits : Elisabeth Stempak, Benita Edzard, Lucile Besse, Sonia Guerreiro, Costanza Corri.

Gestion : Sophie Veisseyre, Isabelle Déxès.

Services auteurs : Viviane Ouadenni, Jean-François Rechtman, Catherine Reimbold, Anita Sevenant.

Ainsi qu'à toutes les équipes d'Interforum et d'Editis qui participent à la création, la diffusion et la distribution de ce livre.

Canoros Vehit Canentes

Composition et mise en pages
Nord Compo à Villeneuve-d'Ascq

Pour plus d'information :
#lisez! engagé
www.lisez.com
Imprimé sur du papier issu de forêts gérées durablement.

CET OUVRAGE
A ÉTÉ ACHEVÉ D'IMPRIMER
SUR ROTO-PAGE
PAR L'IMPRIMERIE FLOCH
À MAYENNE EN MARS 2024

N° d'édition : 66912/01 – N° d'impression : 104573
Imprimé en France